U0923417

Supreme Ambitions

David Lat

律政雄心

一个亚裔女孩的最高法院之旅

［美国］戴维·拉特－著　胡晓进－译

译林出版社

图书在版编目 (CIP) 数据

律政雄心：一个亚裔女孩的最高法院之旅 /（美）戴维 · 拉特（David Lat）著；胡晓进译. — 南京：译林出版社，2019.8

书名原文：Supreme Ambitions

ISBN 978-7-5447-6907-5

Ⅰ.①律… Ⅱ.①戴… ②胡… Ⅲ.①长篇小说–美国–现代 Ⅳ.① I712.45

中国版本图书馆 CIP 数据核字（2017）第 074381 号

著作权合同登记号　图字：10–2016–456 号

律政雄心：一个亚裔女孩的最高法院之旅　[美] 戴维 · 拉特 / 著　胡晓进 / 译

责任编辑　刘　免　胡曦露
特约编辑　王心悦
装帧设计　今亮后声 HOPESOUND pankouyugu@163.com 陈韵佳
校　　对　叶显艳
责任印制　单　莉

原文出版　Ankerwycke, 2015
出版发行　译林出版社
地　　址　南京市湖南路 1 号 A 楼
邮　　箱　yilin@yilin.com
网　　址　www.yilin.com
市场热线　025-86633278
排　　版　南京展望文化发展有限公司
印　　刷　恒美印务（广州）有限公司
开　　本　850 毫米 ×1168 毫米　1/32
印　　张　11.125
插　　页　4
版　　次　2019 年 8 月第 1 版　2019 年 8 月第 1次印刷
书　　号　ISBN 978-7-5447-6907-5
定　　价　68.00 元

序 言

我第一次遇见《律政雄心》的作者戴维·拉特，是在纽约曼哈顿著名的熨斗区的一家小酒馆里，熨斗区大约是得名于熨斗大厦，百老汇街斜斜地切过第五大道，夹在两条路之间的大厦只得做成三角状，看上去像个熨斗似的。

因为我曾供职的瑞士信贷的北美总部位于麦迪逊大街一号，距熨斗大厦仅一街之隔，所以下班之后我们经朋友介绍在一家小酒馆一叙。

虽然有很多律师朋友曾经提及，但我只是模模糊糊地知道拉特是著名法律网站 Above the Law（ATL）的创始人，和很多超严肃的法律网站不同的是，ATL 涵盖的话题极为广泛，从某律所的薪酬到最高法院新进助理的背景，甚至美国法律界的八卦新闻也多有涉及。也许，正因为如此，ATL 网站非常受美国法律人的追捧，甚至有朋友告诉我他们律所的律师上班第一件事就是打开 ATL，看看法律界最近有什么新闻。

我知道拉特是典型的亚裔第二代，父亲是医生，在望子成龙的父母的殷切期望中如愿以偿地读了哈佛本科和耶鲁法学院。在这样顺利的人生道路上，他的大多数同学不是去大律所做律师，就是去法学院做教授，创建法律网站似乎是一个非同寻常的职业选择，这让我分外好奇。

我不知道拉特有没有中国血统，但总觉得他的祖先也许是燕赵之士，因为他有着一张国字脸。一杯鸡尾酒之后，我们很快就聊了起来，他比我大一岁，都是已近不惑之年。我们都是保守派律师组织联邦主义者协会的成员，当然了，我只是业余法律爱好者，而他是哈佛耶鲁毕业的法律精英。从耶鲁法学院毕业之后，他和很多似乎命中注定要在法律界攀登巅峰的未来之星一样进入联邦上诉法院，成为联邦第九巡回上诉法院的迪尔穆德·奥斯康兰（Diarmuid O'Scannlain）法官的法官助理，奥斯康兰以向最高法院的大法官们输送助理而著名（所谓的“输送法官”［Feeder Judge］之一），每年一两百名来自各著名法学院的高材生们进入这些“输送法官”的办公室，希望以才干获得老板的青睐，被推荐进入位于华盛顿第一大街第一号的法律圣殿。能得到为“输送法官”工作机会的法学院毕业生已经是凤毛麟角，能得到进入最高法院机会的毕业生就像独角兽一样稀罕。每年大约四十名（九位现任大法官每人招四名助理，几位退休大法官每人招一名）最高法院大法官助理的名额，竞争之激烈可想而知。

似乎在纽约的法律人圈子里，很多人都知道拉特曾经得到过某一位最高法院大法官的面试机会，但最终没有得到这个职位。可以想见，大家瞩目的往往是成功成为最高法院大法官助理的明星，大家津津乐道的是，他们在结束一年助理职位之后，各大律所慷慨提供的三十万美元入职奖金。但是，似乎没有人意识到，那些得到面试机会却没有成为最高法院大法官助理的年轻人，他们的才智也许并不逊于任何人，那种离如此渴望的职位如此近却没有得到，离巅峰如此接近却没有到达的心境，也许只有他们自知吧。

拉特在这之后先是去了律所，显然律师并非他向往的职业，他经手的最大案子是关于“9·11”的索赔案，帮助客户说服法庭，“9·11”恐怖袭击实际上是两次不同的袭击（世贸中心双子塔是被两架飞机分别撞入，而且不是同时倒下，显然在保险偿付上是不一样的）。他随即转身当了公务员，成为新泽西地区的助理联邦检察官，他的老板正是后来成为新泽西州州长的克里斯·克里斯蒂，此公以口不择言、擅长“咆哮体”而著名。拉特就是在这个岗位上，在全美法律界面前以相当出人意料的方式出了名，事情大约是这样的：

那时候美国出了一个神秘的匿名法律博客，叫作“法袍之下”（Underneath Their Robes），这个博客充斥了法律界的八卦。其博主的名字叫 Article III Groupie（简称 A3G），“她”给大家的印象是大律所的一位女性律师。这位“女性博主”大胆泼辣的风格立刻吸引了很多法律界人士的注意，就连联邦上诉法院一些如雷贯耳的大人物，如波斯纳法官，都在博客上和博主互动。

然后，在 2005 年的时候，拉特不知是有意还是无意，在《纽约客》的一篇访谈里向著名法律作家和记者杰弗里·图宾承认自己就是大名鼎鼎的 A3G，震惊了美国法律界。除了发现这位“女性律师”实际上是男性之外，法律界还很吃惊的是，一位联邦检察官居然过着这样的双重生活，白天在上诉法院的法官们面前陈述案件（拉特在未来的最高法院大法官、时任联邦第三巡回上诉法院的法官阿利托面前陈述过两次），晚上则匿名大肆八卦这些法官，甚至讨论哪位法官最性感。

“东窗事发”后，拉特基本上是在如坐针毡的心情下过了好几个星期，准备随时被叫进克里斯蒂的办公室挨上一顿臭骂，然后被扫地出门。但拉特显然是天生就有主角光环笼罩，以坏脾气著称的克里斯蒂某日把他叫进办公室，如慈父般告诉他，这样的行为是不恰当的，他不会被解雇，但是建议他找到下一份工作就自行走人。

拉特后来才意识到，政府雇员在业余生活中的言论自由权利一直是美国最高法院最纠结的问题之一，克里斯蒂显然担心解雇拉特之后被起诉侵犯言论自由，野心勃勃想往上爬的他可不想横生枝节。

俗话说祸福相倚，经此一劫的拉特发现自己突然成了名人，也许通常的律师、公务员之门向他关闭了，但是新的大门向他打开了：这就是律政媒体。

2006年，拉特创办了Above the Law网站，可能因为先前的事件带来的知名度，网站人气一路飙升，等到我结识他的时候，ATL网站已是美国访问率最高和营利最高的司法网站。虽然他没有走上最高法院大法官助理和大律所合伙人之路，但他在今日美国法律界的影响力如日中天，他的个人生活甚至都成了话题。

在我们第一次见面的时候，拉特就和我提到他写了一本小说，名为《律政雄心：一个亚裔女孩的最高法院之旅》，书中的主人公是一位向往美国最高法院法官助理职位的亚裔女孩。我当时想起拉特传说中的未成功的最高法院面试之旅，还暗暗笑他放不开。后来我特地买了一本纸质书，请他给我两个女儿写了几句话，鼓励她们从事法律，过后这件事我也就放下了，没放在心上。

直到2016年2月斯卡利亚大法官去世。

斯卡利亚去世之后，无论是热爱还是痛恨他的人都不能免俗，写几篇悼念或者委婉批评的文章。但是我无意中看到了拉特的文章《斯卡利亚大法官和我：一个爱的故事》(Justice Scalia and Me: A Love Story)，立刻吸引了我。

我这才知道，拉特去最高法院面试却没有拿到的职位，正是斯卡利亚的法官助理！为这位法学巨匠工作一年的机会曾离拉特如此之近。

谜底揭开之后，一切似乎如此自然和顺理成章，但是拉特笔下的自己让我如此感动，我在子夜时分冒昧地发短信请求他授权我把这篇文章翻译成中文发表出来，他很快就答应了，但我一直没有翻译。

我没有翻译，因为我一直在读这篇文章，虽然我已经读了很多遍。

文中的拉特，一个年轻的耶鲁大学法学院的学生，在自己纽黑文的公寓里，读着斯卡利亚在莫里森诉奥尔森案（*Morrison v. Olson*）中孤独一人的异议书，这个亚裔青年在凌晨两点，穿着睡衣，为心目中的英雄起立鼓掌。

文中的拉特，在获知自己得到面试机会之后，独自在联邦第九巡回上诉法院所在地波特兰市美丽的湖边一路狂奔，似乎这个世界上没有什么能阻挡他。

文中的拉特，走入斯卡利亚的办公室，这间办公室也许在他眼里恍若圣殿，和斯卡利亚做了一番智慧的交锋。交锋的记忆已然模糊，他只记得接受了斯卡利亚的四位助理如拷打般的面试（惯例是，前一年的法官助理负责面试下一年的候选人）。他只记得收到了斯卡利亚客气的拒信，拉特把这封拒信收入抽屉最深处，偶尔翻出来的时候仍然痛苦得想哭。

今天的拉特似乎终于能直面这段记忆，把自己的心境付诸小说中的女主人公，为了追求巅峰需付出非常人能想象的努力，只有曾经离巅峰如此之近的人才知道那里有多么寒冷。

我再次遇到拉特的时候，觉得他平和了许多，正如他在文中所说：“他不再那么极度忠实于保守主义；他寻找到了属于自己的爱情，虽然不是斯卡利亚大法官从法理上会赞同的爱情；他明白了这个世界远比年轻时代的自己所理解的要复杂。”但是，“斯卡利亚大法官永远在法学界占有一个重要的位置，不错，司法原旨主义不是一种完美的法学理论，但是远好过任何其他的法学理论”。

这也正是我的看法。

读了拉特的文章之后，我又摸出他的书，觉得这本书值得任何一位对美国司法感兴趣的中国读者阅读，美国联邦法院系统的微妙和宏大之处在这本书中尽显。我建议王笑红女士出版这本书，作为《九人》《誓言》的编辑，如果她不认为这本书值得出版，那我没可能说服任何一位中国的图书编辑。非常幸运的是，她说服了译林出版社的领导，买下了这本书的中文版权，并邀请了重量级的译者胡晓进为我们带来了上乘的译作。

我相信中文版的读者一定能从这本书中一窥美国联邦法院的内部运作，美国常春藤的精英们是如何在这个金字塔上努力攀登，这些年轻才俊如何刚刚走出校门就有机会影响国家的法律和政治走向，以及在攀登巅峰的过程中历尽艰辛，最终到达“一览众山小”的境界。

叶帆（笔名为“高分子怪物”）

2017年7月17日于纽约长岛

献给我的父母，我的姐姐沙琳

很多人认为，身居高位是世间最美好的事（虽然很少有人坦白承认这一点）。

——阿兰·德波顿

除了掌声还是掌声……如同爱的潮水涌遍全身。

——电影《彗星美人》

我坚忍不拔，我野心勃勃，我清楚地知道自己想要什么。假如我因此变成了一个坏女人，那也无所谓。

——麦当娜

目录 CONTENTS

First part
第一部

Second part
第二部

Third part
第三部

Fourth part
第四部

Fifth part
第五部

First part
第一部

01

法官助理是一份怎样的工作？

从法学院到“约克道”披萨餐厅的步行距离很短，这太棒了，我正好利用这段路程完成了一次简短的对话。我是个孝顺的女儿，一有大事都会向妈妈汇报，但是我不愿陷入长时间的讨论，不想跟妈妈争论自己的生活和职业选择。

“喂，妈，有事吗？”

“没啥事，等你爸下班回家，我们就能吃晚饭了。你姐姐正从（残疾人）中心往回走。晚饭马上就做好了，我做了**菲式酸汤**，这是你最爱吃的，可你不在家，真是太遗憾了。你怎么样啊？”

“哦，很好。我只是想让你知道——我下周准备去洛杉矶，去跟一位法官面谈，申请当她的助理。”

“你要去洛杉矶？下周就走？飞机票得花多少钱呀？”

“大概五百美元吧。”我说（刨去税费，然后四舍五入）。

“五百美元？这么多钱！他们为什么不给你买飞机票呢，就像面试律师事务所那样？”

“我是临时决定买机票的，再说这也不是律师事务所，这是一份法官助理工作，跟联邦法官一起工作。法院是政府部门。”

我妈在电话那头的纽约皇后区叹了口气，我在纽黑文听她接着唠叨。

“奥德丽，我真搞不明白你为什么想去做‘助理’之类的事。你的表兄文森特就是助理。”

“他在菲律宾的鞋庄，这完全不是一码事。”

“你爸爸和我还有你，咱们到处借钱，供你去哈佛和耶鲁念书，结果你就找了一份助理的工作，跟你的表兄文森特一样？”

“这是**法官助理**职位，为克里斯蒂娜·黄·斯廷森法官工作。她是联邦法院法官，联邦**上诉法院**法官，从级别上讲，仅次于联邦最高法院大法官。有人传言，说不定哪天斯廷森法官本人会被提名为联邦最高法院大法官呢。”

“奥德丽，你自己的生活、你的事业，你自己拿主意吧。我只是个护士助理，对你说的那套法律和法院之类的东西一窍不通。”

“妈，我以前跟您解释过。对年轻律师来说，给联邦巡回上诉法院法官当助理，是非常棒的经历。给法官当助理，可以有机会从法官的角度观察诉讼案件。这是很体面的工作。全美顶尖法学院的学生，打破头地竞争第九巡回上诉法院的助理职位。”

好吧，也许第九巡回上诉法院的助理职位，不是**每一个**都那么抢手，首先得找准合适的法官。第九巡回上诉法院也并不像哥伦比亚特区巡回上诉法院那么声名显赫。但是，我不打算向我妈解释这么多。

“所以说，这份工作很有面子，”她说，“面子能帮你付房租，还是能还你的助学贷款？”

说实话，确实能。但是，我不愿向我妈解释，一个护士助理能跟律师交流的内容的确有限，她根本不懂法律这一行，更不了解职业声望产生、吸引和转化为经济收益的复杂过程。

“我能靠法官助理的薪水生活，”我说，“我每年至少能挣六万美元……”

“唉，六万！一年才六万美元？你为什么不回克雷弗斯那儿继续干呢？你在那儿能挣到十五万美元以上，对吗？那样的收入才算高。你爸和我加起来一年也赚不到那么多钱。”

现在该轮到我叹息了。也许我该尝试着宽慰我妈。我知道该如何让她停止吹毛求疵。

“克雷弗斯是给我十六万美元的工资，”我说，我指的是克雷弗斯、斯温与摩尔律师事务所，我曾在那儿做过暑期实习律师（也得到了毕业后入职的邀请），“但是，如果我能拿到比这多两倍的签约奖金，外加六位数的工资呢？”

我能感觉到，我妈的两只耳朵都竖起来了。她不是一个贪得无厌的女人，也没有过多的奢望。但是，作为移民，她两手空空地来到美国，精打细算，省吃俭用，慢慢从底层进入中产阶层，她从不把赚钱看作理所当然的事。她对我去年夏天在克雷弗斯的工作非常满意，这份工作每周付给我二千多美元的工资，还让我可以在曼哈顿最好的餐厅吃吃喝喝。她不停地向自己的朋友吹嘘炫耀此事。

“这样说的话……那份签约奖金从哪儿来？”她询问道，“我记得你刚才说，这份助理工作年薪大约是六万美元？”

“是啊，没错，”我说，“但是，如果我获得这个助理职位，又给斯廷森法官留下好印象的话，她有可能会把我推荐给联邦最高法院大法官做助理。做完大法官的助理之后再去律师事务所，就能获得高达三十万美元的巨额签约奖金。除此之外，光基本工资就有二十万美元。”

我妈沉默了片刻，一反常态。

“好吧，”她说，“听起来确实不错。这些钱能够立马偿还你的助学贷款，还能帮衬你姐姐的医疗开销，或许还能让你爸妈坐坐游轮，哈哈！你应该去联邦最高法院做助理。”

我大声笑起来，随即又深感愧疚。但是，这是我对妈妈这番评论产生的本能反应。她还不如说：“你应该成为国际雪橇大赛冠军。”

“妈，我完全不可能成为最高法院助理，他们都是全国最优秀、最聪明的年轻律师。”

“奥德丽，”我妈用一种近乎说教的口吻说道，“你是以优等生的成绩从哈佛大学毕业的。如今，你又是耶鲁法学院的高材生，还进入了法律评论编委会。你还在克雷弗斯律师事务所工作了一整个夏天，会有多少人比你更优秀，更聪明？又有多少法学院学生能在《菲律宾人报》上露脸？”

妈妈以我为傲的语气令我感动。《菲律宾人报》是纽约地区一份面向菲律宾裔美国人社区发行的报纸（号称“公平、无畏、真实”）。但是，我不得不打破她的幻想。

“有成百上千的法学院毕业生，拿着和我一样的简历。每年有四万名法学院应届毕业生，而联邦最高法院大概只需招四十名助理。这可是真正的千里挑一。”

“但是，你是一百万里挑一，人又这么漂亮！就是俗话说的混血美女。肯定会有大法官愿意聘用你，比如那位喜欢看黄色电影的黑人大法官。哈哈！”

我妈开始为自己讲的笑话哈哈大笑，这是她的老习惯了，可我只觉得自己面红耳赤。（因为遗传了父亲的爱尔兰血统，所以，我可以冒充白人，也很容易脸红。）

“妈，我得挂电话了，回头再聊。”

“好吧，乖女儿。做个好女孩！”

“约克道”是耶鲁法学院旁一家休闲式披萨餐厅的名字，当我到那儿时，杰里米已经坐在餐厅室外的餐桌旁。他佯装看菜单，实际上他已经点了常点的套餐：一个芝士汉堡加瑞士干酪、生菜和西红柿，不加小圆面包。他近乎病态地讨厌碳水化合物，这让他身材非常苗条。我比他大一号，身体健康状况良好，但和他待在一起，我总觉得自己很胖。

一名女服务员让我们坐在靠后的宽敞座位边，态度既不傲慢也不友好，然后让我们点饮料。我非常喜欢这种相对私密的位置，决定在“约克道”碰面，正是为了避免去法学院食堂吃饭（不只是因为那儿的鹰嘴豆泥不正宗）。9月初的耶鲁法学院餐厅是一个充斥着焦虑和竞争的是非之地，根据法官助理招聘计划，此时正值法学院三年级学生申请助理职位的高峰季。

我和杰里米·西尔弗斯坦的友谊可以追溯到法学院一年级，当时，我们选了同一门课。在课堂讨论时，我们通常立场相左：我是温和派，在法学院被视为保守派，而杰里米却非常自由化。但是，共同的爱好将我们联系在一起：我们都喜爱印度美食和低俗的电视节目。如今，作为法学院三年级学生，我们共同担任《耶鲁法律杂志》的论文编辑，花了许多个夜晚来讨论究竟应该刊发哪些论文。

女服务员给我们送来健怡可乐和各自点的食物：杰里米的是一份不加小圈面包的芝士汉堡，我的是一份鸡肉凯撒沙拉（一旁放着沙拉酱）。杰里米和我开始闲聊——课程、杂志收稿情况、疑似花心的教授的八卦，之后转入我们来此要讨论的正题：我们应该申请成为哪些法官的助理。我们的政治观点不同，申请的法官也不相同，这就意味着我们不会进行正面交锋，不会竞争同一个职位。既然不是竞争对手，我们在讨论申请助理职位时，就不用彼此提防。

“那么，奥德丽小姐，”杰里米一边说话，一边像化学家一样精准地向他的饮料中挤柠檬汁，“跟我说说你准备接受哪些法官的面试。”

“嗯，西尔弗斯坦先生，为什么不告诉我你的面试计划呢？”

“我先问了你。”他说。确实如此。这种游戏规则在法律上也有同样的规定：先到者权利优先。

我妩媚地冲他笑了笑。杰里米有点太瘦了，不过很可爱。我有时禁不住想，如果他不是同性恋的话，我们的关系会是什么样。

“我已经收到了四份面试邀请。”我尽可能实事求是地说。但是，我知道“四”这个数字令人印象深刻——杰里米也是这么想的，因为他的眼睛瞪得很大。

“太棒了，”他说，“我都有点嫉妒你了。那么，你准备去面见哪位法官呢？”

“让我想想，”我说，假装出一副苦思冥想的样子。实际上，哪怕他在凌晨三点叫醒我，我也能将这几位法官的名字脱口而出。“芭芭拉·麦克丹尼尔。”

“你申请给**地区法院**法官当助理？”

“你可真是个势利眼！联邦地区法院助理通常比巡回上诉法院助理更能学到经验。而且，这可不是一般的地区法院，这是纽约南区法院，全美最好的初审法院，它受理最棒的案件。麦克丹尼尔法官审理过安然公司案、世界通讯公司案……”

“我知道，”杰里米说，“但地区法院就是地区法院，巡回上诉法院就是巡回上诉法院。在地区法院，你所有的时间将用来处理无关紧要的琐事，比如动议问题，证据开示方面的争议。相信我，一年级课程结束时，我曾给一位地区法院法官做过实习生。你难道不想到上诉法院当助理，为刺激、有趣的重大法律问题起草意见吗？”

杰里米是个好人，是我的好朋友，但他也是一个可怕的势利眼。从他说的理由就可以看出，他是自己所处环境造就的产物。给地区法院法官——联邦法院系统中负责初审的法官——当助理，是一个既有声望又很难获得的职位。但是，耶鲁法学院有一些人，包括教授和学生，非常瞧不起地区法院的助理职位。当然，这条规则也会有一些例外——如果你真的想成为一名出庭律师，如果你能在合适的地区法院给合适的法官当助理，如果你接着到上诉法院当助理，去地区法院当助理是不错的选择。不过，总的来说，这条规则不会出错。

“其他所有的面试邀请函都来自巡回上诉法院，”我说，“有第三巡回上诉法院的迈克尔·德孔西尼，第八巡回上诉法院的斯蒂芬·柯林斯。”

“嗯……不会是艾奥瓦州的柯林斯吧？”

“不过一年而已，”我说，“我可以在任何地方生活一年。我更加关注法官，而不是地域。柯林斯的名气很大，他从耶鲁毕业后，做过联邦最高法院的助理，当过联邦检察官。我能从他身上学到非常多的东西。在未来几年里，他将成为向最高法院输送助理的著名法官。实际上，他已经把自己的好几名助理送到最高法院当助理了。”

“我在艾奥瓦州一年都待不下去，”杰里米说，“除了地域因素外，在我看来，柯林斯法官太保守了。你最后还想给哪位法官当助理呢？”

“斯廷森法官，全名是克里斯蒂娜·黄·斯廷森。先前曾是洛杉矶地区法官，如今供职于联邦第九巡回上诉法院，对吧？”

“哎！你不需要将这当成一个问句来问吧。斯廷森可是热门人选，她可能会是共和党政府提名任命的大法官人选。她将成为首位进入联邦最高法院的亚裔美国人，她一向给‘暗面’——嗯，我的意思是保守派大法官——输送助理。她会是你的首选吗？”

“能收到这么多面试邀请函，我感到非常幸运，每位法官都有他或她自己的优势……”

杰里米瞪了我一眼。

“好吧，”我说，“斯廷森是我的首选。”

我不想承认我实际上非常想给斯廷森法官当助理。清楚地说出自己的愿望，热情地追求自己的梦想，一旦失败，结果实在是太糟糕了。我想起威廉·詹姆斯的名言：“没有尝试，就没有失败；没有失败，也就不会被羞辱。”但是，我也没有必要在杰里米面前掩饰自己。

“那么，”他问道，“我就当你已经把她列为首选了？如果她给你一份入职通知的话，你会放弃其他法官吗？”

“是的。”

“好吧，能往最高法院输送助理的法官升迁起来会很快，斯廷森就是其中一位。干得漂亮，姑娘。”

杰里米对我举起加了柠檬汁的健怡可乐，我们碰杯庆祝。

“斯廷森是能往最高法院输送助理的法官，”我说，“但还不算最顶尖的联邦法官，在这方面不是顶尖的。她每年招收四名助理，可能只推荐其中一位到最高法院当助理。她的助理进入最高法院，未必是板上钉钉的事，必须要表现突出才行。”

“这没问题啊，”杰里米说，“你肯定能成为她最喜欢的助理，她不是波兰斯基法官。”

哈，说得也是，M. 弗兰克·波兰斯基法官是斯廷森法官在第九巡回上诉法院的法官同事，也无疑是一位才华横溢的法官，还可能成为联邦最高法院大法官候选人（主要障碍在于，他是白人男性，而且据说很难相处）。他无疑也是国内能往最高法院输送助理的、最最顶尖的法官。获得波兰斯基法官的助理职位，就等同于擢升为联邦最高法院助理，因为他拥有给最高法院大法官输送助理的完美记录（这得益于他先前的助理形成的庞大关系网，可称之为“波兰斯基门徒”）。

“波兰斯基法官，我有点儿讨厌他，”我说，“他和他的助理霸占着联邦最高法院全部的助理职位，这不公平。”

“如果你是《耶鲁法律杂志》的主编，”杰里米说，“你可能就会获得波兰斯基的面试邀请。”

“别再打击我了！如果我是《耶鲁法律杂志》的主编，又是波兰斯基法官的助理，我肯定能成为联邦最高法院大法官的助理。波兰斯基是一位非常棒的法官，写过很多重要的法律意见。”

“如果你反对第九巡回上诉法院的司法倾向，反对它给美国西部设定的进步主义议程，那真是太好了。”

我大笑起来。第九巡回上诉法院是美国最左翼的上诉法院，以作出的司法判决受到美国公民自由联盟（ACLU）和全国公共广播电台（NPR）的拥趸支持而闻名（终究会被联邦最高法院推翻）。波兰斯基虽然是保守派法官，但深谙自由派法官的判决之道（他时不时会跟自由派法官站在一起），这样的法官可不多见。

服务员给我们端来食物，冷不丁地放在我们面前，问我们是否还需要点其他东西。我们都说不需要。

“那么，”我一边给沙拉添加少量调味料，一边问杰里米，“这就是我所有的面试机会。现在轮到你告诉我了吧。”

“我有三个面试机会，”杰里米说，“首先是詹姆斯·克诺特法官。”

“你是要给一位地区法院法官当助理吗？”

“我准备首开先例，成为联邦法官聘任的第一个公开身份的男同性恋。”

除了担任《耶鲁法律杂志》编辑，杰里米还是被剥夺法律权益者协会（OutLaws）主席，也是法学院男同性恋事务方面的领头羊。

“不错啊，”我说道，“还有哪些法官给你提供面试机会了？”

“谢尔登·戈特利布法官，在加州帕萨迪纳。”

“恭喜啊！他是你心中的大英雄，全国最左翼的上诉法院中的自由派领军人物。”

我们再次举杯庆祝。戈特利布年龄太大，又太自由化，不可能获得提名，出任联邦最高法院大法官。因此，他能随心所欲而不逾矩，当然，也多亏了联邦法官的终身任职保障。杰里米崇拜谢尔登·戈特利布，因为他直言不讳，在法庭内外、在法律意见书里、在演说中，都是如此，他为各式各样的受压迫群体发声。但是，对于包括我在内的很多人来讲，戈特利布是一位左翼司法能动主义者，想用法律实现通过投票无法达成的目标。

“还有，”杰里米说，“最后一个但并非不重要的人选，马尔塔·索利斯·德勒兹法官。”

“哦，你申请了她？我还不知道你是一个受虐狂呢。我不清楚那些传言是真是假，但就算有一半是……”

“是的，我知道，有些人说德勒兹是脾气暴躁的悍妇，”杰里米说，“不过，她也是一名斗士，致力于维护冤屈的刑事被告、面临被驱逐出境的移民、警察暴力受害者的权益。而且，她是一位博学的拉美裔法官，年轻，族裔身份显著，说不定哪天能被提名为联邦最高法院大法官。她自己就做过最高法院大法官的助理，像女巫一样精明，我能从她身上学到很多东西，而且她住在旧金山，能在那儿生活一年，真是太棒了。"

"而且，她正在开始成为向最高法院输送助理的联邦法官，虽然她刚到第九巡回上诉法院没多久。"

"确实是这样，不过，从输送助理的角度讲，我猜最有把握的应该是戈特利布。"

"是的。他与斯廷森法官不相上下。"

杰里米随意地称呼法官，直呼"戈特利布"或"德勒兹"的名字，而不是称"戈特利布法官"或"德勒兹法官"。杰里米的爸爸是詹纳与布洛克律师事务所的执行合伙人、芝加哥大学法学院终身教授，妈妈朱迪·西尔弗斯坦也是顶尖的税法学者，如果你有他那样的身世，你更可能把联邦法官看作自己家庭社交圈的一员，而不是把他们视为男神和女神（就像我看他们那样）。

我推开自己的餐盘，里面还有三分之一的沙拉没吃完。

"你就吃这么点？"杰里米问道。

"你知道我能吃多少，"我说，"我不愿意再次婴儿肥。作为一名体重超标的混血女孩，又有一个残疾的姐姐拖累，我根本就不是你们的菜。无论如何，我希望你通过戈特利布法官的面试，我通过斯廷森法官的面试。我们一起在第九巡回上诉法院做助理，那该多么开心。"

"一定会的！但是，我们的关系可能会因为在许多案件中意见相左而闹僵。你知道的，你将为黑暗势力工作。"

"黑暗势力？斯廷森法官和她的盟友只不过是想忠实地解释法律，

按照本义适用法律，而不是要向左或向右推进一种议程，只涉及宪法文本、制定法和判决先例。法官的工作就是根据事实适用法律。”

“哦，奥德丽，别那么天真了。‘法律’不是漂浮在以太中的纯物质。‘法律’最终要发挥作用，撇开文本，还有数不清的因素参与其中。比如说，律师如何辩论案件，法官与律师之间如何交流，以及法官与法官之间如何交流，都会影响到法律的作用。还有，不管你喜不喜欢，法律还受法官政治信念和政策偏好的影响。哎，老话常说，法律如何起作用，有时取决于法官早餐吃了什么。”

“我完全不同意你的看法。世上确有‘法律’这种东西，它并不取决于法官的政治偏好。无论如何，如果说有人是在为黑暗势力工作的话，那也是你们那帮人。我能够想象出你和戈特利布法官要做的一些疯狂的事情，比如说，宣布打开加利福尼亚州监狱的大门，让那些被误判的可怜罪犯在大街上游荡。当你们这么做的时候，我和斯廷森法官将会尽最大的努力阻止你们。”

“两位自由派的犹太裔男士对阵两位保守派的亚裔女士，”杰里米说，“这会是一场公平的较量吗？我认为，你们两位法律界的娇娃，将打得我方两位羸弱的白人男子落花流水。”

“听你这么一说，我们好像变成一对可怕的右翼母夜叉！我们是温和派。我只有在耶鲁狂热的自由派中才算得上是‘保守派’，斯廷森法官也只有在狂热自由的第九巡回上诉法院才算得上是‘保守派’。我们的观点或许能在普通美国人中找到共鸣。更不用细说，我们都有一半的亚洲血统。”

我对杰里米露出千金一笑。我有自己的身体缺陷，不过我的牙齿很亮丽，而且我伶牙俐齿，锋芒逼人。

02

“我就是您”

我坐在飞机靠窗的座位到达了洛杉矶。因为是急急忙忙订的机票，所以坐在靠近机尾的部位，挺紧张的，座位近得足以闻到卫生间清洁剂和其他东西混合的气味。好在，我不是坐在中间的座位，实际上，旁边的中间座位是空的，这种情况很少见。相对舒适的座位能让我在大部分的飞行时间里集中精神，阅读自己打印出来的介绍斯廷森法官的报纸文章、她最有名的司法判决，还有她的助理所写的热情洋溢的评论，这些评论来自耶鲁的就业服务办公室。举个典型例子：“在第九巡回上诉法院和斯廷森法官那儿当助理，最糟糕的一点是，在我日后很长一段时间的法律生涯中，再也不会有这么有趣的工作，再也不会遇到这么杰出的老板了。”

飞机降落在洛杉矶国际机场之后，我走进航站楼里的星巴克，要了中杯咖啡，用大杯装，能让我在杯子多出的部位添加牛奶，还要了（低脂）蓝莓松饼。我想，吃点食物能让我的肚子在面试前不至于饿得咕咕叫。我从过去的经历中得到了一个教训：不要空腹去面试。在我大学四年级那年，正当我在面试申请罗兹奖学金时，我的胃咕噜直叫，很大声，结果我铩羽而归。

时至今日，我仍自责当时咕噜直叫的肚子改变了自己的命运。要是我拿到罗兹奖学金的话，一切都将截然不同。你是否有过这种经历，只要有件事情稍微不一样，你的整个人生都将被改写？或许是有一个星探原本准备莅临你们学校的运动会，在最后一刻却不来了？或许是你差点接到一位名人的邀约？或许是你在最有声望的音乐表演比赛中屈居第二？而我经历过的则是罗兹奖学金面试失利。就像到联邦最高法院当助理一样，罗兹奖学金也是一生的荣耀。

在迅速消灭了咖啡和松饼之后，我走向航站楼出口。出了机场，我沐浴着明媚的阳光，沉浸在不到华氏 70 度的舒适气温里，直奔出租车长龙。纽约的出租车全是黄色的，款式也有限，而洛杉矶的出租车则外观不一，颜色和款式呈现出一种无序的混乱。欢迎来到丛林[1]。

我兴奋地坐进一辆涂着爱国色的小型面包车：车体是红、白、蓝三色的。司机身材瘦小，乐呵呵的，皮肤黝黑，看不出年龄。他的驾驶员身份卡上显示他名叫佩尔韦兹·哈姆丹尼，我猜他是巴基斯坦人。

我忽然意识到，一个移民出租车司机将要开车送我去面试一份联邦法官助理的工作，而这名法官本人也是一个移民出租车司机的女儿。在飞机上阅读的那些材料让我想起，克里斯蒂娜·斯廷森（娘家姓黄）的父亲是一位从上海移民美国的出租车司机，母亲是护士助理，出生于美国本土。斯廷森法官在加州内陆帝国地区工人阶

1《欢迎来到丛林》（Welcome to the jungle），既是一首摇滚歌曲的名字，也是美国电影和喜剧电视片（2013 年）的名字。——译注（本书页下注均为译注，以下不再一一标明。）

级社区的一个中等收入家庭长大成人。

我们成长背景的相似之处打动了我。我们都是混血女性，我们都成长在不算富裕的家庭，我们的母亲都是护士助理。我们都是以优异的成绩从大学毕业（斯廷森以优等生成绩从加州大学洛杉矶校区毕业），然后直接进入法学院（她进的是加州大学伯克利校区法学院）。

出租车司机佩尔韦兹通过后视镜与我四目对视，然后询问我的目的地。我告诉他地址：帕萨迪纳南大街 125 号。当我说出这个地址时，才意识到它位于富豪区。

“那是什么地方？”他一边询问，一边打开全球定位系统搜索地址。这是洛杉矶和纽约出租车的又一不同之处：纽约出租车司机绝不会在客人面前使用全球定位系统（说实话，尽管有些人也用，特别是在纽约西村地区）。

“那是一个联邦法院，”我说，“是联邦第九巡回上诉法院大楼。”

“在帕萨迪纳？法院不是在市中心吗？”

“那是地方，嗯，初审法院，我要去的是上诉法院。”

“这两个地方有什么区别吗？”他一边问，一边发动出租车。我不知道他是试图表示友好，还是真的感兴趣。

“地方法院是审理大多数案件的地方，比如初审案件、给罪犯定罪，诸如此类的事情。”

“啊，比如辛普森案！”这名司机找到了感兴趣的话题，变得神采奕奕。“当时是我来美国的第一年！辛普森开的是白色的福特野马汽车！”

“是的，就像是审理辛普森的地方，”我说，“不过那是州法院，而我要去的是联邦法院。”

“这两个地方有什么区别吗？”

我觉得自己像是一名法学教授，在给一年级学生讲授民事诉讼法课程。这位老兄正在准备公民身份测试吗？

“州法院和联邦法院处理不同的法律问题，”我说，“有些领域的法律大多是州法律，比如家庭法和离婚法之类。还有一些领域的法律主要是联邦法律，例如移民。”

提到移民，似乎打消了佩尔韦兹继续讨论法律的热情。他打开广播调到全国公共广播电台。我望着车窗外一闪而逝的洛杉矶街区，想起了机场嘈杂而拥挤的出租车队伍。这座城市看起来又肮脏又破旧。还好，洛杉矶声名狼藉的交通状况并不算太坏：车流量很大，但我们还能匀速前进。我惊讶地看着窗外的风景：丘陵起伏，绿荫环绕，我一直以为洛杉矶是一马平川的不毛之地。

我们接二连三地穿过隧道，周边全是郁郁葱葱的植被。佩尔韦兹调低广播的音量，通过汽车的后视镜跟我用眼神交流。

“小姐，您是打哪儿来的？”

当我那长着一副亚洲人面孔的妈妈听到这个问题时，就会觉得这是在询问她的祖籍；对我来说，这只是一个简单的询问。

“纽约。”

“您这是要去法院打官司吗？”

佩尔韦兹说话彬彬有礼，我都有点喜欢他了。

“哦，不是的，我打算去上诉法院，”我说道，“上诉法院审查初审法院审理的案件，确保它的判决是公正的。”

“这么说，您是律师？”

“还不是……”

佩尔韦兹转过身来，冲我咧嘴一笑。

"您太年轻，又太漂亮，不适合做律师。"

我也笑起来。他咧嘴笑起来很甜美，一点也不暧昧。

"谢谢你，"我说，"不过，我希望有一天能够成为律师。目前我是快要毕业的法学院学生，我来这里是为了面试一份法官助理的工作。"

"您大老远从纽约一路奔来，就为了一份助理的差事？"

我差点再次笑起来，但还是忍住了。在进法学院时，我对法官助理一职也所知甚少。佩尔韦兹和我妈都对法官助理角色有误解，这是一种善意和谦逊的提醒，让我知道法官助理在司法体系中是幕后角色。

"实际上，法官助理并不只是做助理的工作，"我解释说，"他们协助法官审理案件，帮助法官准备开庭、研讨和起草法律意见。"

"听起来是很重要的工作！我打赌待遇一定很优厚。"

"也不见得。但是，能够积累很多经验，能让简历熠熠生辉，能让你日后在律师事务所获得一份高薪工作。"

"这些案件都来自哪儿？全国各地吗？"

我开始觉得自己像是一个维基百科词条。我倒背如流地说出关于第九巡回上诉法院的一些事实：全美最大的联邦上诉法院，审理西部九个州的案件，有将近三十名在任法官，总部设在旧金山。

"您真是一位见多识广的女士！祝您在面试中好运。"

我们下了大路，拐入一条开阔的林荫路，路两边，橘子树一字排开。这是一条富丽堂皇的大街，两边散布着宽敞而别致的房屋，沐浴在金色的阳光里。看到这种景象，我想起我们东部的高档小区。当我妈乘坐纽约地铁七号线返回伍德赛德时，她所协助的医生则开着奔驰和宝马返回这样的小区，它们坐落于韦斯特切斯特县、费尔菲尔德县或者卑尔根县。

佩尔韦兹注意到我在伸长脖子欣赏沿路的风景。

“这是洛杉矶最漂亮的一个地方，”他说，“我们快要到了，如果你能得到那份工作的话，每天都能看到这样的风景。”

我们向左拐，进入一条绿荫如盖的大街，很快又向右转。一眨眼，一座淡红色的宫殿跃入眼帘，这座宫殿大约有六层楼那么高，还带有一个钟楼，矗立在低矮的住宅区之中。全球定位系统传出一阵女声：“您已到达目的地。”

“是这里吗？”佩尔韦兹问，“你确定这是法院大楼？它看起来像是一家酒店。”

“确实，它以前就是酒店，”我说，我想起先前对这幢建筑做过的研究，“它最初是个度假村，名为德尔阿罗约远景酒店。在第二次世界大战时期，它被用作军队医院。战争结束后，一度废弃不用，后被改造成法院大楼。”

佩尔韦兹把车往前开了一点才停下来，我们在草坪上看到一块巨大的长方形标示牌，上面写着“理查德 · H. 钱伯斯美国上诉法院大楼——南大街第 125 号”。标牌立在淡红色宫殿的阴影里，与这幢建筑的外墙非常相称。

出租车计价器显示的费用接近八十美元，我给了佩尔韦兹五张二十美元的钞票，希望出手阔绰的小费能给我这次面试带来好运。我在内心仍是一个迷信的菲律宾人。

“如果你需要用出租车，给我打电话，”他说罢，顺手递给我一张名片，“这里是洛杉矶，你跑到大街上挥手示意，可叫不到出租车。”

我下了车，把公文包大小的随身包挎在肩膀上，抬头仰望这幢大楼。我所熟悉的法院大楼或是令人望而生畏的钢筋混凝土建筑，或是拥有冷艳的新古典主义结构，或是用石头和玻璃建造的光滑而毫无生气的塔楼。它们体现的是政府的权力和威严，但牺牲了艺术上的美感或者说建筑上的独创性。帕萨迪纳市的这座理查德·H.钱伯斯法院大楼却完全不同于其他法院，它同样壮观，却不冰冷。我能够理解为什么会有业余摄影师拍摄第九巡回上诉法院的照片，上传到网上，将它称作“美国最漂亮的法院”，还补充说，“在其他地方工作的法官助理都该有上当受骗的感觉”。

法院大楼离街面还有一段距离。经藤架走廊而过，两旁放着褪色的木质长椅，藤架上面爬满盛开的白色蔷薇，花丛掩映着两扇雕刻华丽的木门，门上各嵌有三块菱形的铅化玻璃板。透过其中一块玻璃，我依稀能看到房顶高耸、灯火通明的大厅，一个原本属于街边某个百万富翁家宅的门厅。

我推开其中一扇（出奇沉重的）大门，这里没有自动玻璃门，确实与一般的法院不同。

法院的三位安保人员坐在椅了上，边上放着金属探测器，看起来无聊透顶。这与普通法院没什么两样。

最靠近门口的那位保安是一名胖胖的秃顶男子，他“噌”地从椅子上站起来。

“小姐，你有什么需要帮助的吗？”他的语气听起来有点盛气凌人，好像我走错了地方，他将给我指点方向似的。

“我是来这里接受斯廷森法官的面试的。”

秃顶保安点了点头，让我出示有照片的身份证明。我递给他我的护照，和许多纽约年轻人一样，我还没有拿到驾照。他在登记簿上写下我的名字。他的两位同事也站起来，用怪异的眼神交流。

一位留着灰白短发的高个子保安拿起我的背包，放在X光机的传送带上，说道：“你来到了母狮的巢穴。”

母狮的巢穴？莫非斯廷森法官是一位难缠的面试官？许多应聘法律工作的面试，都会有一番闲谈，聊聊候选人简历中提到的内容。作为一份“要求博学多识的职业”，法律职业一向自认为比较文雅，比管理咨询那些靠数据吃饭的残酷行当文雅，因为管理咨询行业的“案例研究”型面试方式，相当于罚做数学题。不过，你仍会不时地感到如坐针毡。我感到蓝莓松饼仍停留在胃中没有消化。

经过金属探测器时，它并没有叫起来，多亏了我摘除首饰的英明决定（我现在只佩戴了两个由人工养殖的珍珠做成的耳环），然后从传送带上拿下我的小包。那名秃顶保安给我指了一部电梯，让我乘它去五楼。

法院里的电梯只有一扇木门，上面的雕刻与前厅的两扇门一样精湛。狭窄的电梯门让我心神不宁。我有时会从随意的日常现象中寻找征兆，这个习惯深得我妈的真传。我将这部电梯的狭窄看作我获得这份工作的希望比较渺茫的一种暗示。于是，我选择走楼梯。当我沿着宽阔而有魅力的楼梯向上走时，每个台阶之间都有铸铁栏杆和彩色的教堂式瓷片，我庆幸自己脚上穿的是中跟的轻便鞋，这种鞋有鞋跟，可以显示出女士的优雅，爬楼梯时又极其舒服。

到达五楼后，我毫不费力地找到了法官的办公室，漂亮的黄铜色门牌上写着“克里斯蒂娜·黄·斯廷森法官”。我讨厌尖锐刺耳的门铃声，所以按铃时尽可能轻柔礼貌。听到回应后，我打开了房门。

法院大楼内典雅的公共空间，已经让我赏心悦目，但是斯廷森法官的办公套间风格完全不同。套间的会客室用米黄色、黄色与金色调和装饰，可以用现代法国地方式样结合加州乡村特色来形容。它看起来完全是参照纳帕谷庄园咖啡厅的风格设计的，而不像是联邦政府办公的地方。我确实希望美国纳税人不需要为房间的陈设付钱，比如硬木地板——完全不同于政府部门通常用的尼龙地毯，还有插满新摘兰花的花瓶，放在一张低矮的灰白木桌上。

在会客室尽头，两扇高高的、采光充沛的窗户下面是一个秘书台，柜子和桌子固定在房间的角落。秘书台设计得中规中矩，用和咖啡桌一样的象牙色木料制作而成。我很快意识到，这里的家具全是定做的，咖啡桌也不例外。

我向秘书桌子后面坐着的女人做自我介绍，她满脸微笑，身材丰满，明显爱唠叨。女人从椅子上站起来，跟我握了握手。

“奥德丽，很高兴见到你。我是布伦达·林赛，是斯廷森法官的秘书，欢迎来到帕萨迪纳！”

她展开双臂，装模作样地作出欢迎的姿势。不过这高贵的架势与美丽的法院大楼、花园和法官办公套间还真相配。

“谢谢您，”我说，“能上这儿来真是太棒了。”

“请坐，我给你弄点喝的吧？”

“不用麻烦了，谢谢您。”

“斯廷森法官正在面试其他人，但是应该很快就能结束，别拘束就行。”

布伦达的热情稍稍减轻了我的紧张不安。我坐到一张超级舒服的淡棕色沙发的边沿，它像把软长椅一样嵌在墙上。每一件物品都如此漂亮，高贵，我觉得自己在这里有点不协调。

门关上了，一个心事重重的深色皮肤女孩，穿着一身黑色套装，出现在会客室里。她将办公室环顾一遭，我们四目相对。对方带着一种不理性的神态望向我，狠狠地看了我几秒钟。她是在试图恐吓我吗？

她肯定是来自哈佛法学院，那里教给学生的是恶性竞争的黑暗艺术。而耶鲁则较为宽厚，温和，是不会教授这些东西的。她身上带有哈佛法学院学生那种令人生畏的咄咄逼人，而且毫无时尚品位可言。（很抱歉让你大失所望，《律政俏佳人》只不过是一部电影而已。）

哈佛女孩愚蠢的短发让她看起来偏男性化，她穿着不合时宜的黑色套装，更给人这种感觉。黑色虽然是保险的面试颜色，却给人乏味之感。

我微微一笑，准备举手试探性地问候哈佛女孩。我原本打算礼貌地站起来介绍自己，但在我还未开口，或做任何事情之前，哈佛女孩从口袋里掏出黑莓手机，核对了一下时间，便大步流星地走出办公室。

我不知道自己在等待面见斯廷森法官时应该做些什么，照理说，我可以用手机查收邮件，但此举看起来有点不礼貌。因此，我把目光转向咖啡桌上的读物。桌上有一份斯廷森法官在《弗吉尼亚法律评论》上发表的论文的复印件，题目是“联邦法官在我们的宪制中的作用”，这真是一本奇怪的咖啡桌读物。我已经读过这篇文章，所以，我将它搁置在一边，转而阅读一本介绍加州乡村风格房屋的书籍。我被“海景房、峡谷别墅和庭院平房”深深地吸引，这缓解了我面试前特有的焦虑心理。

我开始憧憬从马里布豪宅的阳台向外眺望的大海景观。紧接着，又迷上了坐落在俄罗斯河谷畔、设计独具匠心的超现代谷仓式房屋。

“我看到了，你正在阅读我最喜爱的书籍！”

我被这个声音吓了一跳，不由得抬头看。我非常高兴地发现，站在我面前的是一位娇小、极有魅力的欧亚混血女人，正是克里斯蒂娜·黄·斯廷森阁下。她有着神秘的异国情调面容，看起来就像是娇小版的凯瑟琳·泽塔-琼斯。

我慌忙站起身来。这本书正翻到马里布庄园那一页，“砰”地掉在桌子上。我都忘了自己身上还放着书！我这是在破坏联邦政府财产吗？

我应该先做什么呢？是合上书籍，把它放在适当的位置，还是与斯廷森法官握手？最终，我把联邦财产放在一边，跟法官打招呼。

“斯廷森法官，很荣幸见到您，”我慌乱不安地脱口而出，“我是奥德丽·科因。”

“我是斯廷森法官，”她微笑着伸出手，“不过，你已经知道我的名字了吧。”

我握住斯廷森法官的手，咯咯地笑起来。我从审判实践课上学到了一件事：在听到法官讲笑话（或者任何类似的内容）时大声发笑。

然后，我想起了那本书，它正无助地摊在咖啡桌上。我猜书脊会在我曾翻开的那页留下折痕，每当斯廷森法官看到这个折痕，她就会想到我。

“法官大人，我很抱歉弄皱了您的书。”我说着，匆匆地合上书，极其小心地把它放回咖啡桌上。“您瞧，当我站起来时，忘了自己还拿着它……”

“别担心，”她说，“我家里有十多本。我真不是开玩笑，这是我最喜欢的书，其中专门介绍了我家的房子，作者送了我好多本。”

“好吧，法官，如果您的房子像您办公室这么漂亮……”

“奥德丽，你真是太好了，不过让我们开诚布公地说——这间老房子？我尽自己最大的努力在装修。不幸的是，负责政府财产的总务管理局设置了各种限制。他们没有给我太多的预算。我不得不，好吧，倒贴……”

她面带微笑，我也笑脸相迎。或许他们对加州人的评论是正确的：迄今为止，我遇到的每个人，从佩尔韦兹到布伦达，再到斯廷森法官，都这么亲切友善。

“布伦达给你弄喝的了吗？”斯廷森法官问。她的问话让我感觉自己像是她丈夫公司的一名客户。斯廷森法官嫁给了罗伯特·斯廷森，他是好莱坞最有权势的经纪人之一，也是出于这个原因，她能够居住在依照咖啡桌上书籍里装修风格的豪宅中。身为联邦法官，她挣的工资并不算高。他们曾是吉布森、邓恩与克拉彻律师事务所的同事，之后，他前往娱乐界发展，而她则成了合伙人。

“不麻烦了，谢谢您，”我答复说，“我在机场吃了东西。”

“非常好。我们开始面试，可以吗？”

斯廷森法官领着我走过一段装有壁板的短走廊。象征权力和荣誉的纪念品挂满整面墙壁：第九巡回上诉法院所有法官的全家福；加州中区法院所有法官的合影，当时斯廷森法官还是地区法院法官；女性律师协会发放的一张玻璃装裱的奖状，当时她是吉布森与邓恩律师事务所极富前途的诉讼合伙人；最令人印象深刻的是斯廷森法官和丈夫与小布什总统及其夫人劳拉·布什的合影，任命她担任联邦上诉法院法官的正是小布什。我跟在斯廷森法官后面谨慎地走了好几步，内心充满羡慕，珍珠灰针织套装将其身材衬托得如此绰约多姿，尽管斯廷森法官年龄老得几乎能加入美国退休者协会（AARP）了。

进入斯廷森法官的私人办公室后，我不禁屏住了呼吸，她的办公室充满阳光，因为有一整排窗户，横跨深谷的高拱形大桥的壮观景象尽收眼底。房间整体的艺术美感，仍属于当代加州风格，但带有亚洲印记：一张手工制作的亚洲地毯，褪色很厉害，算得上是古董了；两个蓝白相间的花瓶，由中国陶瓷烧制而成，尺寸有小孩那么大；红油漆的茶几，放在褐色的沙发旁。斯廷森法官示意我坐到沙发上，这张沙发与会客室的那张很像，坐着比看上去要舒服。她自己则坐在一把绒垫圆形扶手椅上。

我被这样的环境镇住了，如果我修剪后的指甲可以抓点什么东西的话，我一定会用它来抠手上的皮肤。但是，斯廷森法官很快让我放松下来。她翻看我的简历，问了我几个常规性的问题：我喜不喜欢在哈佛的大学生活，我在法学院最喜爱的课程，我目前在法律评论社编辑什么类型的文章。我也给出充满热情的标准化回答。在律师事务所应聘时已经经历过此类提问，我对答如流。

作为一名达到一定年龄的亚裔（或者亚洲混血）女性，斯廷森法官举止温和而且健谈，让我想起我的妈妈，只不过法官的发型更好，脸上也没什么皱纹（难道注射过肉毒杆菌霉素？），讲一口纯正的英语。当然，她还了解法律行业那一套多层次的复杂知识体系。她看到我暑期在克雷弗斯实习时，赞许地点了点头；看到我在二年级春季学期的模拟法庭大赛中进入决赛时，喃喃自语“非常好”；看到我成为法律评论社论文委员会的成员时，（恰到好处地）扬起了眉毛。

“我注意到，你的成绩特别优异。”斯廷森法官说，她甚至没有将我的成绩单从放在膝盖上的一堆材料中抽出来。“但是，因为我们具有跨州管辖权，第九巡回上诉法院会接收大量的复杂商业案件。你的‘商业组织’课程成绩中等，让我格外注意。我怎样才能相信你可以处理好这些案件呢？”

“是这样，斯廷森法官”，我说，“我不知道‘通过’能否被称为‘中等’成绩。我不是低分通过……”

耶鲁法学院的学生成绩分为不同等级，与一般人的想法不同的是，这几个等级非常宽泛：优秀、通过、低分通过、不及格。我成绩单上的其他课程全是优秀，只有“商业组织”一门是通过，其他大多数学院称这门课为“公司”，因为雷吉纳·拉涅利教授讲课语速很快，很难得高分。

“奥德丽，你很机灵，”斯廷森法官微笑着说，“但是，不要跟我要小聪明。你现在是法学院三年级的学生了。你听说过班上的其他同学得到低分通过的成绩吗？”

“没有……”

“在过去几年里，我已经看过几十份耶鲁学生的成绩单。你认为我总共看到过几份低分通过的成绩单呢？”

“十份？”

“一份。”她的指甲无不精心修剪过，她把一个手指指向天花板，“我很惊讶，就给他的教授打电话询问此事。原来那名学生那学期居住在旧金山，准备创业，总共在课堂上出现两次：一次是开学第一课，一次是期末考试。最终，他低分通过，而没有不及格。”

我在长沙发上挪了一下位置，我能感觉到蓝莓松饼仍在胃里蠕动。我注意到自己右手的指甲正戳进长沙发的抱枕里。

“那么，”斯廷森法官说着，将背靠在圆椅上，“你为什么不告诉我‘商业组织’课程的成绩情况呢？”

我记得自己在准备法庭模拟大赛决赛时，学到一个经验：在回答法官的提问时，花一会儿工夫组织自己的想法。我再次这么做了。

"'商业组织'实际上是我最喜欢的一门课程，"我说，"我从这门课程中学到非常多的东西。我的期末成绩没考好，主要是因为答错了一道关于对冲基金规则的问题。因此，去年夏天，在克雷弗斯实习时，我找到了一个在这个领域有实践经验的搭档，与他合作，协助设立了一项基金，还协助他写了一篇法律评论文章。这学期，我又选修了拉涅利教授开设的金融工具规制课程。我非常努力地学习，希望这学期能够换回一个更好的成绩。"

斯廷森法官认真地点了点头，嘴角悄悄露出一丝微笑。我感到自己就像是一名奥林匹克体操运动员，刚巧落地。斯廷森法官合上我的简历和成绩单，放置于桌子的一边，我们开始讨论更具实质性的问题。

"我不是第九巡回上诉法院的代表性法官，可以这样说吗？"她说道，"我能推定你了解我的司法理念吗？"

"当然，斯廷森法官。您在第九巡回上诉法院特立独行，正是因为您主张司法克制，这一点非常有力地体现在您的法律意见书中，比方说，在格兰特案中，你采用的无害过错理论分析模式，最终被联邦最高法院采纳。在涉及职务豁免权的厄普顿案中，您曾因法院拒绝复审此案而发表不同意见，联邦最高法院再次采纳了您的意见……"

"奥德丽，你在恭维我！"斯廷森法官咯咯地笑起来，"请接着讲下去。"

我感到脸颊开始微微发红，是的，我正在说奉承话，但我极为迫切地想要得到这份工作。斯廷森法官好像不反对我的做法。我在面试律师事务所的工作时，学会了如何区别讨厌拍马屁与享受恭维的面试官，我能看出，斯廷森法官属于第二类人。

“我对您的学术文章也充满钦佩，”我说，“您在《弗吉尼亚法律评论》上发表的论文，考察法官在宪制体系中的角色，融入您作为一名现任法官的实务视角，探讨人们耳熟能详的司法克制主题，令人耳目一新。”

我很高兴自己偷偷提及了《弗吉尼亚法律评论》上的论文，这能让斯廷森法官知道，我刚才读一本咖啡桌书籍，而非她的法律评论文章，是因为我早已读过这篇文章。

“我再说一遍，你真是太有心了。但我个人觉得，这并不是我最好的作品，尽管写得也不错。我更喜欢自己发表在《哈佛法律和公共政策杂志》上的论文，探讨司法权如何限制法官的权力。人们倾向于将司法权看作一系列枯燥的技术性问题。司法权的法律基础是什么？是《美国法典》第1331条规定的联邦问题管辖权吗？是《美国法典》第1332条规定的跨州问题管辖权吗？还是《美国法典》第1367条规定的补充性管辖权？初审法院受理的案件符合这几个条款的限制吗？适时提交上诉申请材料，就能创造出正当的上诉管辖权吗？”

有人可能会觉得斯廷森法官是在卖弄学问，她这样说却打动了我。有些人在担任一段时间的法官后，就荒废了法律人的技艺，但是斯廷森法官仍是一个密切关注法律细节的人，这一点让我感触很深。

“但司法权界限不只是技术细节，制约法官权力，是一件既重要又有意义的事情。不要误解我，我也喜欢手握大权。”说到这，她开怀大笑，束贝含犀，令人艳羡，“但是我不是民选官员，而且任职终身，无须向民众负责。这未必是一件好事。”

“法官，我愿意称您是一名仁慈的独裁者！”

“哈！如果把你的话告诉我丈夫，或者我的孩子。我可支使不动他们！”

我大声笑起来，这次笑是发自内心的。我们来来回回又讨论了几分钟司法克制问题。斯廷森法官援引弗兰克福特大法官在西弗吉尼亚州教育委员会诉巴尼特案中的异议，认为法官在判案过程中，他对法律的个人看法，不论明智还是可恶，都不应掺杂其中。我引用了霍姆斯大法官在《哈佛法律评论》上发表的一篇论文，他在文中写下一句名言：“我们无法了解立法机关的原意，我们只能探究法律条文的意思。”她转而援引马歇尔首席大法官在马伯里诉麦迪逊案中的意见：“司法部门的职权和责任显然在于解释法律‘是什么’，而非法律‘应该如何’。”

我们的对话好像是一场宗教布道仪式，法官和我你来我往，向对方引用自己最喜欢的段落，用“阿门”回应对方。不同的是，宗教布道引用《圣经》词句，而我们引用的是司法克制、文本主义以及相关理论方面的最著名片段。

“当然，法院并不是反对司法能动主义的斗争中的唯一战场，”斯廷森法官说，“其他阵线甚至更为重要。你打算申请联邦最高法院的助理职位吗？”

我很期待听到这个问题，因为斯廷森法官以前的助理写了不少称赞她的文章。

“是的，法官，”我说，“担任联邦最高法院大法官助理正是我的梦想。”

“太棒了。我鼓励，**非常**鼓励，我所有的法律助理去申请联邦最高法院的助理职位。它充分反映了我的能力——我是能向联邦最高法院输送助理的法官。我喜欢获得赞扬，希望成为一名有成就的法官。”

“您已获得联邦巡回上诉法院的终身职务！您知道，这已经很伟大了！您还得打动谁？您还想去哪儿？”

斯廷森法官如触电般地扬起了眉毛。我这是抽得什么风？我无法相信自己竟如此激动不已：语调高昂，感情充沛，忘了带上“法官”或“庭上”的头衔。我的言辞太过随意，即便算不上出言不逊，也远非对联邦法官讲话的得体方式。

斯廷森法官目不转睛地看着我。我硬撑着准备接受她的训斥。

“很抱歉，庭上，”在她答话之前，我降低了自己的声调：“我没有不尊敬您的意思。我只是，嗯，我在想，您已经获得了如此令人惊叹的职位……”

“奥德丽，”斯廷森法官摇着头，叹息道，“人往高处走，一贯如此。”

她就此打住，戴着珠宝的手指触摸着自己完美的下颚，停滞了一小会。然后，她回过神来注视着我。

“这么说，你有兴趣申请联邦最高法院的助理职位，”她说，“在目前这些联邦法院大法官当中，你最喜欢谁，为什么喜欢？”

“我有两个最喜欢的人选。我钦佩基根大法官，因为他注重宪法文本，还非常中肯地阐述过原旨主义理论。我还佩服威尔逊大法官，他密切关注历史，心胸也很开阔，他愿意重新思考其他法官认为确凿无疑的原则性问题。从程序上讲，我会申请所有的大法官，不过，我最希望给基根或威尔逊大法官担任助理。”

“我很幸运，和他们两个都是朋友。”斯廷森法官一边说，一边指着一面墙上的合影给我看，上面是她和两位大法官，“我的几名助理已经给他们担任过助理。我很高兴你这么欣赏他们二位。我对你们这种常春藤联盟毕业的学生简直别无所求！”

“抱歉，法官，请不要将我与其他任何人混为一谈！我们不全是狂热的司法能动主义者。”

“哦，奥德丽，我只是说笑罢了。我就读于加州大学伯克利法学院，所以可以向你保证，加州伯克利绝不是司法克制主义的温床。第九巡回上诉法院也不是。你知道，当我主张基于法律……进行判决时，有时会觉得自己像是在荒野上孤独地嘶吼。”

我也笑了起来。是的，这次面试就是一场游戏，我决定要遵守游戏规则。

“最后一个问题，”斯廷森法官说，“我这次已经收到一千多份助理申请，全是来自国内著名法学院的尖子生。在这一千多个申请人当中，我凭什么应该雇用你？”

这么直接的问题让我震惊不已，进而乱了阵脚。

“庭上，”我脱口而出，“我就是您。”

我刚才说了什么？这句话是打哪儿冒出来的？我为什么要故意拆自己的台？

“对不起，我没听清？”斯廷森法官打理得很漂亮的眉毛高高挑起，我不再怀疑她注射过肉毒杆菌霉素了。

“斯廷森法官，我就是您。我聪慧，野心勃勃，坚忍不拔。我出身卑微，一切靠自己打拼。有些人瞧不起我，他们希望我像家境一般的亚裔美国女性那样，一直当壁花，但是，我想证明他们错了。我要成功。”

我紧张得停不下来，估量着斯廷森法官的反应，一口气继续往下说，别无选择。

“我认真学习，非常认真，直到我完成学习目标。我从我妈那儿明白了人要勤奋努力，她是一名护士助理，长年累月地超负荷工作。我从父母那继承了移民的劳动习惯，我母亲是来自菲律宾的移民，父亲是爱尔兰移民的后代。我从不认为凡事理所当然。如果有幸被选中，成为您的助理，我将不负厚望。我向您保证。”

斯廷森法官盯着我看。我故意沉默了一会儿。照常理来说，我讨厌冷场，但是该说的我都说完了。

此时，我才意识到“我就是您”出自何处。几年前，特拉华州的一名参议员候选人，在电视竞选广告中回应她涉猎巫术的指控时，开篇就说：“我不是巫婆，我就是你。”我曾在 YouTube 上反复观看这段视频（因为我觉得它很搞笑），“我就是你”渗入了我的潜意识，在巨大的压力下闪现出来。

“奥德丽，”斯廷森法官沉默了一会儿，时间仿佛静止了，“我通常不会这么做……”

她准备做什么？把我赶出办公室吗？耶鲁大学负责申请法官助理的顾问将会惊讶地得知，我是如何在第九巡回上诉法院法官面前自吹自擂，在接下来的五年里，这名法官可能会拒绝聘用耶鲁毕业生，以回敬我的无礼举动。

“我一般都要等到面试完所有的申请者之后，再发录取通知书，”斯廷森法官说，“但是，我和你特别投缘，我很想让你来做我的助理。”

我紧张得有些反胃，又兴奋不已。事情竟然就这么成了。

“斯廷森法官，”我努力以庄重的语调说道，“我很荣幸能成为您的助理。”

我们再次握手。她握手时坚定有力，纤纤玉手，肤如凝脂，她涂的是珍珠霜吗？

“很好，”斯廷森法官说，“期待与你共事。”

03

在泳池边阅读的女生

当我缓过神来时，我才意识到，这是2012年8月一个闷热的星期天下午。在洛杉矶国际机场降落时，我就给老朋友佩尔韦兹打了通电话。一年前，他曾开车接送我去参加斯廷森法官的面试。他将我的两个行李箱稳稳地放进小面包车的后座，我们开车直奔帕萨迪纳。

佩尔韦兹问道："说说看，你为什么决定要搬到帕萨迪纳来？"

"我要给法官当助理，每天工作很长时间，又不会开车，因此，我一定得住在法院附近。"

"也是啊，我带你去法院大楼，那幢漂亮的法院大楼，在那儿上班的人，肯定都是大人物。"

佩尔韦兹已经不再将法官助理视为纯粹的助手了，这让我挺高兴，不过，我还是对他悦耳的声音报以谦虚的回应。我强调说，法官助理只是协助法官工作，法官才是最终的决策者，从法官办公室发出的所有材料，都必须用法官的名义。作为法官助理，我们就像是圣诞老人的精灵，对判决过程发挥着必要却看不见的作用。

实际上，我非常喜欢这种只用承担有限责任的工作，至少有时候是这样。我刚刚从法学院毕业（而且不是一家很注重实践经验的法学院），我甚至还没有律师资格证（纽约州的律师资格考试成绩要到 11 月份才能出来）。我对法律、生活还有其他事，又知道多少呢？让我感到宽慰的是，我只需做研究，提建议，我的法官可以视情况自由决定是忽略还是推翻我的研究与建议。

当然，也有一阵子，比如说获得法官助理职位的那天，我因自己接近权力而兴奋异常，而且很相信自己将成为优秀的法官助理。但是今天，我却有些焦虑，就像是三年级学生正准备着他的新学年。我猜想，这是法官助理心中常有的心理波动：一方面，担忧和低估自己的作用；另一方面，又相信和夸大自己的影响。

星期天，路上车不多，我们很快就到了我的新家：距离法院大楼几个街区的一幢没啥特色、比较破败的低层公寓。我只看过照片，没有实地考察便定下了这间公寓（因为我负担不起再次飞洛杉矶的机票）。这就像你在网上约会时看中一个人，见面后发现对方又矮又胖。

佩尔韦兹拎着我重重的行李箱，一路走到门前，来到这幢露天建筑的二楼。与上次他开车送我去参加法官助理面试一样，车费八十美元，我给了他一百美元。我很乐意如此慷慨，因为他人很和气，而且费了很大的力气帮我搬运行李，但当我从钱包中抽出二十美元的纸币时，还是感觉有点心痛。

我很在意金钱，所以才找了这么一间公寓，它已经在斯廷森法官的几届助理手中流转了几圈，还留下了即将报废的宜家家具。因此，当我打开房门，看到狭小、破旧、灰暗的房间，并没有太多不安。这里活像是一间汽车旅馆，电影中倒霉的罪犯逃亡时，可以在此藏身。房间里的情形跟我的预期一样，靠法官助理的薪水生活、同时背负着超过十五万助学贷款的人，也只能这么过了。好在，大部分时间里，我并不待在这儿，斯廷森法官先前的助理开玩笑说，法官的办公室套间才是他们真正的家。

前任租客迈克尔·诺梅利尼竟然将公寓打扫得非常干净（对一个男人来说，尤其难得）。我没花多长时间就整理好了行李和房间。外面天还很亮，我决定再去看看公寓院子中心的小游泳池。我只是想大致浏览一下，所以就没有费劲地换上泳衣。

游泳池维护得还不错，就是没水。紧挨着泳池，坐着一名房客，别人很难不对她多看一眼：年轻，高个子，非裔女性，让我想起电影《珍爱人生》里的加布蕾·丝迪贝。她穿着一件红色白圆点的比基尼泳衣，正在读一本……《斯坦福法律评论》？

我站在泳池边上的白色金属栅栏后面，我的邻居深深地沉浸在自己的阅读之中，并没有注意到我。我应该过去跟她打招呼吗？

我完全被这位邻居迷住了，没有意识到自己正倚靠在栅栏的门上，门摇摇晃晃，发出很响的吱嘎声。我身体往前一倾，才重新站稳了脚跟。那名年轻女士抬起头来，我们四目相对。

“小妞，你在看什么？”

她充满火药味的语气让我一时语塞。

“怎么啦，难道你的耳朵也和你的白屁股一样小吗？”

我尽量用温暖来化解她的敌意，我走过去，满脸堆笑，伸出了自己的手。

“你好，”我说，“我叫奥德丽，刚刚搬进来。”

“哈维塔，”她说着站起身来，跟我握手，“我叫哈维塔·钱伯斯。”

“对不起，我不是故意要惊吓你，我只是，你知道，我只是……”

“嗯，我知道，没关系啦！你刚才在瞅我这个傻大黑！”

她拍着自己粗壮的大腿笑起来。我也跟着笑了，觉得很放松。哈维塔的敌意是装出来的，她会成为我的非裔美国密友吗？

“事实上，”我说，“我在留意你读什么书，我无意冒犯《斯坦福法律评论》，但我晒太阳时一般会读《美国周刊》。”

“你开玩笑吧？我很爱看法律评论上的文章，我几乎对所有的法律都感兴趣。出于工作需要，我整天跟州法律打交道，但今天我读的是联邦法律方面的文章，关于证券交易委员会新代理权法规对小公司股东利益的影响。下一篇是从语言学上分析《保障职工退休收入法》相对于州法的优先地位，紧接着这篇是对一些法官的异议的实证分析。你知道的，也就是联邦巡回上诉法院不同意满席重审某些案件，而有法官对此发表异议。读这些文章，我就像猪圈里的猪一样惬意。”

我实在不知道说什么好。

“那么，”我说，“你读的是斯坦福法学院？”

“不，”哈维塔说，“斯坦福？那是富家女去的地方，跟你说吧，我念的是麦乔治（法学院）。你也是律师吗？”

“嗯，差不多，算是吧。”我一边说一边使劲地回忆自己是否听说过麦乔治（法学院），“几个月前，我刚参加律师资格考试，但还没得到结果，因此，我还不是律师。目前，我正给法官当助理。”

“真他妈巧，我也是，你给谁当助理？”

“斯廷森法官，第九巡回上诉法院？”

“你是在陈述，还是在提问？我听说过第九巡回上诉法院，就是那个经常被联邦最高法院推翻判决的、狂热的自由主义法院？”

我觉得自己脸都红了，虽然还没开始上班，但我还是要捍卫一下法院的尊严，至少是斯廷森法官的尊严。

“我老板斯廷森法官，是非常保守的法官……”

“是啊，听着，你不用跟我辩白，”哈维塔说，“我正给一位州法院法官当助理，而不是那些自负的联邦法官。”

“你给哪位法官当助理呢？”

“舍温·林，加州最高法院。”

我对州法院助理了解不多，但我有一个模糊的印象：加州最高法院聘用的是常任律师，而非法律助理。

“哦，”我尽可能礼貌地表现出自己的困惑，“我以为加州法官不聘用法律助理呢？”

“确实，”哈维塔说，“加州最高法院通常只用长期聘任的律师，但是林法官想要进行新尝试——混合聘用常任律师和短期助理。他聘用的常任律师和其他人一起在旧金山工作。我们是他首次雇用的两名助理，跟他在帕萨迪纳上班，他就住在这儿。他得到法院允许，暂时在此办公，因为他老爹年龄太大了，体弱多病，也住在帕萨迪纳。这是一个新尝试，希望我们别他妈跟他们一样！”

我那严厉的菲律宾妈妈无法容忍污言秽语，因此，经常脏字不离口的人，比如杰里米，绝对会喜欢哈维塔，他们经常让我进退两难。我的表情一定暴露了我内心的不安。

“怎么啦，小姐，我冒傻气的嘴吓着你了？不用担心，我也可以像总统一样。”哈维塔向上举起双手，明显改变了语调，神态像是在播报晚间新闻：“在跟听众讲话时，我特别擅长把握自己的语态。你认为我在面试时是靠这种连珠炮式的语气，震惊了舍温·林法官才获得的助理职位吗？”

哈维塔又一次让我无话可说。她喜欢阅读法律评论上的文章作为消遣，她可以在流氓和淑女之间来回自由切换。这名奇女子到底是一个怎样的人啊？

当我尽力想合上快掉到泳池的下巴时，她接着问我："你上的是哪家法学院？在哪个臭名昭著的地方？"

"嗯，耶鲁？"

"哈，我想也是，"她拍了拍我的手臂，力气之大出人意料，"不用担心，我不讨厌同行，我老板就是耶鲁毕业的，我很尊重他。"

哈维塔说得没错，她的法官舍温·林的英名仍然在耶鲁传播。他是《耶鲁法律杂志》的执行编辑，在毕业典礼上获奖无数，曾在哥伦比亚特区联邦上诉法院当助理（理所当然），随后又到最高法院当助理（同样理所当然）。四十岁之前，他就被提名为联邦第九巡回上诉法院法官，但是他在加州大学洛杉矶校区当法学教授时发表的一些有争议的言论和学术文章，给他的提名带来了点麻烦。共和党成功地阻止了这次提名，州长于是任命他担任加州最高法院法官。

除却我对哈维塔的好奇，或许正是因为如此，我想进一步了解她。强硬的语气下，她其实看上去挺友好，况且她无疑有着有趣的个性。我们交换了联系方式，约定有空时一起出去逛逛。

回到房间后，我还在思索哈维塔这个人。我一直以为，像她这样以读法律评论文章为乐的人，应该念的是比麦乔治更好的法学院（分手之后，我立即在手机上查了麦乔治的排名，《美国新闻与世界报道》评的前一百所法学院中都没有它的名字）。我很好奇，她的这一整套"街头语言"来自何处。如果我所料不差，她应该出身于中上层的非裔美国家庭，只不过极力"保持本色"，看上去像是贫寒人家的孩子。

哈维塔能够给林法官当助理，从这一点来看，她在法学院的成绩一定不差。然而，即便是在加州这一美国最大的州的最高法院当助理，其声望仍比不上大多数联邦上诉法院助理，更不用提联邦最高法院助理。我都怀疑，哈维塔知不知道什么是联邦最高法院助理。

第一天上班

上班第一天，当我到达第九巡回上诉法院大楼时，我感到有些紧张。我穿着灰白色的希尔瑞牌西装裙套装，这是我暑期在克雷弗斯律师事务所实习时所穿的昂贵行头，不过，这身衣服并没给我带来一如往常的自信。我还没到汗流浃背的地步，但在加州这样一个凉爽的早晨，当我步行七分钟，从自己住的公寓赶到法院开始工作时，确实是出汗了。

这个周一是我法律职业生涯开端的标志。我在大学毕业后直接就去了法学院，因此，这也是我真正开始工作的第一天。真是个大日子。

当我走到斯廷森法官位于法院大楼五层的办公套间门口时，我轻轻地摁响门铃，与当初我来参加面试时一样。还没等我听到回音，我面前的门忽然就开了。

“奥德丽，见到你真是太好了，欢迎！”

我还没回过神来，就被法官的秘书布伦达·林赛抱了个满怀。我也尽力抱住她，只是觉得自己的动作过于生硬。布伦达和我只见过一次面，但即将离任的法官助理们告诉我，布伦达将助理视为自己的孩子。

“法官这周出城去开会了，”布伦达说，“我来带你去你的办公室，把你介绍给其他助理。”

在这批法官助理中，我是最后一个来报道的，因为7月底参加律师资格考试后，我又歇了一段时间，让自己放松一下。最后才来报道的坏处是，我分到了一间没有窗户的办公室，而我的助理同事却能够饱览阿罗约·塞科峡谷和科罗拉多街桥的美景。我安慰自己说，没窗户也有没窗户的好处：可以更好地工作，而不用担心分神（如果我需要阳光的话，可以待在法官办公套间的图书室里工作，除一楼的法院图书馆外，法官还有自己的私人图书室）。

一起来给法官当助理的几位同事，我已通过邮件或脸书在网上见过了，但面对面相见，仍旧很重要。我们在第九巡回上诉法院的司法之战中，能成为可靠的朋友、患难与共的伙伴吗？我们会为了赢得斯廷森法官的青睐而你追我赶、相互超越吗？或者，两者兼而有之？法律行当里满是实力不俗的竞争者，“腹黑”的人际关系比比皆是。

哥伦比亚法学院毕业的阿米特·古普塔让我感觉有点不自在，他曾是《哥大法律评论》的执行主编。（我们见面时，他并未提及这一点，但我在来入职之前，将所有的助理同事都Google了一遍。）阿米特看上去很热情，充满活力，而且比较敏感，他跟我握手时，微微弯着腰，用一种近乎装腔作势的姿态对我说：“很高兴见到你！”

我们也有一些共同点：都是少数族裔，都来自纽约的皇后区，但我总觉得阿米特在我面前遮遮掩掩的，让我有些不自在。我决定要留意一下他。也许，我之所以觉得受到威胁，是因为我将他视为获得斯廷森法官青睐的最大竞争对手。阿米特小时候曾赢得全国拼字比赛奖，这种奇特的荣誉会在申请最高法院助理时吸引大法官的目光或是秘书的关注吗?

与詹姆斯·霍根的见面让我感觉放松多了，他握手时坚定有力，但又不让人感到压迫，他笑容灿烂，令人愉悦。他毕业于加州大学伯克利校区法学院，跟斯廷森法官是校友，可能也会争取到最高法院当助理的资格。他身材高大，相貌英俊，这些绝对对他有益无害。根据我道听途说的调查，最高法院似乎倾向于招聘外表出众而非相貌平平的助理。说不定，大法官在面对这么多的出色简历时，会用外表来决定取舍。

无论从哪个方面看，我都觉得阿米特是比詹姆斯更为直接的竞争对手。也许是因为詹姆斯跟我太不一样了，他看上去如此放松，如此具有加州特色，又是如此挺拔。与詹姆斯相比，阿米特和我就像是神经过敏的小矮子。

我不知道该如何形容我的第三位助理同事拉里·克拉斯纳，他毕业于罗耀拉法学院——学院就在洛杉矶，没什么学术气质，也许是因为我太看重这一点了。他可能过得不太顺心，或者是别的什么原因，因为他跟我见面时不太热情，看上去似乎有点不太想来法院工作。

那天余下的时间，我一直跟珍妮特·李待在一起，她是即将离任的助理，我接她的班。我来参加面试时，曾见过珍妮特，她也是在纽约长大，不过后来去了斯坦福大学法学院。她准备回到纽约，去沃切尔与利普顿律师事务所工作。

珍妮特向我讲解了担任法官助理的具体职责，我的工作可以分为三大领域：第一，在庭辩“日程”之前，或者在斯廷森法官听取庭辩前的一个星期，我协助法官准备好庭辩材料，其中包括撰写一份“法庭备忘录”，综述案件涉及的事实与法律问题，向法官提供如何判决此案的建议；准备一份“法庭文件夹”，放置备忘录以及与案件相关的各种材料。（珍妮特告诉我如何准备法庭文件夹，要将重要材料置于显著位置，按一定顺序存放，贴上彩色标签贴，她将整个过程称为“一门手艺”。）在开庭之前的“审查周”，我还要与法官见面，讨论案件。

珍妮特说：“在这里，你**必须**记住一件事，当你收到一个新案子时，一定要确定法院对案件有管辖权。斯廷森法官非常在意管辖权问题。”

从面试时我与法官的谈话，以及法官相关的论文中，我已知晓这一点。管辖权事关法院是否有权听审某个案件。有各种理由会使法院缺乏管辖权，尤其是严格依据法律的理由，如果存在“管辖权问题”，法院就必须驳回案件。

珍妮特补充说：“举个例子，初审败诉的一方如果提交了上诉申请，就表明他们准备上诉，但是，如果他们没有按照时间要求提交上诉申请，第九巡回上诉法院就不能审判此案，无论其中涉及的法律问题有多么重要，都必须以缺乏管辖权为由驳回上诉。”

我点点头，这些我都知道。若干年前，联邦最高法院判决的一个案子曾明确表示，未能按时提交上诉申请，上诉法院就没有管辖权。当我们在法学院讨论此案时，班上的不少同学觉得这项政策过于严厉，是不是应该规定某种具有“正当理由”的例外情形？但我觉得这样做是对的，如果允许出现超过截止日期的例外情形，将会彻底破坏这项政策所体现的原则。

第二，珍妮特解释说，每次当庭辩日程结束后，我应该跟斯廷森法官一起准备意见书。其中的工作量有多大，要取决于法官在案件中所起的作用：是撰写多数意见，还是异议，或者是仅仅为同事撰写的意见提供建议，以及所写的意见是公开发表，还是不公开发表。公开发表的意见会成为第九巡回上诉法院的官方先例，在未来的案件中约束法院的判决，而且，这样的意见书非常正式，文辞精湛。不公开发表的意见或“备忘式意见”，只涉及正在判决的具体案件，篇幅短小，文字简洁。

第三，我将协助斯廷森法官处理全院法官满席听审的案件，这是法官参与较为积极的领域。其中涉及重审第九巡回上诉法院三法官委员会所撰写的法律意见，看看是否存在问题。比如说，是不是不符合本院或者联邦最高法院先前的判决。如果是，法官就可以召集全院法官重审此案，或是让更多的法官参与重审。协助法官处理满席听审案件，包括建议她哪些案件需要满席听审，帮助她发布满席听审呼吁（包括起草一份《呼吁备忘录》，解释为何要重审此案），如果其他法官呼吁满席听审，还必须协助法官起草回应意见。由于斯廷森法官比第九巡回上诉法院的其他法官都要保守一些，她积极参与满席听审程序，既呼吁满席听审她认为审判庭裁判不公的案件（也就是她所不接受的自由派判决），也坚持自己的立场，回应其他不同倾向的法官——比如谢尔登·戈特利布法官和马尔塔·德勒兹法官——的满席听审呼吁。

在工作职责介绍的最后一部分，珍妮特重述了我将从她手中接管的具体案件。这些案件涉及的法律领域之多，着实让我吃了一惊，刑事诉讼法、破产法、知识产权、量刑、移民，无所不包，而且什么程序阶段的问题都有，令人目不暇接，有点像赌场酒店里的自助餐，只不过满是让我抓狂而非供我消费的东西。

“我从未接触过知识产权和移民案件，”我坦诚相告，“这会有问题吗？”

“你能应付的，”珍妮特说，“读读诉状和案例，必要时再看些背景材料，楼下的图书馆主馆可以找到你所想要的文章。”

“我可以带着问题去找法官，对不对？她对每个问题都了如指掌吧。”

珍妮特停顿了一会儿。

“我不会为这样的小事去麻烦法官。”她说。

珍妮特介绍完我的工作职责后，递给我一份名为“珍妮特·李离任备忘录”的材料，以书面形式概述了刚才培训的内容。

“这份备忘录里有你想知道的内容，”珍妮特说，“当你结束助理工作时，也要准备一份类似的离任备忘录。法官希望看到她的助理培训继任者，并移交案件。”

“谢谢你，真是太好了，”我边说边浏览这份厚厚的备忘录，“如果遇到问题，我可以给你打电话或者发邮件吗？”

珍妮特又停顿了一会儿，她在皱眉吗？

“嗯，”她说，“到律师事务所后，我会非常忙……”

我能看得出来，她是希望全身而退，而我可以很快投入其中。

“哦，我完全能理解，我知道你的时间会很紧张，你会怀念这段助理生涯吗？”

她更犹豫了，紧闭着嘴唇。

“我在这儿学到了很多东西，”珍妮特用一种小心谨慎的语气说，“但是我得继续往前走，找个工资多个零的工作。”

珍妮特把包挎在肩上，与我握手告别。

“你会发现给斯廷森法官当助理非常……有意思，”她说，“祝你好运。”

新同事

周二，我花了一上午时间读哈姆丹尼案的辩诉状并对此做了点研究，这是一起移民案件，涉及一名在美国寻求政治避难的巴基斯坦记者。为了获得政治避难资格，申请人必须证明自己回国后，有充分的理由担心会因政治观点“遭到迫害”。艾哈迈德·哈姆丹尼是巴基斯坦俾路支省的一名新闻记者和种族活动积极分子，他声称，自己支持俾路支自治，如果被迫回到巴基斯坦，人身安全会受到严重威胁。因为在过去的这些年里，支持俾路支自治的民族主义者，很多都遭到迫害，甚至被杀掉了。但是，给予政治避难的法律标准非常严格，移民与海关执法局不同意哈姆丹尼的请求，认为他的避难申请中有诸多矛盾之处。移民与海关执法局还表示，哈姆丹尼夸大了他在国内受迫害的威胁，以及他在俾路支民族主义运动中所起的作用。这是一个有意义而难办的案子。

我沉浸在阅读材料之中，丝毫没有意识到已经十二点半，直到詹姆斯瘦高的身影出现在我无窗的办公室门前。

“去吃午饭？”

对这样一个拥有茶色头发、蓝绿色眼睛、无瑕皮肤、闪亮牙齿的男孩，我怎能拒绝呢？

“好的，谢谢。”

我自己带午餐，我的助理同事也是一样，不仅是因为这样比较经济划算，也是因为法院大楼周围实在没啥可吃的。幸运的是，法官办公套间有一个面积虽小但设施完备的厨房。我从冰箱中拿出沙拉，用微波炉热了一下我的西红柿汤，然后和几位助理同事一起围坐在图书室的会议桌旁。

“看样子，”詹姆斯对我说，“你是在处理挺有意思的案子？”

“我刚刚开始看一个移民案件的材料……”

“奥德丽，”阿米特打断了我的话，“他说的是**有意思的**案子。”

阿米特不怀好意的嘲弄惹得拉里哈哈大笑，我们昨天见面时，阿米特还挺讨人喜欢的，他今天是怎么了？

“我从来没有接触过移民法，”我说，“所以我觉得有意思，对我来说是个全新的领域。”

“如此说来，你会发现几乎所有的案件都很有意思，”阿米特说，“你打耶鲁来，对不对？第九巡回上诉法院没有**那么多**涉及宪法第十四修正案的案件，或者宪法性案件，或者关于女性主义后结构学派法学理论的案件。”

“耶鲁确实提出了很多令人难以置信的理论主张，”我说，“但是我们也开设了很多非理论性课程，我就学过行政法、反垄断法、商业组织、刑法、刑事诉讼法、立法程序、量刑这些课程，另外还有很多选修课程：证券交易法、税法、高级税法。而且，我非常喜欢破产法……”

詹姆斯竭力想忍住笑，但还是笑出来了。阿米特瞪着土豆条包装袋上的配料表不出声，这位拼字大赛冠军难道是在寻找更多要记住的词汇？我意识到自己的反击有些过火，但我想尽早表明自己不是那么容易被打败的。

“是啊，但那些课程都是耶鲁版的，”拉里说，“在罗耀拉法学院，我们学的是**法律**，就是**课本上的**那种法律，不是不切实际的理论。”

我礼貌地点点头，觉得没必要跟拉里争辩。我尝了一勺汤，觉得太烫了，决定以后热汤时将微波炉少打十秒钟。

“听起来，你在罗耀拉学到了不少东西，”詹姆斯对拉里说，他的语气很友好，并不居高临下，“你喜欢法学院吗？”

能够申请第九巡回上诉法院的助理职位，拉里肯定是罗耀拉法学院的佼佼者。在班上名列前茅的毕业生都乐于回忆自己的法学院岁月，就像一事无成的中年运动员总爱回忆自己的高中岁月。

“实际上，我不喜欢，”拉里说，“我有点讨厌法学院。”

拉里很怪异，他跟我们没有眼神交流，也不低头往下看他的食物，他似乎一直盯着图书室那一端的墙壁。

听他这么回答，大家一时无语，还是阿米特开口说出了大家心中共同的疑惑。

“但是，你肯定在法学院表现不错，对吧？要不然你怎么能得到第九巡回上诉法院斯廷森法官的青睐呢？”

拉里笑了，声音非常大，这里毕竟是图书室，虽然我们临时将其改造为餐厅。

“不见得，”拉里说，“我不是法律评论的编辑，在班里成绩只是中等，我能得到这份工作，全是因为我爸爸，他姓克拉斯纳，叫乔纳森·克拉斯纳。”

啊，乔纳森·克拉斯纳，两度斩获奥斯卡奖的导演，他的电影广受好评，票房极高。他是罗伯特·斯廷森的最大客户，而这位好莱坞超级经纪人正是我老板斯廷森法官的丈夫。

“我老爹和斯廷森一家交情很深，”拉里继续说道，“鲍勃（罗伯特）一直是他的经纪人。因此，当我念到法学院三年级，毕业后的工作没有着落时，我老爹给法官打了个电话，让我上这儿来了。我认为自己不太适合当助理，我其实想进入娱乐法领域，但怎么说呢，工作就是工作。而且法官助理的工作经历也可以给简历增光添彩，就算我以后不做诉讼，也挺好，对吧？”

我的第一反应并不好：我们几个人可能得干拉里干不了的活。我的第二反应也不好：我的这位同事得到这份令人羡慕的工作，靠的是关系，而不是本事。

我的第三反应**却**好得不能再好了：拉里不可能获得联邦最高法院的助理职位。斯廷森法官雇他是为了给他老爹面子，但她不会看中拉里，将他推荐给最高法院大法官。在第九巡回上诉法院可以任人唯亲，但在最高法院绝对行不通。

和我一起竞争斯廷森法官推荐人选的，只有阿米特和詹姆斯，我用不着担心从罗耀拉来的拉里。一人出局，两人继续。

周五下午，我刚和几位助理同事吃完午饭回到办公室桌边，桌上的电话就响了。

会是谁打来的呢？谁知道这个号码呢？这年头还有谁会用有线电话联系啊？

电话再次响起，我该怎么回应呢？珍妮特在给我介绍工作职责时，没提这事啊。

电话响第三遍时，我拿起电话。我不希望它响第四遍，万一是法官打来的呢。

“你好，斯廷森法官办公室，我是奥德丽·科因。”

“小妞，你到法院上班都一个星期了，咋不冒个泡，打个电话？”

“嗨，杰里米，不好意思，我忙晕了，每晚都加班，快累死了。”

“小妞，上次我看过了，在第九巡回上诉法院当助理的可不止你一个人，我在戈特利布法官办公室，也一样要读案件材料，写法院备忘录。别为了工作抛弃朋友。”

“我没有抛弃朋友！友谊需要双向沟通，你为啥不给我打电话呢？”

“这周我一直在联系你，你没回我短信，也没接我手机。我本想给你语音留言，突然想起，2005 年以后，就没有人查收语音信箱了吧。因此，我最终决定试试你的办公电话，我在法院名录中找到的。我猜你也**不敢**让桌上的电话一直响下去。”

“你说得没错，”我回答道，“很抱歉，我太忙了，有不计其数的备忘录要写。我还遇到一件涉及《保障职工退休收入法》的案件，我在法学院时从未学过《保障职工退休收入法》。还有不少移民案件，我对移民法也一无所知，我不知道的实在太多了。”

“你能应付的，一向如此。这个周末有何打算？”

“继续工作，我的法官……”，我还没完成第一周的工作，斯廷森法官就成了“我的”法官。“我的法官就要从外地回来了。下周一，我要交给她很多材料，必须准备好，周末我会一直待在这儿。”

“好吧，我也一直在工作，除了周日外，戈特利布法官每天都到办公室来，他希望自己在办公室时，我们也在这儿，从早上九点，直到晚上九点。”

“这么疯狂工作，他一定是个监工。”

“但他和我们一样勤奋，我学到了不少东西。他很聪明，每天都把我叫到他的办公室谈很长时间，我们一起阅读案件，一起起草意见书初稿，逐字逐句，仔细推敲，我们的工作关系很密切。”

“太好了，”我说，“这才是助理应该做的。”

“我星期天有空，至少星期天晚上有空，一起吃顿饭看场电影吧？”

“我不知道是不是有时间啊，工作太多了。而且，周一早上，我们还要开每周例会，这是我们办公室的大事。这是我头一回参加例会，我得准备准备。”

“来吧，你就像讨厌的童子军，永远在准备。这个星期，你每天都工作到很晚，周末还加班，出来放松一个晚上，也不会死人。”

“从面试以后，下周一是我第一次见法官，我必须调整到最佳状态。你知道，人们常说：第一印象决定一切！”

“你知道，人们还说，”杰里米说，“只工作不娱乐，会让奥德丽变成傻大妞！”

我可以出去放松一个晚上，对不对？

“好吧，好吧，”我说，“我们早点见面。”

“没问题，我六点到斯廷森法官办公套间门口来接你，顺便见见你那超赞的助理同事。”

“你说詹姆斯？他可是直男。”

“你怎么知道？你问过他了？你到那儿才不过一个星期。”

“我就**知道**，凭直觉。”

“我也有直觉，在这座法院大楼里，每间法官办公室里都有一个同性恋。在斯廷森法官办公室，我打赌詹姆斯就是。”

“你这是在预设，在法学院念书时，你一直这么干，觉得每个男的都是同性恋，尤其是有吸引力的男生。”

“这么说，你认为詹姆斯很有吸引力，对不对？”

我很高兴杰里米看不到我脸颊变红。

“就常规标准而言，他确实很有吸引力，”我承认，“但这并不意味着他是我所喜欢的类型。”

“因为你是**如此**非同寻常。让我们打个赌，我出一顿丰盛的晚餐，赌你们办公室有一个助理是同性恋。”

我可无法像杰里米那样，轻易就能输得起一顿“丰盛的”晚餐，他不欠法学院的学费，因为父母对他很慷慨（他们还拿出一笔可观的“零花钱”，资助他出来做法官助理）。但是谈到打赌，我觉得很有胜算。在我的助理同事中，就衣着打扮和身材而言，詹姆斯确实最像同性恋，至少从通常眼光来看是这样。然而，我就是觉得他不可能是同性恋。这就是说，**毫无疑问**，我们办公室没有同性恋。

“赌就赌。”我说。

“太棒了，”杰里米说，“我都开始考虑如何吃这顿丰盛的晚餐了。不是和詹姆斯一起吃啊。”

如何虚度周末？

周一早上，九点还差五分的时候，我已经在心里将杰里米·西尔弗斯坦骂了十遍。

按照计划，我们周日很早就见面了，在科罗拉多大道的艾尔·乔洛餐厅，吃了一顿不贵的墨西哥美味，然后去街头的拉姆勒剧场看了一部纪录片——《凡尔赛宫的女王》。电影结束后，杰里米又说服我去杂货铺酒吧“喝点小酒”（虽然酒吧名为“杂货铺”，实际上挺高档）。这顿“小酒”虽说只是小酌，却喝了好几轮，因为我们要说的话实在太多了。我们喝了一圈鸡尾酒后，又喝了一瓶来自加州美尼斯葡萄园的小西拉红酒。我凌晨一点才到家，两点才上床睡觉，比原计划晚了很多很多。杰里米很慷慨地付了酒钱（这让我为要花钱打车回家的内疚平息了些）。但我也付出了代价，我有强烈的宿醉感。

我将手臂交叉放在自己的桌上，将头枕在手臂上，闭上双眼，想让我那无窗的小办公室停止摇晃。

“助理宝贝们！”布伦达在连接四个助理办公室的短短走廊里高喊，“周一上午例会时间到！”

“助理宝贝们”，是布伦达给我们四个人的昵称，甜蜜而又讨人喜欢，就跟布伦达本人一样。但在那一刻，我真想将布伦达和我的助理同事们赶到我的办公室，锁上门，然后逃离法院大楼，回家好好睡一觉。

我将头从桌上举起来，啊，墙壁仍在晃动。

“早上好。”詹姆斯说着，用他那瘦高的身体倚靠在我办公室的门边。

“嗨。”我有气无力地回答道。

“不要误会，我是说，你今天看上去不是很有活力[1]，科因。”

“谢谢你，我现在感觉还是不太好。”

“你昨天和杰里米玩通宵了？”

“可以这么说吧。”

布伦达在詹姆斯身边出现，将头探进我的办公室。

“抓紧一点，助理宝贝们，法官可不喜欢等待的滋味。”

我立刻站起来，踩着三英寸的高跟鞋，蹒跚前行。我选择穿这双鞋，是希望在第一个周一跟法官见面时，让自己看起来精神一些，但现在我很后悔自己的这个决定。我跟着布伦达和助理同事小心翼翼地穿过办公套间，好像走在雷区里。

我们走进法官的私人办公室，它像往常一样高贵典雅，我们围坐在会议区大理石桌面的桌子旁，桌子对面古色古香的时钟显示现在是九点整。

法官坐在房间正中的办公桌旁，正在读一份案卷，看上去好像

1 原文是 You don’t looking so hot today。詹姆斯之所以特地说“别误会”，是害怕奥德丽误解自己说她“不正”。

永远也读不完。我们几个人坐在那里，陷入尴尬的沉默。最终，她放下案卷，走过来，坐在会议桌的一端。

“早上好，”她看了一圈，面带微笑，“奥德丽，欢迎来到我的办公室。”

我不知道自己是不是应该说点什么，因此只是笑着点了点头。我希望尽可能不讲话，担心自己一旦开口，可能会吐出来。

“说说吧，你们周末是怎么过的？”法官问大家。她转向阿米特，他正坐在法官右手边的位置（他肯定会坐在法官旁边）。

“周末大部分时间都在工作，”阿米特说，“我为即将开庭的案件所做的法庭备忘录取得了不错的进展。我认为我已准备好提前讨论我的案件了，法官。”

尽管他说得没错——阿米特、詹姆斯和我周六周日都在办公室，但阿米特这么说还是显得过于讨好法官了。我能看出他在期待法官的表扬，但他并没有等到。

“阿米特，我的办公室可不是血汗工厂！我很欣赏你的勤奋，但是周末你应该出去玩，在帕萨迪纳和洛杉矶都有很多好玩好看的地方啊。答应我，下周末你会出去放松一下。”

我有点期待阿米特说工作**就是**放松，但他只是点了点头，感觉很受挫。也许他的前任助理并没有像珍妮特一样，跟他解释周一的例会是怎么回事。珍妮特告诉我，法官每周一开会时都会问大家周末怎么过的，她希望听我们说在外面遇到的趣事，希望我们喜欢在洛杉矶的生活。这让我意识到，法官很关心她的办公室助理，而不是仅仅将他们视为劳动工具。

法官转过脸来，看着坐在阿米特右手的詹姆斯。

“我过了一个很棒的周末，”詹姆斯说道，他没有提自己加班的事，“我在诺顿·西蒙美术馆看了新的战后雕塑展。”

“我很高兴你去了美术馆，”法官说，“这是一个很不错的美术馆，就在帕萨迪纳，多年来，罗伯特一直是这家美术馆的理事。”

“周末两天我还去阿罗约·塞科公园跑步了，”詹姆斯接着说，“星期天又跟法学院来的朋友吃了顿饭。”

“拉里，”斯廷森法官问，“你呢？”

“我去了我父母在马里布的房子，参加了他们的朋友举行的烧烤，相当不错。”

当我们在为法院备忘录辛苦工作时，罗耀拉的拉里在干什么呢——待在他那位名人父亲的海滨别墅。

“替我谢谢你父母的邀请，”法官说，“我们是很希望我能过去参加的，但周六出差回来后，我感到非常累。”

布伦达说她周末在侍弄花园后，所有人都转向了我。詹姆斯高风亮节，没有炫耀自己周末加班，我却做不到。

“上周末，我和阿米特、詹姆斯都在办公室，”我希望法官知道不只是阿米特一个人具有周末工作的意识，“但是昨天晚上，我和朋友去吃了顿饭，看了场电影。”

“看了什么电影？”法官问。

“《凡尔赛宫的女王》，”我说着，开始解释杰里米选的这部不太好懂的电影，“是一部纪录片……”

“关于建造这个豪华公馆的女人？”

“是的，法官，据说这个凡尔赛是美国最大的独栋家庭住宅。”

“你觉得这部电影如何？”

“我认为很棒，兼具娱乐性和话题性，而且反思了婚姻和金钱……”

“很好，当我邀请我先生去看时，我会引用你的评价。罗伯特和我都是影迷，他喜欢好莱坞电影——毕竟，这是他的衣食来源，而我喜欢纪录片和外国电影。奥德丽，你品位不错。”

法官对我笑了笑，我也对她笑了笑。阿米特理了理手中的文件。

随即，我们进入会议正题。我们一起审阅了一批处于不同阶段的案件：未审判的案件、需要起草法律意见的案件、可能需要满席听审的案件、已经在名单上待了六个月的案件。斯廷森法官拿着案件名单，向我们四个助理连珠炮似地提问。还有哪几位法官仍需评议我们起草的法律意见？可能需要满席听审的案件现在进展如何？这个案子为何在名单上待了六个月？法官的问题并没有直接触及案件的是非曲直，因此我无法判断她的司法理念，但是我知道，她是一位有经验的管理者。

在开会之前，我还挺紧张的，尤其是考虑到我尚未从宿醉中恢复过来，但是我们一开始讨论案件，我就忘记了身体的不适，聚焦于眼前的工作，像一个老练的运动员出现在赛场上一样。在回答法官的提问时，我几乎不打结，其次是阿米特和詹姆斯，最后是不开心的拉里。

会议结束时，斯廷森法官收拾好文件站起来，她穿着蓝色套装，像是香奈儿的（在我看来是香奈儿，因为我没有这个牌子的衣服），光彩照人。

“各位的工作都很出色，”她说，“奥德丽，很高兴你能加入我们的团队。”

07

初见波兰斯基法官

几个星期后，9 月的一个星期三，一辆出租车将我们几位助理带到詹姆斯·布朗宁美国法院大楼，我们到旧金山来参加每年一次的第九巡回上诉法院助理培训。

打车到法院大楼并不算远，我们也可以选择步行。我们本想步行过去，但是当我们打听第七街和教会街交会处的方向时，旧金山联合广场希尔顿酒店的门房却冲我们做鬼脸，建议我们打车过去。当我们四个人讨论要不要打车时，阿米特已经跳进了一辆出租车，理所当然地坐在了前排的座位。当我们的出租车经过用木板封住的建筑、短期贷款门店、柜台上放着菜肴招牌的中国外卖店时，我才明白门房为何不建议我们步行。

布朗宁法院大楼看起来确实有法院的样子，与帕萨迪纳的第九巡回上诉法院大楼一样气派，只是不那么引人注目，但更雄浑大气。尽管周围弥漫着一年中这个时候难见的迷雾，但我们还是能辨认出建筑的栏杆、飞檐和三角形门楣，这是学院派建筑的典型特征，我依稀记得曾在大学的建筑课上学过。我知道，这座镶嵌着白色花岗岩砖石的雄伟建筑，正是美国第九巡回上诉法院的总部。相比之下，周围老旧而突兀的建筑，就像是在脱衣舞俱乐部门前逡巡的富裕老妇。

“你们知道吗，”阿米特一边说一边看自己的手机，也许是在读一个维基百科词条，“这幢法院大楼的设计灵感来自意大利文艺复兴时期的宫殿，这些能工巧匠可能是从意大利来的，1905 年，这幢联邦建筑启用时，很多人称赞说，‘这个邮局就像是一座宫殿’。”

“我对此一无所知，”詹姆斯朝我诡秘一笑，“但听上去不错，这是一幢漂亮的建筑。”

“我不这么看，”拉里说，“它看上去……有点旧，有些老建筑里面都破败了。”

但是，当我们走到这两扇巨大的铜门后面时，才发现里面一点都不“破败”。我们按照要求走过了金属探测器，接受安检，置身于一间空旷的大厅，里面很凉快，因为四壁全是大理石——古典的白色大理石镶嵌在绿色大理石中，形成一个马赛克式的双层桶形穹顶，地上镶嵌的多是马赛克方砖。大厅的每一端都有一个圆形建筑，彩色玻璃的穹顶，四周是用更多马赛克方块铺成的老鹰图案。

站在庄严的詹姆斯·布朗宁法院大楼的大厅里，我不禁打了个哆嗦，一方面是因为大理石传来的凉气，另一方面是因为折服于这幢建筑的辉煌。当我第一次走进帕萨迪纳的理查德·钱伯斯法院大楼时，并没有这种感觉。那幢大楼也毫不逊色，而且更亲切，令人有宾至如归的感觉。布朗宁法院大楼传递的讯息则不同，它在强调法律的权力与客观性。我惊讶地看着这座大理石建筑，心想：这是法律的神殿，我的老板就是执掌法律的女祭司，我是她的助手。

我们走进图书馆大厅，这是培训的主会场。每个助理都收到了一个培训会议包，其中包括一本《司法人员行为守则》，一本名为《联邦法院助理伦理规范》的小册子，以及涉及各种重要议题——移民法、人身保护法以及始终很重要的管辖权议题——的宣传物。

包里最有意思的一件东西是法官助理“脸书”：一个收录所有法官助理简历的小册子，简历中涵盖了助理们的教育与工作背景、职业规划和个人爱好。在等待培训开始时，我浏览了一下小册子的内容，寻找拥有最强背景的助理——那些最可能申请最高法院助理的家伙。其中一些人令我目瞪口呆：紫心勋章获得者、杰出潜水教练、获得认证的品酒师、古希腊诗歌专业讲师、奥运会跳水运动员。这**都是**些什么人啊？我在他们中间，就像是个冒牌货。

我翻看了弗兰克·波兰斯基法官的几个助理的简历，他是第九巡回上诉法院给最高法院输送助理的主要法官。他的助理有三名男性、一名女性。他们的简历中还有几句淘气的笑话，说波兰斯基法官对他们工作的要求有多么挑剔，他们又是多么卖力。在“未来打算”这一栏，其中一位助理说：“想睡很长一段时间。”在“旅行”这一栏，另一名助理写道：“在各位法官的办公套间之间来回穿梭。”而第三位助理则说：“更喜欢待在某个没有传真机的地方。”

给波兰斯基法官当助理的那名女性看着挺眼熟，我注视着她的照片，过了一会儿才想起来我在哪儿见过她：她就是我面试助理职位、在斯廷森法官的会客室等待时，见到的那位不怎么友好的深色皮肤女士。正如我当时根据她单调的着装推测的那样，她确实毕业于哈佛法学院：

露西亚·阿诺尔迪

弗兰克·波兰斯基法官助理

出生地：堪萨斯州托皮卡

生日：1986 年 4 月 15 日

家乡：堪萨斯州劳伦斯

大学 / 学位 / 毕业年份：普林斯顿，文学士，2007 年

法学院 / 学位 / 毕业年份：哈佛法学院，法律博士，2012 年

其他学位 / 毕业年份：剑桥大学，哲学硕士，2009 年（马歇尔学者）

先前工作经验：沙利文与克伦威尔律师事务所，暑期实习生

兴趣 / 爱好：爱好？什么爱好？

未来打算：征服世界

旅行：去过很多地方

佳话 / 值得回忆之事：哈佛法学院近十年内第一个赢得费伊优等生毕业文凭的女生

这份小传随处可见“未来最高法院大法官助理”的影子，她所赢得的费伊优等生毕业文凭，只颁发给哈佛法学院平均学分绩点最高的毕业生，可见她不善社交。但是，处在露西亚这样的位置，不用担心自己不受他人欢迎。

当然，我也翻看了自己的小传，并与别人对照（我看了一下自己的照片，谢天谢地，还算不错）：

奥德丽·科因

克里斯蒂娜·黄·斯廷森法官助理

出生地：纽约法洛克卫

生日：1988 年 6 月 19 日

家乡：纽约伍德赛德

大学 / 学位 / 毕业年份：哈佛大学，文学士，2009 年

法学院 / 学位 / 毕业年份：耶鲁法学院，法律博士，2012 年

其他学位 / 毕业年份：没有填写

先前工作经验：克雷弗斯、斯温与摩尔律师事务所，暑期实习生

兴趣 / 爱好：跑步、看电影、读书（大多是小说）

未来打算：尽自己所能，做一名法律人

旅行：加拿大、墨西哥、菲律宾、英国、美国

佳话 / 值得回忆之事：没有填写

看着自己的这份小传，我觉得贫乏，单调，不值一提。我所生活的小镇也乏善可陈，在法洛克卫和伍德赛德生活的是清一色的工人阶层。除了法学院外，我没有念过其他的研究生院，而另外一些助理，比如露西亚，都拥有硕士乃至博士学位。比起其他一些助理，我的旅行经历也不够丰富，他们都曾在世界各地生活或工作。当然，我的简历上也有一些好看的字眼，比如哈佛、耶鲁以及克雷弗斯、斯温与摩尔律师事务所，可是这些学校每年培养的学生数以千计。阿米特好歹还是全国拼字大赛冠军。我的简历中却没有类似的特殊之处。

为了让自己感觉好受点，我翻到了罗耀拉法学院毕业的拉里那一页：

拉里・克拉斯纳

克里斯蒂娜・黄・斯廷森法官助理

出生地：加州洛杉矶

生日：1985 年 9 月 26 日

家乡：加州比弗利山庄

大学 / 学位 / 毕业年份：南加州大学，文学士，2007 年

法学院 / 学位 / 毕业年份：罗耀拉法学院（洛杉矶），法律博士，2012 年

其他学位 / 毕业年份：没有填写

先前工作经验：克拉斯纳制片公司，甘、泰尔、拉默与布朗律师事务所，暑期实习生

兴趣 / 爱好：看电影、看电视

未来打算：担任明星大腕的律师

佳话 / 值得回忆之事：哈，我爸是乔纳森·克拉斯纳

在拉里的小传中，我并没有发现自己希望看到的自我吹嘘。它给人的感觉是，拉里是土生土长的加州本地人，与其他在比弗利山庄长大的孩子一样，他也具有深厚的权势背景。当然，也就不可避免裙带之风，他之所以能上南加州大学，很可能是因为自己的老爸给南加州大学的电影学院捐了数百万美元；他的工作经验来自自己老爸的制片公司和律师事务所。不过，他的这份小传倒是与众不同，也极为有趣。我估计他是唯一一位宣称自己老爸是著名电影导演的法官助理。

那天的培训内容包括系列讲授、辅导和小组讨论，涉及人身保护法、满席听审程序以及复审标准，等等。我终于在自己希望了解的移民法领域得到了指导。在讨论管辖权的小组讨论中，培训者提醒我们要再三检查上诉法院的管辖权：本院对争议双方是否拥有管辖权？本院对于争议中的问题是否拥有管辖权？上诉材料是否按时提交？

晚上，我们聚在联合广场附近的一家名为弗朗西斯·德雷克爵士的小型时尚酒店喝鸡尾酒，吃晚宴。在宴会前的招待会上，我和几位助理同事围在一个角落，我们都不擅交际，因此除了和我们一起上法学院的同学外，不太认识其他法官的助理。我找到了杰里米，看到他正在房间内来回走动，轻松自若地与一个又一个法官交谈。我的几位助理同事都在一旁喝酒，拉里在喝啤酒，詹姆斯端着一杯红酒，阿米特拿着像是果味的鸡尾酒，而我则喝着健怡可乐。我已经有过教训了，在见法官之前绝对不能喝酒。

突然，我感到一阵寒风袭来。难道是我走进了重冷气区域？实际上并不是，是马尔塔·索利斯·德勒兹法官正朝我们走来，她是第九巡回上诉法院的自由派斗士，身材娇小，不施粉黛，穿着一套与她的暗黑肤色不搭的橙色裙装，说实话，这让她看上去像个囚犯。

“我是德勒兹法官。”她伸出自己细小无肉的手，我们各自介绍了自己的姓名，跟她握手。她的手很冷，握起来有些硬。我忍住不让自己发抖。

“你们在哪儿当助理？”她问。

我们都停顿了，几秒钟后，詹姆斯打破沉默。

“我们在帕萨迪纳，”他高兴地说，“法院大楼很漂亮，经过修缮，看着就像……”

“你们**给谁**当助理？”

“给斯廷森法官。”他嗫嚅着，那样子像是在问候一个熟人，你觉得自己知道她的名字，但是又不太确信。

德勒兹皱了皱眉头。

“祝愿你们这一年过得愉快。”她说着，转过身，迅速走开了。

拉里扯着嗓子怪叫了一声，我用眼睛死死盯了他一眼。德勒兹是有点缺乏社交礼仪，可她毕竟是联邦法官。

“她这是怎么了？”拉里问。

我四处看了看，确信德勒兹听不到我们的谈话。

“在司法主张上，她和斯廷森法官是第九巡回上诉法院里的死对头，”我小声说，“对德勒兹法官来说，政治观念就是个人关系。”

拉里耸耸肩：“随她的便。”

有人开始用叉子敲玻璃杯，房间顿时安静下来，大家都往房间前面看，一个胡子灰白、目光和善的男人正对着麦克风讲话。

“晚上好，”他说，“我叫斯坦利·鲁尼恩，我是第九巡回上诉法院的首席法官，办公地点在蒙大拿州的比林斯。我非常高兴地欢迎你们来参加今天的晚宴，这是法官助理培训活动的高潮。”

大家开始鼓掌，发自内心地鼓掌。传言这位首席法官非常随和，受人爱戴，就连他的对手——保守派法官，也很尊重他。

“在晚宴上，我们将邀请三位法官同事组成一个专题讨论小组，分享他们的精彩从业经验。我希望你们能从他们的谈话中获得启发与益处。”

“今天晚上，我们法院几乎所有人都来了，”首席法官鲁尼恩说，“这里有来自九个州的四十多名法官，包括资深法官；几乎所有的法官助理——多达一百二十人，也都来了。今天晚上是一次难得的机会，我们可以认识很多人，他们来自这个伟大且规模宏伟的上诉法院的其他各个地方。如果不是这次培训，你们可能没有机会见到他们。”

“我们没有安排座位，”他继续说，“我从担任联邦法官的经验中知道，没有法官喜欢别人对自己指手画脚。”

大家克制地笑起来，我们总是会对关于司法的笑话会心一笑。

“但是，当你们开始享用晚宴时，请分散开来坐，每张桌上的法官人数不要超过两名，助理不能跟他们的法官坐在一桌。如果你们遵循这两条规则，一切将会进展顺利。谢谢你们，好好享受这美好的夜晚吧。”

大家更热烈地鼓掌，随后人群分散开来，朝通向宴会大厅的门走去。

“我们应该尽量跟谁坐在一起？”詹姆斯问。

“我不知道你们怎么打算，”阿米特说，“我打算跟首席法官坐在一桌，他是这个地方的老板，我想知道他是怎么当上老板的。”

“好主意。”拉里说。

阿米特朝着首席法官的方向匆匆走去，没等任何人，拉里紧随其后。詹姆斯和我面对面。

“好吧，科因，我想这下就剩我们俩了，你有目标吗？”

“我讨厌耍手段，”我说，“让我们从这场明争暗斗中抽身出来，自己挑一张桌子坐下，看看谁愿意跟我们坐一起。”

我们漫步走进宴会厅，在大厅中间找了张桌子，肩并肩地站在两把椅子后面。这是一种很礼貌的姿态，等待其他找座位的人先过来，我们再落座。在我们等待同伴的当口，我把头转向左边，紧张地跟詹姆斯交谈。我偷偷地瞄了一眼前方桌子旁的杰里米和首席法官鲁尼恩，他们旁边坐着阿米特和拉里。

“你好！你可真可爱！”

这声音，带着浓厚的东欧口音，来自一个矮胖的灰发男人。

“你好，”我说，“我叫奥德丽·科因，这位是我的助理同事詹姆斯·霍根，我们给斯廷森法官当助理。”

“你们肯定是斯廷森法官的助理，漂亮的法官配漂亮的助理，我是波兰斯基法官。”

这就是传说中的弗兰克·波兰斯基法官，聪明、与众不同而又有趣的弗兰克·波兰斯基。他是给最高法院输送助理的著名法官，本人也是最高法院大法官的热门人选。

“很荣幸见到您，波兰斯基法官。”

“很高兴见到你，我的心中之花。”

心中之花？漂亮的法官配漂亮的助理？这可不像是你第一次见联邦法官，他会对你说的话啊，但这也是他不可抵挡的魅力所在。

当我们开始吃沙拉时，我跟波兰斯基法官交谈。他很爱说笑，魅力四射，而且很专注。我折服于他的体贴，他的声望和影响力也给我留下深刻印象。而詹姆斯则跟两个从阿拉斯加来参加培训的助理聊起来。这桌的另一位年长的法官来自西雅图，看上去年龄不小，似乎听不见我们讲话，很少开口（除了偶尔打个嗝）。

上主菜时，专题讨论会也开始了，我们的谈话声逐渐停止。我对第九巡回上诉法院异常着迷，我发现这种来来回回的对话，是从幕后了解法院工作的最佳途径。专题讨论小组中的几位法官，包括杰里米的老板戈特利布法官，都极其坦率，风趣。

“奥德丽，非常高兴能遇见你，”在宴会结束时，波兰斯基法官说，“回到帕萨迪纳后，我希望能再次见到你。”

“波兰斯基法官，我深感荣幸。”我回应道，对他露出我最甜美的笑容。

“以后路过我办公室时，你可以停下来打个招呼，”他说，“你可能听说过，我一般不外出。”

“我知道怎样找到您，法官，”我说，语气听上去有点轻佻，“我相信我们将来会有交集，我也希望能见到您的助理。”

“我会介绍你们认识，我有一种感觉，这不会是我们最后一次互动。”

伟大的弗兰克·波兰斯基法官眨了眨眼，笑了笑，消失在夜色中。

哈维塔的故事

助理培训会周四晚上才结束，我于周五上午回到帕萨迪纳。我本打算在旧金山过周末，逛逛市区，见几位朋友，可我还有很多工作要做，尤其是加上在路上的时间，我已经在培训这件事上花了几天。我们的法庭备忘录必须在开庭审案的那个周一之前准备好。庭审结束后，我们会和法官坐在一起，当面讨论下周一要审判的不同案件，这是我和法官一周中的头等大事。

我周六周日都上班，通常，阿米特和詹姆斯也会跟我一样辛苦加班，而拉里则不见人影。周六，我会工作到半夜，然后在周日早上八点回到办公室，一直工作到晚上七点。写完并编辑好最近的法庭备忘录，将法庭即将用到的材料整理成册。（有些法官喜欢看电子版的审判材料，他们将所有的文件都拷进 iPad，但斯廷森法官还没有这么做。）

周日晚上是我的“自由”之夜，可以去见识法院之外的世界。只要我能避免过量饮酒，这也是一个不错的社交之夜。

我已经约了哈维塔一起去艾尔·乔洛餐厅吃晚饭，这是我们在游泳池见面之后的第一次实质性互动，我们在公寓里不时会遇上，但不常见面，主要是因为我在公寓里待的时间太少。

“给我讲讲你自己吧，”我抿了一小口玛格丽塔鸡尾酒，“你能成为法官助理绝不简单。”

我的话刚一出口，就意识到可能会引起误解。

“你说什么？”哈维塔问，扬起了右边的眉毛，将蘸满牛油果酱的土豆条举在半空，“你**这么说**是什么意思？”

“对不起，我是想说……”

“你知道吗？你说得很对，我是一个黑人女性，我能成为法官助理绝不简单，你在狗屁不如的第九巡回上诉法院助理培训会上，见到过黑人女助理吗？”

“见到了一个，我想，应该是从内华达州来的？”

“那黑人男性呢？”

“我想不起来……”

“你看看，一百多个法官助理，只有一个黑人姐妹，没有黑人兄弟。”她摇摇头，又将另一个土豆条蘸满牛油果酱，“他妈的，比我想象的还要糟糕。”

“林法官的办公室情况如何？”

“一半的黑人！只有两个人：我和我助理同事，他是白人小伙。但在旧金山，很多为法院服务的律师都是少数族裔或者女性。州法院比你们联邦法院更具有多元性，你们那儿到处都是纯种白人。”

“对不起，我不是要将话题扯向法律助理的多元化问题。你从哪儿来，在哪儿长大？”

哈维塔停了一会儿，痛饮了一口她的玛格丽塔鸡尾酒。

“我是地地道道的加州女孩，在萨克拉门托长大，由妈妈抚养成人。我父母一直没有结婚，妈妈和我一贫如洗。老爹倒是有钱，但他从不给我们。”

“你爸爸做什么工作？他是律师？”

“才不是呢！但他**有**律师，多年来，一直有很多律师为他服务。他是毒品贩子，萨克拉门托最大的毒枭，直到联邦政府把他一锅端，给他判了二十五年。”

“很抱歉，当你还是小孩子时，他就进了监狱？”

“不是，他前几年才倒的霉，他有一个可恶的坏蛋律师，在他被联邦政府逮起来之前，把他弄出来好多次了。”

“你怎么看他？”

“自私的混蛋，对妈妈和我猪狗不如。我不想跟他讲话，他没有给我任何东西，除了这个。”她拍了拍自己的太阳穴。

我满怀疑惑地看着她。我本想让她解释一下，但我嘴里在嚼东西，尽情地享受着美味的牛油果酱土豆条。

“我的脑子，”哈维塔说，“他是个无赖的父亲，一无是处的混账东西，但是真他妈聪明透顶——有悟性，精明，有手段，所以才能在萨克拉门托的毒贩中独占鳌头，屹立不倒，没被别人干掉。在高峰时期，他的年收入超过百万。我继承了他的头脑，这他妈就是遗传。”

“你为什么选择上法学院呢？想成为辩护律师吗？”

“才不是呢，很多辩护律师都是人渣，跟他们的客户沆瀣一气，比如我爸这样的客户。我想当检察官，把像我爸那样的人送进监狱。这就是我上法学院的理由。”

“你不反对向毒品宣战？”

“不反对，我曾亲眼目睹毒品如何毁掉整个社区、一个个家庭。我妈妈就是瘾君子，所以她才会遇到我爸。我痛恨犯罪，实际上，我在很多问题上都比较保守。”

“保守的非裔美国女性，你可真够特别的，哈维塔·钱伯斯。”

“你可能会对我说三道四，我一点都不在意。”

“如果你是保守派，为什么给林法官这样的自由派当助理？”

“一般情况下，法官都喜欢跟自己立场一致的助理，喜欢应声虫和溜须拍马之徒。但林法官不是这样的人，他希望找一个在很多问题上不同意自己看法的聪明人。他希望有人能够质疑他，找出他论断中的漏洞，使他的意见更有力。有些人喜欢像**我**这样的人。”

哈维塔得意地大笑，我也受到感染，一起笑起来。

“你怎么想着要上麦乔治法学院呢？”

“我喜欢麦乔治，我怎么会去念这家法学院？嗯，麦乔治是我唯一了解的法学院，我爸的辩护律师就是这家法学院毕业的，他是一个很棒的律师。我不知道还有其他选择，萨克拉门托加州州立大学的法律职业顾问一无是处。”

“你的意思是？”

哈维塔从椅子上站起来，清了清嗓子。

“他们没给我提供任何建议，”她说话的声音就像新闻播音员，“一个本科平均学分绩点4.0、法学院入学考试175分的非裔女生，完全可以上国内的任何一家法学院。”

我的下巴都快掉下来了，哈维塔的成绩真的比我还好？

“你的成绩真好得令人难以置信，哈维塔，你可以去任何一所法学院。”

“就像我刚才说的那样，我继承了我爸的聪明劲，而且表现出色。麦乔治法学院给了全奖，三年的全奖。我留在萨克拉门托，可以照顾我妈。我在法学院所向披靡，以麦乔治历史上的最高平均学分绩点毕业。我现在走到这儿，一切都不赖。”

“你有没有申请给联邦法官当助理？”

“法学院第三年时，倒是有联邦法官助理职位可供申请，但我妈妈当时病危。我要照顾妈妈，又要保持我的学分绩点不下降，还要编辑法律评论，我没时间来应付申请。”

“听到你妈妈的消息，我很难过。”

“谢谢，但是也还不坏，她做了那些糟糕的事情，把自己的人生毁了，她也许应该早点死掉。妈妈是1月去世的，在她去世前，我回到莱瑟姆与沃特金斯律师事务所去挣钱，帮她摆脱困境。妈妈去世后，我打算——我喜欢法律，我想当助理。但那时申请法官助理职位已经来不及了，我的一位教授将我介绍给舍温·林，他刚刚失去了在第九巡回上诉法院的工作机会（没能成为联邦法官），来到加州最高法院。他面试了哈维塔。”她用两根拇指指着自己宽大的胸脯，“后面的事，你都知道了。”

她的姿势让我想起紧握汽车方向盘的双手。

“你在加州长大，我的意思是说，你会开车。”

“这算是哪门子问题？谁**不会**开车？”

我羞涩地笑了笑。

“什么？小美女，你不会开车？难道他们在哈佛和耶鲁不教这个？”

哈维塔咯咯笑起来，我也笑了。

“我来自纽约，很多人不会开车，因为公共交通很不错，”我解释说，“现在，我到了加州，要么步行，要么打车。我有个经常联系的出租车司机叫作佩尔韦兹，我挺喜欢他的，但打车很贵。因此，我想学开车，你能教我吗？”

“当然可以，”哈维塔说，“实际上，我是很棒的司机，但是我能请你帮个忙吗？”

“当然，请讲。”

“我给林法官做完助理后，想继续申请一个职位，你能帮忙看看我的简历吗？”

“非常乐意，你打算回莱瑟姆与沃特金斯律师事务所？”

“嗯，也许吧，我喜欢在那儿做暑期实习生，”哈维塔说着，吃完最后的薯条和牛油果酱，“但是，我想多尝试尝试。”

“完全可以理解，很多律师事务所都有意招收当过助理的人。”

“实际上，我更喜欢其他类型的政府工作。也许我会和一些律所谈谈，就像我爸经常说的：要清楚自己的市场价值。”

一对一面谈

周一下午一点刚过，布伦达就将头探进我的办公室。

“奥德丽，”她说，“法官准备跟你讨论一下周一审判的案件。”

谢过布伦达后，我拿起一个黄色标准拍纸簿和一支笔，穿过办公套间，走向法官的私人办公室。这是评审周的周一下午，紧接着就是庭辩周。在评审周的周一，法官都会跟助理逐一单独面谈，跟我们讨论这周一会审理的案件。在评审周的周二，她会跟我们讨论周二会审理的案件，依次类推。

当我接近那扇敞开的门时，我还是觉得很紧张，就像参加助理面试和第一周的例会时一样紧张。我将与法官一对一面谈。尽管我已经工作好几周了，但法官喜欢通过书面备忘录与我们交流，我们面对面谈论法律问题的机会很有限。这是给她留下好印象的新机会，或者，也可能会让她看到我准备不足，不充分。

我用右手轻轻敲了一下门框。

“法官，布伦达说您已经准备跟我讨论周一审理的案件了。”

斯廷森法官从正在看的文件中抬起头来，用红色便利贴在停下来的地方做了个记号。

“是的，请进。”她示意我坐到她身边。她坐在大理石台面的会议桌的一端，让我坐到她右手边。

法官面前整洁地摆着一摞周一要判决的案件材料。我坐下来后，我们开始逐一讨论。我为每个案件都准备了一份简短的综述，指明案件涉及的事实、有争议的关键法律问题，并概述了供法院参考的审判建议。对于每个案件，法官都会问我几个问题，有些是为了确认她自己的记忆，有些是为了调查或澄清某个具体问题。所有的问题都不是为了难倒我，她的问题很简单，单刀直入，直接来自辩诉状或者法庭备忘录中的内容。我轻松地化解了她的问题，这一方面让我放松了不少，另一方面又使我有些失望：她没有问我更有挑战性的问题，或提出案件中的不寻常和有趣之处。随后，我在心中暗想，如果斯廷森法官真的缺乏智慧，她不会享有这么高的声望，不会被视为最高法院大法官的可能人选。当法官与当法学教授不同，不会对法律有“不寻常”或“有趣”的看法，只需正确地理解法律，然后根据事实，忠实地履行法律。

在讨论结束时，我们谈到了哈姆丹尼案，这是我费了老大劲的案件。

“艾哈迈德·哈姆丹尼申请重审移民申诉委员会的裁决，该裁决肯定了移民法官驳回他申请避难的判决，”我复述道，“哈姆丹尼是巴基斯坦记者，因获得新闻奖学金而来到美国，目前正在申请政治庇护。他声称，他主张自己的家乡俾路支省享有更大程度的自治，如果他被遣送回巴基斯坦，将面临被迫害的威胁。”

“你对此案有何建议？”

“这是一个棘手的案件，哈姆丹尼所引用的大量证据表明，俾路支省的自由运动分子正受到监禁、拷打，甚至被杀害。他先前的一个老板，哈姆丹尼所服务的报社的执行主编，也被逮捕了，指控的理由十分可疑。哈姆丹尼曾经编辑过的一篇文章的作者，竟然在光天化日之下被枪杀了。”

“还不能确定这场谋杀是不是出于政治动机，”斯廷森法官说，“可能是因为生意谈崩了，双方发生争执，我记的对不对？”

“是的，法官。但是，确实有例子证明，像哈姆丹尼这样的俾路支省民族主义者正面临着被迫害的威胁。”

“我还记得，移民法官——本案中的事实调查者，我们应该尊重——也发现哈姆丹尼所写的避难申请和证言中，有前后不一之处？”

“确实，但是哈姆丹尼解释了这些不一致的地方。最终，鉴于这种前后不一，我建议维持移民申诉委员会作出的驳回其申请的裁决。但我对结论仍没把握，这个案件或许也可以改判。”

“你的建议很对，我认为这个案件不算太难。”

“您认为不难？”

“很多移民一心想待在美国，因为老实说，这儿的生活更好。他们不想回到自己原来的那个地狱，我不是在责备他们。但我们不能像分发万圣节糖果一样，随便乱批避难申请。我对移民案件的经验法则是，如果有疑问，就判移民一方败诉。”

法官轻声笑了，我顿时呆住。我应该也跟着笑吗？我的基本原则是，听到司法笑话就笑，但移民案件涉及人们的生命、家庭和未来。笑，合适吗？

“我应该解释一下，”法官或许是看出了我的不安，“你从我的研究中可以看到，政治避难的法律标准非常严格，证明避难身份的责任在申请者一方，不在政府这边。如果‘实质性证据’支持移民申诉委员会的裁决，我们就必须重审该裁决。‘实质性证据’的标准较低，比优势性证据的标准低，也远远低于超越合理怀疑的标准。这是我的主张，可以将复杂的法律领域化繁为简，让政府一方‘掌握主动’。”

“我明白了，法官。”我点了点头，她的解释宽慰了我。

“作为法官——广而言之，包括法官的助理——可能会遇到棘手的案件。艾哈迈德·哈姆丹尼似乎是个好人，正在从事高尚的事业。他非常值得同情，我也很同情他。我就是移民的孩子，我的父亲来自中国，是非法偷渡过来的。我非常同情移民。”

说到这儿，她停下来，身体前倾，将右手放在我的左手腕上。

“但是我们不能依据同情心判案，奥德丽，我们必须按照法律来判决。”

“绝对如此，斯廷森法官。”

“你草拟的法庭备忘录概述并分析了相关法律，写得非常好——充分，细致，公正。你和阿米特的工作很出色，麻烦你告诉他，我准备跟他讨论他所分担的案件。”

我兴奋地离开斯廷森法官的办公室。讨论案情环节进展顺利，法官认为我写的法庭备忘录“非常好”，真是太妙了。

不太妙的是，阿米特在跟我竞争法官的青睐，我必须想办法做点什么。

10

旁听移民案庭审

审判周的周一早上进入法院大楼时，我看到一辆熟悉的车停在大门前，这是一辆车身漆成红、白、蓝的面包车。原来是佩尔韦兹的出租车，他正坐在驾驶座上打通话。我招了招手，用眼神跟他打了个招呼。随即，我打算离开，不想打断他的通话，但他示意我等一等。

等他打完电话，我走到上下客一边，他摇下车窗。

“嗨，佩尔韦兹，”我说，“你怎么来这儿了？”

“嗨，奥德丽，我刚刚送我堂兄过来，他今天在这儿打官司！”

我提醒自己说：一定要谨慎。在法律助理培训会上，法官一再提醒我们，不要跟外人多谈工作，或是透露案件信息（除非是已经进入公共记录的信息）。

“是什么样的案件？”我问。

“移民案件，他们想驱逐他。”

哈姆丹尼——肯定是。我的朋友佩尔韦兹，我以为他就叫“佩尔韦兹”，实际上是佩尔韦兹·哈姆丹尼，他放在仪表盘上的驾驶员身份卡一下子浮现在我脑海中。艾哈迈德·哈姆丹尼，那个来自俾路支省的新闻记者，是他的堂兄。这也太巧了吧？

“我们这儿要处理很多移民案件。”我尽量不在交谈中透露任何实质信息。

“我的堂兄在巴基斯坦有可怕的敌人，他的朋友和同事已经被杀死了。你不会认为他将被遣送回去吧，对不对？”

“这要取决于审理此案的三位法官，我只是个助理。”

“你不会认为法官对移民有偏见吧？”

“不会，他们是联邦法官，是这个国家最优秀的法官，我相信他们将依法判决此案。”

“我希望他们能秉公办事，”佩尔韦兹说，“如果我的堂兄被送回巴基斯坦，他就死定了。”

当我走进法院大楼时，我想起上周我们审阅哈姆丹尼案时斯廷森法官对我说过的话：判案不是一件容易的事。我相信，对佩尔韦兹堂兄不利的判决是依法作出的正确判决。但是，现在，我对可能的判决结果越来越不安。如果我要成为一个成功的法律助理，就必须摆脱这种情感，正如法官告诉我的那样，我们不是依据同情心来判案的。

我在办公室稍事停留，放下包，拿起标准拍纸簿和笔，走向举行言词辩论的法庭。所有人都将法庭称为“西班牙厅”，厅内有一部分地面较低，如洞穴一般，四周满是黑色的雕花木饰，屋顶是精巧的铸铁栅格，都是西班牙殖民地风格的设计。

法庭很小，天花板也比普通的法庭低矮，没有陪审席，也没有供助理们使用的空间。因此，我们只能跟公众一起坐在旁听席上，其中有不少律师，在等着自己的案子接受审理。当我进去时，旁听席上满是人，阿米特肯定一早就来了，因为他在第一排占了个好位置，我只好走向杰里米和詹姆斯所在的中间座位。安静的大厅里，大家都在等待审判开始，杰里米的说话声顿显突兀。杰里米正给詹姆斯讲故事，出于某种原因，他把手放在詹姆斯的膝盖上。

当我进来时，杰里米抬头看了一眼，把手从詹姆斯腿上挪开了。

“你好，奥德丽小姐，很高兴你能来。”杰里米看了看手腕上的金色劳力士复古手表。

“九点二十五分了，再过五分钟才开庭。”

“你跟阿米特说说，”詹姆斯说，“我想他九点之前就到了。”

几分钟后，法庭入口处的老爷钟敲响了九点半，法庭副警长高喊：“全体起立，合众国第九巡回上诉法院法官驾到。”

当我跟随其他人一起站起来等待三位联邦法官进来时，我感到一阵寒意，好像是弥撒开始了，将有大事发生。法官们坐定后，法庭副警长重重地敲了一下锤子，宣布：“第九巡回上诉法院现在开庭。”

“上午好，”戈特利布法官说，他是杰里米的老板，坐在法官席中央的位置，“请坐下。”

旁听席上的所有人都坐下来。等法庭安静下来，戈特利布法官开始说话，声音浑厚响亮，我觉得跟他在第九巡回上诉法院的地位——自由派雄狮——很相称。

“我们现在开始听取第11–72333号案件的辩论，哈姆丹尼诉司法部部长案。”

一个年轻、体面的律师走上发言席，我们只能看到他的后背，他表现得胸有成竹。律师席上还坐着一个黑头发的男人，我猜想他应该就是艾哈迈德·哈姆丹尼。

"索罗威先生，"戈特利布法官说，"你可以开始发言了。"

哈姆丹尼的律师只讲了几句话，刚做完自我介绍，提出要保留反驳的时间，斯廷森法官就打断了他。初来上诉法院参加庭辩的人可能会认为这种方式太粗鲁了，但我从书上和模拟法庭中得知，这很常见。

"辩护律师，"她说，"（司法部）移民上诉委员会是不是在你当事人的避难申请中发现了很多前后不一之处？"

"是的，法官大人，"他的语气相当平静，"我认为不是'很多'处，经过仔细检查就可以发现，它们也并非真正前后不一致。移民上诉委员会提出了一些表面的矛盾之处，但所有这些都解释得通。首先，他们混淆了2009年3月被杀害的记者的身份，以及这名记者与我的当事人的关系，委员会……"

当他准备澄清移民上诉委员会在哈姆丹尼的避难申请中发现的问题时，杰里米斜过身子对我小声说："这家伙不错。"

亚瑟·霍林斯沃思法官是一位来自俄克拉荷马州的年长的保守派法官，他在本院是访问法官，他插了一句："你现在提出的这些问题，都写在你的辩诉状里了吧？"

"是的，法官大人，它们都写在我们辩护理由的第二部分，从第十八页开始。"

"辩护律师，你在这份出色的辩诉状里列出了所有的理由，"戈特利布法官说，"在本案中，移民上诉委员会的表现很糟糕，如果委员会如此马虎，我们为何要尊重他们的裁决呢？"

"恕我冒昧，"莱昂内尔·索罗威说，"我们根本不认为，应该如此尊重移民上诉委员会的裁决；如果真要尊重委员会，就必须推翻这份缺乏依据的、不可信的裁决。"

罗耀拉毕业的拉里从靠近旁听席前面的门进入法庭，吸引了除索罗威外所有人的目光，索罗威正专注于自己的辩护。拉里缓步走到大厅后面，一点也不嫌自己步子太慢。

索罗威继续陈述自己的理由，熟练地防守着斯廷森法官和霍林斯沃思法官提出的充满敌意的问题，同时优雅地回应了戈特利布法官的友善提问。杰里米一边上下抖动自己的腿，一边微笑。而我则盯着深蓝色的地毯，心中的焦虑不断增加。

难道我在法庭备忘录中提出的建议错了吗？我已经竭尽所能了，我承认这个案子双方势均力敌，难以裁判。如果我的建议错了，我希望法官能够忽视它。

我很高兴自己只是个“助理”，而不是法官。我相信自己早上对佩尔韦兹所说过的话：法官自会作出正确的判决。

11

至关重要的同性婚姻案

“早上好，各位，”斯廷森法官和我们打招呼，开启了审判周之后的周一上午例会，“你们准备好再次投入工作了吗？”

当助理的这一年，我们主要围绕八个左右的审判周期工作，工作内容包括：准备庭审材料，在审判期间旁听庭审，审判之后撰写法律意见。真正审判的那一周实际上挺愉快的。我们已经提前做了很多工作，在庭辩时反倒没那么忙。开庭那天上午，我们去旁听庭辩；下午，我们起草备忘录，说明判决结果与理由，通常只需几页纸的篇幅，为特定的当事人而写，不具备先例约束力。晚上七点前便可离开办公室。但是，现在，审判周已经过去了。

我们轻松聊了几句各自的周末活动后，便投入对案卷和相关材料的阅读之中。当谈到哈姆丹尼案时，法官暂停了讨论。

“奥德丽，恭喜你，”她说，“你在法庭备忘录中的分析得到了多数法官的认可。我们争取到了霍林斯沃思法官的一票，戈特利布法官持异议意见。此外，不知道你看到没有，《洛杉矶时报》昨天刊登了一篇相关文章，看来你处理的第一个案子就相当有影响力。”

“我看到那篇文章了，法官，那篇文章非常同情哈姆丹尼。”

“在我看来，是过于同情哈姆丹尼了，但舆论是站在你一边的。他们对法律的理解非常不成熟。他们认为，无论他们**想要**什么样的结果，自己的意见**就应该是**法律。嘿，《洛杉矶时报》，这可不行！”

我们都笑起来。

“现在，我们不应该让媒体影响我们的判决，这样非常不妥，”法官继续说，“但是，公众在关注这个案子，戈特利布法官也会写一份激烈的异议，因此，我们必须非常谨慎小心地撰写这份意见。”

“绝对应该谨慎小心，法官。”

“当然，我们对**所有的**法律意见都不能掉以轻心，对吧？”

我们都露出了忠实的微笑，法律助理必须跟上法官的步伐。

讨论完已经审判过的案件后，我们开始讨论刚刚呈递到法院的新案件。

“这里有个案子，不能像平常一样分派给你们中的一个人，”法官说，“我会亲自决定由谁和我一起来处理这件戈德纳案。”

“这是个什么案子？”拉里问。

法官叹了口气，阿米特翻了一下眼珠。拉里不了解戈德纳案，因为他周末没来工作（他每个周末都不来），我和阿米特、詹姆斯已经讨论过这个案子。

“戈德纳案是从洛杉矶联邦地区法院来的一个上诉案件，地区法院推翻了加州公投禁止同性婚姻的 8 号提案，”斯廷森法官的语气就像是在教导法学院一年级的学生，“阿曼达·内桑森法官认为，禁止同性恋者结婚违反了宪法第十四修正案中的正当程序条款和平等保护条款。现在，主张禁止同性婚姻的那些人正在上诉，而真正的被告——州长和州总检察长——却没有上诉。”

“哦，懂了，”拉里说，“不就是同性婚姻那档事嘛。”

“是的，确实，是同性婚姻这档事，”斯廷森法官语气中隐含着愠怒，“这个案子涉及政治冲突，非常……复杂。”

实际上，除了拉里之外，我们都知道法官指的是什么。同性婚姻是个棘手的问题，离 2012 年的总统大选只剩几个星期了，这样的案子容易激化政治争议。民调显示，双方的选票非常接近，同性婚姻问题可能会影响选举结果，至少会影响一些左右摇摆的州。

“必须妥善、巧妙地处理这个案子，”法官说，“这个案子的处理方式，将会影响我的……我的未来，如果可以，我不介意将本案在法院搁置一段时间。”

我们都清楚这意味着什么，如果共和党提名的总统候选人、商人克雷格·拉方特赢得总统选举，斯廷森法官将成为最高法院大法官人选，她不能让这个有争议的案件坏了自己的前途。像戈德纳这样的案件非常危险，如果法官以过于自由主义的方式处理，就会得罪保守派，得罪那些在共和党执政时期有权挑选大法官人选的人。如果法官的判决过于保守，她就有可能会疏远一些民主党人，他们控制着参议院，在大选后可能还会继续控制参议院。因此，法官希望能够拖到大选之后再判决戈德纳案。如果在大选之前发生重要事件，比如戈德纳案，或是通常所说的同性婚姻问题，就会成为人选中的争论话题，带来不可预料的后果。

“这是一个极其重要也非常有意义的案件，很可能是我任上诉法院法官以来遇到的最重要的案件。其中涉及的问题很敏感，你们之中可能会有人觉得难以处理，因为你们都有这样或那样的个人成见。因此，我想问问，如果我选择你们中的任何一位，你们愿意跟我一起处理此案吗？”

能如此亲近法官，跟她一起处理这么重大的案件，就意味着有机会赢得她的赏识。我使劲点了点头，随即看了看桌子周围，还有谁自愿报名。詹姆斯、拉里和阿米特也都在点头。但阿米特看上去有些不安，他是不是出于宗教上的原因强烈反对同性婚姻？或者说，他急切想处理这个案子，完全是因为自己不想失去这样的机会？

“很好，”法官说，“我给你们每个人都分配一份额外工作，你们先看看戈德纳案的辩诉状和相关记录，下周一开会时，带上各自的建议过来，告诉我该如何处理此案。提出最佳建议的助理，可以跟我一起审理此案。”

接下来的几天里，我极力想要整理出一个处理戈德纳案的良策，但一无所获。法官提出这样的建议，是希望在助理中间形成一场竞赛，所以，我没有跟阿米特或詹姆斯讨论（当然更不会跟拉里讨论）。但我可以看出，每个人都在琢磨这个案子。

周六下午，我从工作中抽身，去跟哈维塔学开车。我们在游泳池旁边吃了一顿自制的三明治后（我们都不想花钱买午饭），哈维塔开着她的灰色老旧本田思域，带我来到帕萨迪纳高中的停车场。加州的阳光烘烤着大地，宽阔的沥青地面上空无一人。

驾驶课进行得很不顺利，事实上没有任何进展。我不知道如何控制刹车，脚刹总是踩得太用力，又往往忘了松开手刹。在我让她可怜的车熄火了十次以后，哈维塔一把抢过方向盘，关掉发动机，推推我的手臂。

“奥德丽，你没事吧？吃午饭时，你看上去就有点心不在焉，你太紧张了，我不知道你的压力是否仅仅来自学车。”

“你说得很对，”我说，“工作上的事让我头大，我一直没法集中精力开车。有时候，我都难以相信，作为法律助理，我们要承担如此巨大的责任。我们只不过是刚从法学院毕业，却要处理影响人们生活的重大案件。”

“是啊，我也在处理一件死刑案件，而你们要对付上诉的同性恋案件。”

哈维塔似乎能读懂我的心思，上诉到第九巡回上诉法院的案件人所共知，但没有几个人知道斯廷森法官接手此案，因此，我必须小心说话。另一方面，我很想听听她的意见。

“是啊，就是戈德纳案，你有啥想法吗？”

“嗯，确实是很烦人的案件，但还不算最糟糕的，这其中涉及很棘手的管辖权问题，因为州长和州总检察长没有上诉，支持公投禁止同性婚姻的人，有资格在法院捍卫8号提案吧？”

“这方面的法律并不明确。”

“再明确不过了，这就是问题所在。”

“这个案件涉及一个重要问题：州的法律有时会和联邦法院的管辖权联系在一起，”我说，“州的法律在其中不起主导作用，联邦法院管辖权基本上仍是联邦法律中的问题，但和州的法律也有关系。”

“那么，在这个案件中，”哈维塔说，“根据加州的法律，支持8号提案的反同性婚姻团体，也能参与这场捍卫提案的斗争？”

“确实如此，我们有时会在第九巡回上诉法院处理涉及加州法律的问题。比如，当我们接手跨州管辖问题时，或是联邦问题之争中涉及州法律时，但是，我们不是加州法律专家。”

“你们这些家伙将州法律问题都留给了我们，加州最高法院负责解释加州法律。”

“如果我们有办法让你们解释一下，面对这种情况时，加州法律的相关规定……"

哈维塔停顿了一会儿。

"这就对了，"她说，"第九巡回上诉法院将案子发给我们加州最高法院，让我们'澄清'其中的管辖权问题。我正在处理另一个从第九巡回上诉法院发回的案件，需要我们证明其中的问题。这事不常有，但有固定规则可循，一查便知。"

"这个办法太好了，"我冷静地说，尽力抑制内心的兴奋之情，"考虑到他人如何看这个案件，第九巡回上诉法院都需要谨慎小心[1]，将诉讼资格问题交给加州最高法院，是最稳妥的做法。"

"确实如此，如果我们觉得他们有诉讼资格，那么第九巡回上诉法院就可以继续依法审理；如果他们没有诉讼资格，你们便可以节约时间，免去麻烦，也可以躲过一劫。"

"哈维塔·钱伯斯，你可真是个天才。"

"我知道，"她咧嘴一笑，"现在，放下可恶的手刹，开车吧。"

周一例会的头半个小时，过得跟周六下午在停车场一样快。我们都不关心每个人的周末怎么过的，也不关心起草的法律意见书到什么状态了，或是那些满席听审的问题。我们都在等待一个话题：戈德纳案。

斯廷森法官似乎有意要折磨我们，我们讨论完所有的常规案件后，本该接着讨论戈德纳案，但她话题一转，谈到她的小女儿在学

---

1 原文为 cross the t's and dot the i's，不要忘了字母 t 上的一横，字母 i 上的一点，意思是要认真仔细。

校所接到的荒唐任务。我看到阿米特正在用嘴咬标准拍纸簿上的装订胶，他真是太恶心了。

最终，关键时刻来到了。

“我相信你们爱听当今小学教育的更多荒谬之处，”法官说，“但我知道，你们都急切地要跟我分享你们如何处理戈德纳案的高见。拉里，就从你开始吧。”

“好的，嗯，法官，正如您上周所说，这个案子，嗯，是要质疑加州禁止同性婚姻的做法，而且……”

“拉里，别东拉西扯，我们该如何处理此案，你有线索吗？”

“没有，法官，对不起。”他十分轻松地说道，好像只不过是无意间碰掉了法官手中的笔。

“詹姆斯，你怎么看？”

“嗯，法官，我觉得最重要的是管辖权问题，”他说，“上诉是由支持公投禁止同性婚姻的人提出来的，州长和州总检察长都没有上诉，这让我觉得非同寻常，意义重大。然而，我只是注意到这是一个有可能成为焦点的问题，我还没有形成具体的想法。”

“我已经有了思路，”阿米特打断他说，“因为政府被告没有上诉，他们显然是认同，本院会以缺乏上诉管辖权为由驳回此案。”

“但是，这将使地区法院的判决继续有效，”法官说，“让全加州都能合法实施同性婚姻，对不对？”

“是的，但我认为，这也是法律的要求。”

斯廷森法官皱了皱眉头，显然不满意阿米特的建议，也许是考虑到社会上的保守势力不会同意，她如果想靠共和党总统的提名进入联邦最高法院，就必须依靠保守势力。

“联邦法官不会轻易推翻民众的意愿，”我无法抗拒在阿米特面前一显身手的冲动，“第九巡回上诉法院一直被视为秉持能动主义的法院。”

“我也这么看，”法官说，“跟你们一样，我也在想管辖权问题，还有，支持 8 号提案的人是否具备诉讼资格的问题。”

“诉讼资格问题很复杂，但我相信，本院目前缺乏足够的材料来裁判这个问题，”我说，“如果大家看一看最高法院在这个问题上的判决，例如亚利桑那州官方英语案[1]，就会发现，法院在判决意见中提出，支持公投的人是否有资格在法院提出捍卫公投结果的诉讼，部分取决于州法。换句话说，根据加州法律，支持 8 号提案的人是否具备这样的资格？”

每个人都在认真听我讲话，尤其是斯廷森法官。

“因此，”我总结道，“第九巡回上诉法院应该请求加州最高法院澄清一个问题：根据加州宪法或者加州法律，如果相关政府官员拒绝出庭，支持这项公投的人是否有充分的正当权益，在法院捍卫公投结果？一旦加州法院回答了这个问题，第九巡回上诉法院就有充分的依据来判决涉及联邦法律的诉讼资格问题。我们不必猜测加州的法律态度，向州法院求证是最稳妥的办法。”

四下一片沉寂，但是我在心里能听到掌声。

“非常出色的建议，”法官说，“除了你所说的优点外，向州最高

1 即 1996 年联邦最高法院判决的 *Arizonans for Official English v. Arizona* 案。1988 年，亚利桑那州通过公投（50.5%的投票者赞成），将英语定为州政府雇员必须使用的官方语言，联邦地区法院和第九巡回上诉法院都认为，这次公投立法违背了宪法第一修正案所保护的言论自由，但联邦最高法院判决说，上诉人缺乏宪法第三条所规定的诉讼资格。

法院求证，也是尊重联邦制度的有益举措。而且，我们可以远离此案，直到——直到我们进入一段……相对风平浪静的时期。非常有见地。”

“谢谢法官。”

我瞅了一眼阿米特，他的嘴巴紧紧地含着标准拍纸簿的一角，那样子好像一条狗。

“奥德丽，”斯廷森法官说，“你将同我一起处理戈德纳案。”

Second part
第二部

12

野心优雅

“哦，詹姆斯，”我抱怨说，将头往后一仰，直盯着天花板，“自从第一次周一上午例会以来，我都没像现在这么难受过。你为何要让我喝这么多酒？”

已经到11月初了，现在是大选日的第二天早上。我坐在助理同事办公室的一张会客椅上。给法官当助理，至少是给斯廷森法官当助理，有个特权，可以使用面积足够大的私人办公室，里面有足够大的空间摆放供客人使用的椅子。我们那些在纽约的律师事务所打拼的同学担任初级律师时都没有这样的待遇，他们必须跟同事共用办公室。

“我不知道这酒这么冲，”他倚靠在靠背椅上，“真是忒香了。”

“忒？这是加州方言吗？”

“是的，表示强调，‘忒’的意思是‘非常’或者‘难以置信’。”

“你们伯克利毕业的男生，真是满身伯克利特色。”

“好吧，在杰里米这样的自由派主持的大选夜派对上，你应该明白，最好不要喝‘右翼酷爱’这样的迷魂汤。你很幸运，它不是毒药，我是中间温和派，但我喜欢‘进步主义者的潘趣酒’，我知道这个酒没问题，因为杰里米整晚都在喝。特别是当电视网络最后宣布拉方特胜出后，他喝得更凶了。”

“我感觉太难受了，”我说，“我最少需要一整天来恢复。”

突然，詹姆斯向前一倾，笔直地从椅子上站起身来，双眼直视门口。

“当心点，科因。”他说。

我转过身去，顺着他的目光看到的景象让我大吃一惊：斯廷森法官穿着鲜艳的红色套装，领口镶嵌着节日盛典般的褶边，站在詹姆斯办公室门口。

“上午好，詹姆斯！你好，奥德丽！”

我们都以最大的热情来迎接法官，但她为什么到办公室的这一边来呢？她极少到助理的办公室来。

“我要宣布一个消息：我们办公室的全体人员今天共进午餐。我带你们去吃百汇烧烤[1]，我预定了十二点半的座位，我们十二点一刻出发，一会儿见。”

法官离开后，我倒向詹姆斯的方向，趴在他的桌前，将疼痛欲裂的脑袋枕在胳膊上。

“哎，真不是跟法官一起吃午饭的好时候，”我说，“我们办公室几个人有好几个星期没有一起吃午饭了，你觉得会有什么事吗？”

“我想法官可能是要庆祝共和党入主白宫，这就是我的看法。”

“你真的认为她这么政治化？”

---

1 百汇烧烤（Parkway Grill），帕萨迪纳的一家老牌高级餐厅。

“我们一会儿就全明白了。”

没过多久，我们就坐在百汇烧烤的会员专享雅座里，法官点了一瓶从卡布瑞酒窖运来的索维农红葡萄酒，价格不菲，卡布瑞是她最喜欢的加州葡萄园（“杰克·卡布瑞是我的老朋友”）。倒完酒后，她举起酒杯。

“干杯，”斯廷森法官说，“为了我们在华盛顿的新领袖！”

詹姆斯和我交换了一下尴尬的眼神，迟疑了一会儿。但阿米特和拉里已经站起来跟法官碰杯了，詹姆斯和我随后加入。

“法官，”阿米特问，“您认为行政分支的领导人更迭后，会给第九巡回上诉法院带来什么样的变化？”

“也许我太乐观了，但我觉得会带来转折性变化。从竞选时为他出谋划策的法律顾问团队来看，我觉得拉方特总统在选择联邦法官时，会极其保守。”

“但拉方特本人有那么保守吗？”詹姆斯问道，“在共和党初选时，其他候选人员就曾批评他不够保守。”

“确实，”法官说，“但你必须知道，保守派，尤其是社会保守派，在共和党挑选联邦法官的过程中发挥着极其巨大的作用。他们比党内的其他团体更关注法院，因此，即便共和党越来越温和，保守派依然控制着法官的选任过程。”

“您是说，在挑选最高法院大法官时，也是这样？”我问道。

斯廷森法官更加兴奋了，我看到她讲话时，晃动着手中的酒杯，杯中的葡萄酒也随之起伏，荡漾。

“当然了，”她说，“但到了最高法院层面，就更复杂，更微妙。总统挑选的候选人，必须既让保守派满意，又能得到分裂的参议院的支持，这可不容易。”

这顿午餐，我们悠闲自在地吃了两个小时，斯廷森法官还滔滔不绝地跟我们分享了她从丈夫那儿听来的好莱坞内幕。回到办公室后，我整个下午都没什么效率，那杯葡萄酒让我的脑袋沉重万分。这也没关系，法官五点半就下班了，布伦达和拉里随后也走了。六点钟左右，我来到詹姆斯的办公室，关上门。

“我能问你一个问题吗？”我说。

“当然。”詹姆斯说道，轻轻地往后一靠，将双手放在脑后。即便是一天快要结束了，他的蓝色衬衫看上去依然笔挺。

“法官今天午餐时的情绪，有没有让你感到有些不安？”

“为什么这么说？她情绪很高涨啊。”

“是啊，可她是法官，不是政客。她应该不偏不倚，她庆祝拉方特选举获胜，让我觉得有些……不舒服。”

“瞧瞧，拉方特获胜，她**前途无量**，她现在是最高法院大法官的热门人选。如果你坐在她的位置，你也会兴奋的。”

“我绝不会坐到她那个位置，完全超出我的能力范围嘛。”

詹姆斯笑起来。

“你明白我的意思，”他说，“如果拉方特竞选失败了，她不得不再等四年，才有机会获得提名。现在，她五十岁上下，正是担任大法官的临界年龄。如果在接下来的五六年里，她无法获得出任最高法院大法官的提名，可能就彻底没戏了。”

“我知道她很高兴，但她可以偷着乐，或者低调一些。”

“好吧，我们**都是**她的助理，从职业上讲，我们都是她的部下，如果她无法跟我们分享自己的喜悦，又能跟谁去说呢？”

“我明白了，我想我对法官的看法过于老派了。你知道吗，哈兰大法官甚至不愿意参加选举，就算是秘密选举也不参加，虽说法官也有投票选总统的权利。他认为，法官参与政治，即便是以这种发挥微弱影响的方式参与政治，也是不合适的。”

“奥德丽，我们的老板不是哈兰大法官。”

13

吹毛求疵

几天后，我办公室的电话响了。

“奥德丽，到我办公室来一趟，现在就过来。”

“马上到，法官。”

我抓起笔和黄色标准拍纸簿，匆忙赶往法官的办公室。我一走进去，她便开始对我大声呵斥。

我走上前去，坐在会议桌的另一端，“你就拿这个给我？”她将一沓厚厚的材料举在半空，“我都不知该如何下手。”

我看到过法官满脸不高兴的样子，但我从未见过她如此生气。我低头看着桌子，避免直视她的脸，奶油色大理石桌面上的花纹掠过我的双眼。在开口说话之前，我深吸了一口气。

“对不起，法官，”我尽可能平静地说，“您能解释一下出了什么问题吗？”

“这里，”她说着，又抖了抖手中的那沓材料，离我的脸只有几英寸，“**这**就是你自认为能接受的工作成果？这就是你让我以我的名义，代表第九巡回上诉法院发表的意见？”

她轻蔑地将材料扔在会议桌上，那是我起草的哈姆丹尼案法律意见的初稿。

“很抱歉，我起草的哈姆丹尼案的法律意见没能符合您的预期，法官，我该如何补救呢？”

“我都不知道该从何说起。首先，你忘了将‘同上’的引用部分用斜体表示出来，这些部分必须用斜体。耶鲁的老师一定教过你这个，对不对？”

“是的，法官，但有时真的很难区分……”

“别顶嘴，别找理由。从现在开始，从我办公室出去的每一份材料都必须**毫无瑕疵**。”

“好的，法官，我会全改过来。”

“大家都在看着这个案子。各家报纸在热议，戈特利布法官准备写一份措辞强烈的异议，我们绝不能出错。”

我拾起意见书草稿，开始翻看。令我惊讶的是，除了圈出需要用斜体的地方外，上面几乎没做任何标记。

“我没有看到修改要求啊，法官，您能给我提些整体思路，指导我如何完善这份意见书吗？”

“奥德丽，你到这儿来工作多久了？这些年你读了多少份判决书？你是顶尖法学院的毕业生，我雇用你，是因为你将成为这个国家最聪明的年轻律师。我坐在这里，不是要告诉你如何工作。”

“明白，法官。”

“看着我。”

我从意见书草稿中抬起头来，眨眨眼睛，尽力稳定自己的情绪，去迎接法官的目光。

“你想到最高法院做助理吗？”

“朝思暮想。”

“如果我推荐我的助理去最高法院，我就等于是押上了自己的信誉。我是在表述自己的意见，并提供保证。我是在告诉大法官们：这个助理极其有能力，她知道如何处理手头的工作，她是一位不需要你们培训的助理，一定会恪尽职守。”

我不住地点头，眼睛仍看着法官。她知道如何吸引我的注意力，这是我当助理后，第一次听她提及推荐令人艳羡的最高法院助理职位。

“现在，回你的办公室去吧，”她说，“带上这份意见书草稿，记得……要改得好一些，我明天早上需要一份新的草稿。”

“明白，法官，真不好意思，法官，谢谢您，法官。”

我抓起意见书草稿，匆匆回到自己的办公室，关上门。我坐在椅子上，背向着门，闭上双眼。我不想哭，哽咽的感觉涌上喉头，我拿起桌上的水杯，大喝了三口，然后深呼吸。

在尽可能地调整好自己的状态后，我走到詹姆斯的办公室，关上门，瘫坐在椅子上。他从案卷中抬起头。

“你没事吧？”他问，“你看上去有点低落。”

“我很难受，法官讨厌我。”

“法官当然不会讨厌你，你是她最喜欢的助理，你和阿米特都是，这要看法官的时间和心情。”

“如果她不嫌弃我，她为什么说我起草的哈姆丹尼案意见书草稿一团糟呢？”

“她不会这么说吧。”

“虽然没那么严重，但她告诉我，意见书写得不对，又没有告诉我该如何改进。”

“她就是这样，她是一个‘有大局观念’的人。”

“我想，我还是觉得法官应该专注于写作技艺的完善，就像奥利弗·温德尔·霍姆斯大法官那样，他站在讲台前，亲笔撰写法律意见。”

“如今，极少有法官会亲自撰写法律意见了，这一点你是知道的。我们的老板不是那种事无巨细、亲力亲为的人。”

“我真希望她能像戈特利布法官那样，戈特利布法官也不亲自撰写法律意见，但他仔细修改，从内容到格式都改。他和杰里米一道，逐行逐段审阅，解释每一处需要修改的地方，确保每个词语都准确到位。戈特利布法官注重细节，方法得当，绝不会大叫着指责我没把‘同上’的引文用斜体表示出来！”

詹姆斯笑了。

“你笑什么？”

“因为我也有类似的荒唐的经历。她冲我嚷嚷的那天，是因为我在脚注的‘n’和编号之间留了空格。”

“她到底是怎么了？”

“得了吧，奥德丽，你知道是怎么回事。自从拉方特赢得总统选举，法官就将自己视为最高法院大法官的潜在人选。她是对的，她会出现在所有的大法官候选人名单上。但是，这也意味着，从现在开始，她将变得焦虑暴躁，吹毛求疵。她认为自己正受到更为严苛的审视。”

“因此，她就死命挑我们的书写格式错误？我觉得，就算她不把引文用斜体表示出来，也不会失去大法官提名。”

“当然不会，”詹姆斯说，“但她并没有仔细研究我们为她起草的意见书内容，因此才通过指出小的格式错误来监督我们的工作。”

“在她获得，或者无法获得最高法院大法官提名之前，我们注定会一直这样？”

“恐怕如此，让我们祝愿她获得提名吧。如果是其他人成为最高法院大法官，我都不敢想象她会变成什么样。”

14

强有力的异议意见

我一脸茫然地盯着电脑屏幕，情况太糟糕了，简直糟糕透顶。

一旦有涉及我所负责的案件的邮件进入办公室邮箱，我就会紧张，因为我可以从邮件的标题判断是否属于自己所处理的案件。到底会发生什么事呢？难道是已经表示赞同我们意见的法官改变了主意？或者，我所起草的判决意见受到斯廷森法官同事的激烈批评？

大多数时候，我的紧张都毫无根据。但这一次，我的担心却得到了证实。戈特利布法官回应了我为哈姆丹尼案所起草的意见，该用斜体的地方都用了斜体，也强化了法律分析部分，他发出了一份措辞有力、严苛尖锐的不同意见。他的异议太有威力了，我都担心我们会失去霍林斯沃思法官的支持，失去多数派的地位。

我紧盯着电脑屏幕，再次阅读这份异议，思考该如何回应。按照下一步的计划，我将修改多数意见，回应异议，然后让斯廷森法官确认修改，并将修改意见交给其他两位法官传阅。但是我不知道如何修改多数意见，以回应戈特利布法官提出的具有说服力的理由。

这份异议太棒了，难道是杰里米起草的？我拿起了桌上的电话。

“你好，奥德丽！我正等着你的电话呢。”

“为什么这么说？”

“我相信你已经读了我关于哈姆丹尼案的杰作。”

“这么说，这份异议真是你起草的？看它的架势，我就猜想你肯定参与写作了。”

“你猜对了，你觉得如何？”

“不错。”

“不错？就这些？你太让我伤心了。”

“好吧，确实写得非常好，但是你似乎也不需要我来告诉你呀。”

“也许真不需要，但我还是希望听到你亲口承认这一点。”

“好吧，还没有结束，”我说，“你会收到我们的意见书。”

我不知道杰里米是不是感觉到我在虚张声势。我放下电话后，将这份异议打印出来，一边读一边用红色记号笔做标记，我希望这样能给我勇气。我重重地画上记号，狂乱地圈出字句，在空白处打勾或者标问号。

但是，阅读过程中的这一番折腾，并没有催生我所期望的洞察力，我没能发现这份异议推理的致命弱点。我仔细检阅了多数意见与异议所引用的所有案例，也没发现问题。

我试图反击这份异议，但毫无进展，最后，我别无选择：只得去见法官。她知道该怎么做，即便她自己不常亲力亲为，她从一开始就告诉我们，她希望我们成为独立的思考者，但这个案子太特殊了。在我担任助理期间，还没遇到过这么棘手的案件。

除非法官叫我，我一般不会过去。我走向斯廷森法官的办公室，靠近她的门口时，看到门开着一条缝，似乎是在说：“我奉行‘门户开放’政策，但是我确实不想受打扰。”我刚开始当助理时，斯廷森法官经常敞开自己办公室的门，但是，后来，11月以后，法官经常打电话，完全关着门，或者绝大部分时候都是关着门的。

我将门打开了一点，刚刚可以探进一个脑袋，轻轻地敲了一下门框。法官坐在棕色的大桌子后面，从正在阅读的案卷中抬起头来。

“法官，很抱歉打扰您，我能问您一点事吗？”

我想，我察觉到她脸上掠过一丝愠怒，但如果真是这样，她也很快就掩饰过去了。

“当然。”她说。

我坐在法官对面的某把客人座椅上，面对她的巨大办公桌，让我觉得自己很渺小。这不同于我面试助理职位时的场景，当时我坐在沙发上，而她坐在圈椅上；这也不同于我们一起讨论案卷时的情景，那时我们都坐在会议桌边。我感觉到了我们之间巨大的权力差别。

“法官，你有没有读到戈特利布法官为哈姆丹尼案写的异议？”

“我看到他传阅的异议了，浏览了一遍，但是还没有细看。”

“异议很强烈，非常强烈。”

“当然会非常强烈，”她一边说，一边用她那小小的苍白手掌做了一个拍苍蝇的动作，“当你提交第一份比较薄弱的意见初稿给我时，我就提醒过你。但是我认为你的修改稿，我必须说，你转变得挺快，有很大改进。如果我认为意见书的稿子不够完善，是不会送出办公室的。”

“是的，我觉得尽管我们的意见书有改进，也仍然很难阻挡异议。我不确信我们是否拥有很好的理由来反驳戈特利布法官的观点，尤其是他分析第九巡回上诉法院先前判决的案件，解释了什么构成迫害。我想，也许，案件的结果也许，应该重新斟酌一下……”

“你是在建议我**改变**自己在本案中的**投票立场**吗？”

我停顿了一会儿，深吸一口气。我感觉自己的嘴唇和《联邦判例汇编》里的纸一样干。

“对不起，法官，我肯定会修改我们所起草的多数意见。但是，您能不能，当然在仔细读完这份异议之后，给我提出更多的指导意见，告诉我如何进一步修改？”

对话顿时陷入沉默，法官盯着我，嘴巴一撇，表现出又冷酷又气愤的样子，好像我问了公然挑衅的问题，比如说她和她丈夫上一次同房是在什么时候。

“奥德丽，”斯廷森法官将身体探过宽大的桃木桌，“我是联邦法官，我不关心琐屑之事。”

我正准备抗议，支持或反对政治避难的法律依据不是“琐屑之事”，话到嘴边还是咽下去了。不说也好，因为法官还没说完。

“如果你想不出支持我立场的法律理由，这也是合议庭中第三位法官霍林斯沃思的立场，我建议你去问问阿米特，他有着高超的分析技巧。”

15

“就算皇后没穿衣服”

我并非知识分子咖啡馆的拥趸，这家咖啡馆像一间阁楼，一面墙的砖头都暴露在外面，另一面墙涂成铁青色，投射出一种工业化时期颓废的冰冷色调。我更喜欢温暖舒适的咖啡馆，而且不能太贵。在知识分子咖啡馆，一小杯苦咖啡都需要四美元。当然，这杯咖啡是由拥有漂亮文身的咖啡师单独调制的，他站在道格拉斯冷杉做成的长吧台后面。但是，我宁愿不要这些华丽的外饰，在星巴克见个面，我就很高兴了。杰里米却不听这一套，他是咖啡界的势利眼，认为知识分子咖啡馆是帕萨迪纳唯一可以接受的咖啡馆。

杰里米就住在帕萨迪纳市中心离咖啡馆几个街区远的一间豪华公寓里，他却迟到了（也许就是因为住得近？）。我啜饮着牛奶甜咖啡，坐在靠墙边的高凳上，用手机看《纽约时报》。

有一家人带着患唐氏综合征的女儿走进咖啡馆，经过我的桌前，走向吧台。我看见他们在甜点区前面徘徊（我没有要甜点，因为比较贵，热量也太高）。

这个小女孩只有十来岁，却让我想起我的姐姐伊丽莎白。我姐姐得了普拉德-威利（肥胖低能）综合征，这是一种罕见的基因疾病，使她认知能力受损，行为异常。我父母尽量让伊丽莎白待在家里，并尽可能陪着她。但是，有一回，我姐姐手持一把刀直冲向我妈，父母无奈之下，只得将她送进成年残疾人中心。为此，他们深感愧疚，每周都去看她，要么是到位于斯塔顿岛的残疾人中心去看她，要么是将她带回伍德赛德的家中共度周末。

我父母很爱我姐姐，但从不指望她有所回报。他们将所有的期望都寄托在我身上，在成长过程中，我一方面要与伊丽莎白争夺父母的关爱，一方面又不能给他们施加额外的压力，我的成绩一直很好。但有些时候，我又觉得自己所获得的这些成绩，我的平均学分绩点、我的入学考试成绩，还有我的演讲和辩论奖杯，都毫无意义。有时，我甚至会嫉妒伊丽莎白，她得到了父母无条件的爱，她什么也不用做，就可以赢得父母的关心和爱意。

我想念父母，但这会儿没时间给他们打电话了，于是像往常一样，飞快地给妈妈发了一句问候，她很快回了短信。如我所料，他们正在前往斯塔顿岛看望伊丽莎白的路上。我猜想他们正站在轮渡上，身上穿着臃肿的冬衣，而我却在南加州享受暖和的天气。但我在这儿还是没有家的感觉，准备做完助理后回东海岸去。不过，这一年是个不错的改变，既能承担富有挑战性的助理职务，还可以自由体验美国另外一个地方的风土人情。当我妈问我过得怎么样时，我不由自主地回短信炫耀，像加州人经常做的那样，说这里 12 月的温度达到华氏 70 度，阳光灿烂。

桌上的茶碟叮当一响，我抬头一看，杰里米已经到了，手里拿着一杯拿铁咖啡，杯面上漂浮着一个牛奶泡沫的心形图案。我给妈妈发了条短信，说自己该忙了，然后跟杰里米打了声招呼。我们闲聊了一会儿——他在健身房的新课程让他的肌肉多么酸痛，我跟哈维塔学车有何进展，但我看得出来，我们在想同一件事。

“那么，”他恰到好处地喝了一口拿铁，“我们什么时候才能看到哈姆丹尼案中修改过的多数派意见呢？”

“这个周末，我正在润色我的杰作，下周你就应该能看到修改过的多数派意见了。”

“你不改变投票立场吗？难道我们强有力的异议没有说服你？”

“又不是**我**投票，是斯廷森法官在投票。我只不过是她的助理，参议院可没有批准我投票，我办公室又没有挂着总统签字的任命状。”

杰里米似乎被我惹恼了。

“好吧，好吧，”他说，“但是，如果你是法官，你会怎么投票？”

我不自在地扭动了一下，举起自己的咖啡杯，放到嘴边，却沮丧地发现，杯子空了。

“我怎么想并不重要，”我说，“我只是助理，只是法官四个助理中的一个，有三位法官共同审理此案，我的个人观点无关紧要。”

“你觉得自己无足轻重？”

“你也知道，这不像白纸黑字那么简单，”我说，“这是一个很难的案子，如果我是法官，我也不知道该如何投票。但是，任何有理智头脑的人都会提出不同意见，双方的理由也很充足。我们的立场——斯廷森法官的立场——是‘不顾细节’。实际上，从目前来看，这也是她和另一位法官的立场。”

“因为霍林斯沃思法官就是个右翼政客，跟你老板一样，只想得到最高法院大法官提名。”

我的脸开始发烧，但这不是因为咖啡。

“你说什么？”我问，“你刚才怎么说斯廷森法官来着？”

“你都听见了，我讨厌说破，奥德丽，但你老板就是个可恶的政客。她宣称自己只‘遵循法律’，但是，当法律带来她所不希望的结果时，她就会编造一些瞎话来当理由。真想不通，我的老板竟被人指责为‘司法能动’。”

批评某个助理的法官，就像是批评她的妈妈。我可以向朋友抱怨我妈，但是，如果其他人责备我妈，我将捍卫到底。无论我的法官是对是错，我都站在她这一边。

“这完全不公平，”我说，“你所做的事情，跟你所指责的戈特利布法官的敌人，别无两样：称一个你所不赞同的法官过于‘司法能动’。说不定，等新总统就任后，你和你的老板会嫉妒斯廷森法官有机会获得最高法院大法官一职。”

“现在，我们已经做了几个月助理，也都看到了法官们写的意见书，我看到了他们在决定是否满席听审某些案件时是如何投票的。斯廷森是极端的保守主义者，她绝不会投票支持移民、刑事被告或劳工组织。在移民和刑事案件中，她总是投票支持政府，她从未遇到一个自己不喜欢的大公司。”

“戈特利布法官老是作对，他总是找一些令人难受的理由，来支持那些小人物。”

“他投票支持小人物，至少是出于正义，而不是因为自己的野心。”

“生活不是电影，小人物不总是对的。所以，你老板的意见总是容易被最高法院所推翻。”

“不对，我老板的意见被推翻，是因为最高法院多数大法官也是政客，斯廷森如果被提名，她就会被视为合适的人选。”

“只有这样的最高法院才能制约你那位疯狂的老板，这就像是打地鼠游戏。他们可以压制这类意见。”

杰里米停下来喝咖啡，他似乎平静了一些，但我还是很生气。

“交给你一项任务，”他说，“你今天回到办公室后，上万律网或者律商联讯网，查查斯廷森法官进入第九巡回上诉法院后审理的移民案件，看看她有几次投票支持移民，我打赌你会大吃一惊。”

“我打赌我不会，”我说，“无论有多少次，你都会嫌少，我都会觉得够多了，这是明摆着的。”

“那好吧，那就别查了，我只不过是想用数字来证明我的观点。”

“我没时间来完成这样的‘任务’，我要修订一份意见——一份多数意见，咱们下次再见。”

我被杰里米弄得心烦意乱。我走出咖啡馆，站在科罗拉多大道边，才突然想起来，我本来是计划搭杰里米的车回法院的。从咖啡馆到法院步行需要二十分钟，这个距离，在纽约不是问题，但在加州，却不是适合步行的距离。

相对我的自尊心而言，一英里根本不是问题。当我从市中心走向帕萨迪纳的住宅区时，我经过了一栋又一栋漂亮的房屋。工匠风格的精致房屋拥有诱人的前廊，闲适的地中海式房屋被满是藤蔓的花园围绕着，典雅的乔治王时代风格的房屋拥有像湖面一样宽广的草坪。房屋的风格参差多态，比邻而立，看上去非常和谐。在这个区域，我没有发现不协调的麦氏豪宅。

我在想，是什么样的人住在这价值数百万的豪宅里呢，这里是 21 世纪的南加州，他们的族裔背景也许很多元。尽管洛杉矶是个工业化城市，但他们也许来自不同的行业。这里可是南加州呢，肯定会有神经外科医生、投资银行家、各路名流以及那些喜欢他们的人，包括导演、制片人、经纪人、经理。当然，还有律师，不同专业的律师，从美迈斯律师事务所的合伙人到神气活现的原告律师。

这些人有什么共同点呢？有钱。他们的钱从哪儿来？成功。他们如何取得成功呢？雄心。

如果没有雄心，这个世界会怎样？雄心正是促使我们创造、达到目的、实现全部潜能的力量。那些挽救生命、改变生活的发明，《财富》杂志世界500强公司，伟大的艺术和文学作品，都因雄心而诞生。我母亲离开菲律宾，我父亲的祖先离开爱尔兰，也都是因为雄心——也许不算是很大的雄心，但到底也是雄心。美国是一个由雄心造就的国家。

雄心也是孩子们身上令人可以接受的、有吸引力的品质。如果一个小女孩说她想成为宇航员或者总统，或者两者兼有，我八岁时就是这样想的，就会很讨人喜欢。但在人生的某个节点上，雄心却从人人追求之物变成令人不快之语。说一个人“有雄心”，成为一种贬损，而非褒扬。雄心变成了一个肮脏的词。

在我念小学期间，那时我还是一个看起来很别扭的女孩子，一半菲律宾血统，一半爱尔兰血统，不属于任何一个社区团体，父母都是移民，没多少钱，还有一个残障的姐姐，我经常感到和周围格格不入。我将这种格格不入感转化为雄心。同学们笑我午餐时用塑料盒装米饭，取笑我有一个“弱智”姐姐，但我每次考试都能超过他们。

长大以后，情况逐渐好转。在曼哈顿的史蒂文森高中，大家都很看重学习成绩，也许是因为我们都是书呆子，大家都完全认同个人雄心。也许是因为我们中很多人都是亚洲或东欧移民的孩子，雄心使他们离开贫困的家乡，来到大都市纽约。在哈佛大学，雄心又一次受到欢迎，也许是因为哈佛是一所公开强调彼此竞争的大学，其他一些精英大学更是如此。

当我来到耶鲁后，情况有所不同，虽然耶鲁法学院的同学中也有人希望成为参议员或最高法院大法官，但耶鲁盛行的风气是隐藏雄心。为此，耶鲁实行最基本的成绩制度，《耶鲁法律杂志》的成员数量也很庞大（大约三分之一的同学都是杂志社成员），人人参与课堂讨论（参与人数之多，讨论程度之激烈，令人咋舌），学生与教授交往频繁（有雄心的献媚者必须将自己打扮为诚恳的求知客）。也许，这正是杰里米和我能够融洽相处的原因：我们都不大愿意，或者说不能够像我们的同学那样隐藏自己的雄心，我们将这种做法视为徒劳之举。

也许，正因如此，我才会为杰里米对我的法官老板的评价而感到生气，感到被他出卖。他似乎已经跌入我们在法学院期间曾经鄙视的“反雄心阵营”，更糟糕的是，他对斯廷森法官的批评完全是性别歧视。一个有雄心的女性，当她强烈地追求自己的雄心时，却被嘲笑为“悍妇”、“泼妇”或“政客”，杰里米就是这么称呼我老板的。与此同时，一个同样有雄心的男人，如果他以党派效忠的方式行事，会因他的“冲劲”、“决心”或“实现信念的勇气”而受到称赞。杰里米就是这么评价自己的老板戈特利布法官的，无论从哪个角度来讲，戈特利布都比斯廷森更像“政客”：戈特利布的动机是“追求正义”，而斯廷森的动机是希望进入联邦最高法院。杰里米的双重标准激怒了我。

我们都是拥有雄心的女性，这是我和斯廷森法官的共同点。也许，这正是斯廷森法官和我面试时一见投缘的原因，她在我身上看到了自己的影子。我突然想起她对我说过的话，那是一句评价、一句承诺，也是一种负担："总会有其他办法，总会有的。"

斯廷森法官是对的：我可以找到其他办法。我前面的路很清楚：给斯廷森法官留下好印象，确保她能推荐我担任最高法院大法官助理，而我如愿以偿获得最高法院助理职位，从此过着幸福的生活。

当我回到办公室时，阿米特已经在那儿了。詹姆斯不在，他出城跟家人团聚去了。拉里也不在，因为今天是周六。我跟阿米特简单打了个招呼，然后打开电脑，开始干活。先是很快完成了一个备忘录，以超过时效为由，驳回了一份申请联邦人身保护令的请求，接下来着手做这个周末的主要工作：修改哈姆丹尼案的多数意见。

斯廷森法官批评我不该用这样的"琐事"来麻烦她，我抛开已完成的意见书草稿，转向其他问题。我决定让相关问题和观念在我的潜意识里多回荡几天。我自认为比较聪明，倾向性地认为自己具有良好的法律思维，希望不会被打脸。我的反应不是特别快，虽然有能力解决很多有难度的法律问题，但是得花一段时间才能想出办法。有时，需要让问题在我脑海中沉淀一下，才能找到解决之道。

这种偶发性的延迟状态，让我的工作出现过拖延。我不愿意说自己慢，我只是不够快，而这在以前就曾给我造成困扰。高中时，我在全国性的辩论大赛中屈居第二，就是因为直到那轮辩论结束之后，我才想起一个绝杀性的回击理由。大学时，我以良好而非全优成绩毕业，也是因为我在口试时弄错了一个问题，考试一结束，我就想到了答案。失掉这些荣誉，确实是很大的问题，同时也使我陷入更大的困境：老是落选，从未成功。不太可能夺冠，总因畏缩而失败。要弥补过去的这些遗憾，只有一个办法：赢得最高法院大法官助理职位。

现在，我感到浑身充满干劲，希望能让斯廷森法官大吃一惊，证明杰里米是错的，我拿出全部精力，重新开始阅读与哈姆丹尼案有关的案件。根据我的思维习惯，当我第一次读到一个案例时，我总是无法立刻把握其全部内涵，有时需要读第二遍或第三遍，才能发现此前没有看到的细微差别。

对我来说，那个周末也是如此。第九巡回上诉法院曾经判决过一个重要的移民案件，读到大概第十遍时，我才发现，其中一个脚注中隐含着几个含糊但未得到充分重视的判例，可以从有利于我们立场的方向解读，只不过比较间接。

我在万律数据库中调出了这条脚注所引用的判例，将它们打印出来，我需要集中精力，进一步仔细阅读。我认真审阅，一边读一边画线，做标记，加注释。细读一遍的结果，印证了最初的直觉：其中确实有值得挖掘之处，只不过需要费一番周章，进行有选择的引用和语言上的解释。我不敢保证其中的推理完全具有说服力，我猜想，杰里米和戈特利布法官可能会提出强有力的反驳意见。但是，如果斯廷森法官希望坚持自己的立场，不改变哈姆丹尼案的判决结果，这样的论述就是我们所能提供的最后选择。

我用电脑打开意见书草案，开始回应戈特利布法官的异议。我细针密缕地论述自己的意见，一点一滴地回击他的异议。我发现自己新发掘出来的理由越来越有说服力，这是一份看上去极其有理有据的意见，就算不能说服戈特利布法官，也足以让霍林斯沃思法官继续站在我们一边。

我完全沉浸在手头的工作中，没有注意到时间的流逝，也没有注意到阿米特是什么时候走进我的办公室的，直到他大声清了清嗓子，我才抬起头来。

“嗨，科因，”他说，“你看上去是在勤奋赶工。”

“是啊，在修改哈姆丹尼案的多数意见。”

“你喜欢移民案件，对不对？”

我觉得自己听出了他语调中的嘲讽，也许因为说话的人是阿米特，我才这么想。

“我知道你觉得移民案件很烦人，”我说，“但这不是普通的申请避难案件，连《洛杉矶时报》都报道了，想移民的是一个著名记者，戈特利布法官还写了一份强烈的异议。我觉得这个案子会满席再审。”

“好吧，我明白了。这是个大案，”阿米特往后退了两步，将手掌举到空中，“我过来只是想问问，你要不要吃饭？已经七点多了。”

老实说，我不想跟阿米特一起吃饭，在法院里，我最喜欢跟詹姆斯一起吃饭。但詹姆斯不在，我又很饿，所以就答应了。我很好奇：因为阿米特并不经常发出吃饭的邀请，也许，他这次提出一起吃饭，有自己的打算。

因为法院附近没有餐厅，我们又都没有开车，只好在网上订餐，从一家泰国餐厅叫外卖。四十五分钟后，我们就坐在图书室内的桌边，享受美味：我点了绿咖喱豆腐拌糙米饭，阿米特点的是泰式炒面。

“嗯，”阿米特说着，用白色的塑料叉子卷起面条，“你有没有发现法官最近有些不一样？”

我不知道自己在多大程度上可以相信阿米特，因此警觉地回答道：“我认为她似乎……有一点紧张。”

“**有一点**紧张？这些天她几乎就是神经过敏，完全是个泼妇。”

阿米特的评价（和用词）让我大吃一惊。

“你为何这么说？”我问道。

“最近，她总是为一些荒唐至极的事情训斥我，很小的标点错误，细微的格式问题，诸如此类。她是真的生气了，似乎是到了月经周期，而且会持续一整月！”

“我觉得这么说她太不公平了，她是一个严要求、高期望的老板，我们必须努力达到她的期望。”

“我们刚到这儿时，她是很不错——要求高，但是讲道理。可如今，她毫不讲理，荒唐可笑，喜怒无常。有一天，她甚至为了括号中的一个‘参见’引语冲我大喊大叫，真的是大喊大叫，完全失控，她是彻头彻尾的泼妇。”

“你看你，也没必要这么有性别偏见吧，她确实是一个强悍的老板，又是女性。但你不能称她为泼妇。”

“这事跟性别无关，如果男人像她这样，我也会叫他独夫。这事跟她是不是女性无关，一切都是因为她有可能成为最高法院大法官。”

“詹姆斯也这么认为，她如此紧张，是因为她可能会成为最高法院大法官候选人，我觉得有这种可能性。”

“你**觉得**只是有可能？绝对如此。大选以来，她变化惊人，至少，对我的态度变了，也许你还没看到她这一面，因为你是她最喜欢的助理。”

我的心都跳到嗓子眼了，几乎将吃下去的菜花顶出来。

“你在说什么呀？”我问，“你才是她现在最喜欢的助理！”

“你在取笑我吗？每当她批评我时，她总是拿你作比较，上一次，我弄错了一个问题，她就说：‘阿米特，你能不能跟奥德丽学学，她是从不令我失望的优秀助理。’”

我放下手中的塑料叉子，开始笑起来。

“她也用同样的办法对待我！当我请她为进一步修改哈姆丹尼案的意见提供更多指导时，她对我说，如果我不知道如何修改，‘去问问阿米特，他有高超的分析技巧’。真不敢相信，她竟用这种方式让我们彼此竞争。”

“我相信，”阿米特说，“她先前是律师事务所合伙人，现在是联邦法官，她了解办公室政治，她知道如何有策略地表扬或批评别人。她可能以为我们不会交换意见，因为你和詹姆斯经常合作，而我总是和拉里一起工作。”

“很有道理，我明白她为何能走到今天了。她确实有能耐。”

“但是，她真的那么有能耐吗？”阿米特问，“确实，对我们这些助理来说，她是很有名望的法官，有能力向最高法院推荐助理人选，自己也可能会成为最高法院大法官。但是，她管过案件的细节吗？她修改过你草拟的意见书吗？”

“也没那么严重，有时候，我取回的备忘录上确实只字未改。至于发布的判决意见，有时候她也会改动一两行，大多数都是小的词句改动，不涉及实质性问题。”

“我又何尝不是这样呢？我的朋友中有给其他法官当助理的，那些法官改他们的草稿改得很厉害。有时候，我觉得斯廷森法官非常爱慕虚名，因为她喜欢别人称她为‘法官’，喜欢收到称她为‘法官阁下’的信件，喜欢被一群拍马屁的律师和法学院学生围着。”

“我觉得你有点过了，她在法庭上的表现如何？庭辩时的情形，给参加审判的人都留下了深刻印象。”

“好吧，当你观察她庭审你所负责的案子时，她所提出的问题，有多少是你为她准备在备忘录中的？”

“嗯……很多。”

“就我负责的案件而言，实际上所有的问题都是我准备的。她几乎没有提出过自己想到的问题。她就像是在电视里扮演法官：善于表演，表演看上去不错，但无法脱稿。”

我吃完最后一点豆腐，和阿米特的谈话对我很有启发，我现在有点喜欢他了。但是，我必须回去，继续完成哈姆丹尼案的意见书。

“不过，我还是很高兴她能称我俩为‘优秀的法律助理’，”我说，“这意味着她认为我们工作都很出色，即便我们有时也会犯错。”

“确实，”阿米特说，“而且她依然有权成就或者破坏我们的职业前途，送我们进入最高法院，或者不送。我将继续为她做牛做马。”

“谈到这个份上，我们都应该回去工作，”我把我用过的餐具放进塑料袋里，紧紧系上，“谢谢你的意见，很高兴能跟你交换对老板的看法，无论我们怎么想，她仍旧是我们的老板。”

“当然，就算皇后没穿衣服，她仍然是皇后。”

16

法官？政客？

为了完成哈姆丹尼案的法律意见书，我周六和周日都工作到深夜，以便能赶在周一上午例会之前将意见书放到斯廷森法官桌上。但是，因为法官临时有急事要出城一趟，例会取消了，布伦达并不想解释她有何急事。布伦达的桌上留有一张打印的法官行程单，有天晚上，我们瞅了一眼，发现法官去了哥伦比亚特区。她在东海岸时，仍然关注着办公室的工作，认可了我对哈姆丹尼案的修改意见。在那周中间，我们将意见书交给戈特利布和霍林斯沃思法官。我想知道杰里米会如何看待我的修改意见，因为自从上次的咖啡馆争论之后，我们就再也没有联系过。我也不知道，自己的修改意见是否足以将霍林斯沃思法官留在我们这一边。

我没等多久就得到了结果。接下来的那个周一，就在例会召开前，我的邮箱收到了一封邮件。我瞟了一眼发件人，是“霍林斯沃思法官”，标题是“哈姆丹尼案”，无疑是霍林斯沃思法官的投票结果。他还会留在我们一边吗？我花了这么多时间辛苦修改的多数意见会成为异议吗？或者说，他虽然同意这份多数意见，但是要求我们进一步修改？这样的结果确实不够理想，我已经如此尽力地修改意见书，全身心地投入其中，不过，我愿意竭尽所能地将他留在我们一边。

哎呀，我手一抖，点开了另一封邮件。法院图书管理员提醒我们，图书馆新到了破产法方面的书，尽管我很是感谢，但现在对这个问题已经不太感兴趣了。

我打开了霍林斯沃思法官发来的邮件："我将继续赞同斯廷森法官非常精彩的意见。"

"太棒了！"我大叫一声，握拳猛击桌面，"太好了，太好了！"

"你在为新到的破产法著作而兴奋，科因？"

詹姆斯站在门口，面带微笑，下巴光洁，正准备去开周一的例会。我的脸刷地一下就红了。

"不好意思，我看上去像个呆瓜，我刚刚看到霍林斯沃思法官同意修改后的哈姆丹尼案意见，而且称它'非常精彩'。"

"哦，我还没看到这封邮件，估计是刚刚到，恭喜你！"

"谢谢啦，我一直在担心这个案子，这下我们可以在放假前公布判决结果了，真的可以好好放松一下了。"

"这是个大案，如果戈特利布法官那边有人要求再次满席听审，我一点也不会感到惊讶。"

我叹了口气，詹姆斯说得对，这可能只是个开端。

"不好意思，"他说，"我不是想要扫你的兴，这是个好消息，我们的法官也会为此高兴。在例会前收到正面消息，是件好事，这会让法官心情大好。"

确实如詹姆斯所说，斯廷森法官很高兴，话都变多了，也许是因为哈姆丹尼案，也许是因为离圣诞节不到三个星期了。赶上心情好的时候，斯廷森法官还是记忆中那个不错的老板。

在例会上，我们讨论完常规的案件后，法官做了一番总结。

“临近年末，我要感谢各位过去几个月的辛苦工作，”她说，“与你们共事，真是令人愉快，你们的工作成果非常突出。”

我们都笑起来，但是法官还没说完。

“阿米特，你为高智公司案草拟的意见极为清晰地解释了复杂的反垄断法问题。詹姆斯，你在里维拉案中起草的异议是具有说服力的写作典范。奥德丽，祝贺你在哈姆丹尼案中取得成功，如果不是因为你做的出色修改，我都不知道能否保住霍林斯沃思这一票。让我们将这份意见定下，赶在他改变主意之前发出去。”

每个人又都笑起来，我的笑容尤其灿烂。这位联邦法官刚刚称我的工作“出色”，要是杰里米能看到这一幕该多好啊。

“还有拉里，”法官继续说道，“你的写作越来越好了，你写的关于移民和人身保护问题的备忘录，使我们可以不用亲自阅读已经发表的相关法律意见。”

拉里笑了，明显是没有意识到这番称赞背后的反义。

“现在，你们应该都已经注意到，假期临近，因此，我想谈谈我们办公室的工作安排。”

“法官，”拉里突然插话，“我本应该更早一点说明，圣诞节那周我打算外出。”

法官微微皱了一下眉头。

“我才意识到我们还没有讨论休假制度，”她说，“你们工作得都很卖力，我想，每个人平时都没多少时间度假。但是如果你们要休假，我希望能至少提前一个月告诉我。”

“法官，我爸妈和我准备去阿斯彭度假，我们每年这个时候都会去那儿。”

法官叹了口气。

“是的，没错，”她说，“你父亲几周前跟我提过这事，那好吧。阿米特、奥德丽、詹姆斯，在假期里，你们能留下来工作吗？”

这个问题让我们当场无言以对。我们实际上已经讨论过，圣诞假期能否出去走走。布伦达暗示，过去几年，法官都会在圣诞假期给助理放假。但是，如今，法官提出这样的问题，我们都不好说什么。

最终，还是阿米特，每次都是他，打破了沉默。我在想，阿米特会不会有些厌倦每次带头说话。我也很好奇，某人心中到底有着怎样的无穷谄媚。

“我准备留下来工作，法官。”他说，詹姆斯和我立即附和，说我们也可以留下来。我本来想休息几天，补补觉，但不补觉也不算是太大的损失。圣诞节飞回东海岸的机票价格太贵（我也没钱去其他地方旅游）。我又不能去阿斯彭度假。

“好极了，我准备跟罗伯特和孩子们去夏威夷待几周，但我会远程工作。我们有很多活要干，而且必须尽可能认真对待，现在不是犯错的时候。”

我们尽职尽责地点了点头。

“当然，假期工作进程可能会慢一些，因为我们那些不太勤奋的同事，可能会锁上办公室。为此，我给你们准备了别的工作，你们可以适当地分一下工。希望明年回来后，能在桌上看到你们的成绩。”

阿米特、詹姆斯和我拿起笔，转入笔记模式。

“我想回顾一下我在法院的任职生涯，”斯廷森法官说，“首先，我想总结自己担任初审法官的情况，我在地区法院任职时，曾作出过哪些重要判决？我判决了多少案件？第九上诉巡回上诉法院肯定了其中多少件，驳回了多少件？”

哇，这可是需要投入大量时间的工作。

“其次，回顾我在第九巡回上诉法院的任职经历，我写过哪些最重要的判决？可以挑出十件，每件写篇总结，并标出我最著名的‘开明’与‘保守’意见。然后，统计出我写过多少法院多数意见，多少异议。我参与判决过多少案件，无论是站在多数一边，还是发表异议。”

“最后，我想仔细看看我参与的案件在联邦最高法院的表现，我相信应该是相当不错的，但我需要统计数字。我在第九巡回上诉法院参与判决的案件，有多少进入联邦最高法院？有多少得到最高法院肯定，有多少被推翻？而且，当最高法院同意受理或者驳回我所参与的案件时，不要忘了统计我执笔的‘异议’，或者赞成满席再审的数据。这能证明，当我在第九巡回上诉法院的同事刚愎自用、固执己见时，我的意见得到了最高法院的认可。”

这最后一部分任务让一切一目了然：斯廷森法官想要成为斯廷森大法官，她希望我们收集所有必要的信息，方便在新的总统班子那里证明自己。

“感谢你们，诸位，这将是我们今年的最后一次例会，下周我就到夏威夷了。祝你们假期愉快。”

圣诞节那天是周二，因此平安夜是周一晚上。詹姆斯回到旧金山湾区跟他的家人一起过节，阿米特到硅谷跟他婶婶一起过节。杰里米仍没跟我说话，但我能从脸书上知道他的情况，至少他还没有将我拉入黑名单，他已经回芝加哥度假去了。

因此，我只好跟哈维塔一起过平安夜，我俩都没地方去。哈维塔的妈妈已经去世，爸爸关在牢里。我也买不起回纽约的机票，圣诞节期间的机票价格高得离谱，我觉得很难过，因为我很想念父母和姐姐伊丽莎白。

但是，哈维塔和我充分利用了这个假期。我们去了一趟沃尔玛，带回了一棵很小的人造圣诞树，不到两英尺高，我们用一根白色光带和很多拐杖糖来装饰它。我们还用哈维塔公寓里的小微波炉烤了一只小鸡，然后交换礼物。

哈维塔首先打开了我的礼物，她似乎很喜欢，我猜她也会喜欢。

“你这小贱人，真是太酷了。”

我送她一本埃文·李所写的《美国的司法克制：联邦法院如何创造不朽的智慧》，旁人收到这礼物通常不会是这种反应，但哈维塔非同常人。

“我也给你带了点小东西。”她一边说，一边递给我一个小方包。我觉得挺轻的，不知道里面装的是什么。我拆掉红色包装纸，打开白色的卡纸盒，在很多层白色纸巾下面发现了一个东西。

是一个雪花玻璃球，里面是最高法院大楼，我摇了摇玻璃球，白色的雪花在最高法院大楼模型的大理石宫殿中纷飞。

“我知道你非常想去最高法院当助理，”她说，“我想，我应该给你点鼓励。”

“哦，哈维塔，”我几乎哽咽着说，“真是太美了。”

我心里确实是这么想的。我的礼物可能更贵一点，但她的礼物显然更有心。我没有像她对我那样，去了解她的职业理想，因此感到有点难过。我帮她看简历是以她教我学开车为交换，当时，她只是说自己准备做“政府工作”—— 我猜想应该去地区检察官办公室，因为她说过自己想当检察官。给最高法院大法官当助理，应该不在她的视线范围之内。

“很高兴你能喜欢它，”她说，“在 eBay 上找这玩意，真是费了不少时间。”

我们大笑着相互拥抱。

“我还给你准备了另外一件礼物，”哈维塔接着说，还眨了眨眼，“但你必须要等新年时才能打开。”

正如法官所料，假期里工作进展很慢，我们给其他法官发出意见书初稿后，没有得到反馈，只有一片沉默。斯廷森法官或许也应该在圣诞节和新年之间关上办公室的门，可是，她似乎很好奇，当其他法官都不在时，我们是如何工作的。她会在任意时间给办公室打电话，问问关于某个案件的问题，但给人的感觉是，她其实是想检查一下看我们是不是在那儿（拉里除外，他的脸书显示，他已经在享受“香槟粉”的雪地，不管这是什么玩意，他无疑是在阿斯彭度假）。由于夏威夷和加州时区不同，法官会让我们在办公室待到晚上，经常在吃晚饭之前打电话过来确认情况。

虽被困在办公室，但工作比平常少很多，于是我开始读法律博客——“最高法院”，聚焦于最高法院；“如何上诉”，这是关注上诉案件的博客，以及一些由法学教授创办的博客，比如“沃洛克阴谋”与“巴尔干化”，等等。我还开始读阿米特跟我提到的一个相对较新的奇怪博客——“法袍之下”。这个网站 11 月份才出现，提供了“关于联邦司法机构的新闻、传言，与一些有趣的评论”。网页的颜色粉绿相间，语调轻佻不敬。作者自称“第三条的追随者”——这里的第三条指的是美国宪法第三条，正是根据这一条，美国建立了联邦司法机构。作者将自己描述为大律师事务所劳累过度的合伙人，非常不健康地痴迷于联邦法官。她特别迷恋最高法院大法官及其助理，称他们是“人中龙凤”——这是一个她差点就加入了的团体，她曾给联邦法官当过助理，也接受过最高法院大法官的面试（但是没成功）。她对最高法院助理的看法跟我一致：超级聪明，介于人神之间。

“法袍之下”网站上有个帖子，在展望明年1月拉方特总统就任后的情景，尤其是他将如何处理最高法院出现的大法官席位空缺，以及哪位大法官可能会首先退休。作者的猜测集中在自由派的汉娜·格林伯格大法官身上。她已经八十几岁了，第三次跟癌症作斗争。就算格林伯格大法官非常想等到民主党总统执政时再离开，但作者很怀疑她能否在最高法院继续工作四年。有些人认为她可能在最高法院当前开庭期结束后就得离开。另外一个可能退休的大法官是第二高龄的艾丹·基根，他年近八旬，身体状态也不好——体重过重，抽烟很凶。但他没有任何特别的疾病，庭辩时看上去还很活跃，经常在公开场合露面。基根大法官似乎不大会很快退休。

读到这篇文章，我想起，我还要完成斯廷森法官交代的自我总结任务。阿米特抢着整理最高法院如何处理斯廷森法官参与判决的案件，这是整个工作中最有趣的一部分；詹姆斯自告奋勇，整理法官担任初审法官时判决的案件，这是最无聊的一部分工作；而我只能负责整理法官在第九巡回上诉法院审判的案件。

要找出法官判决的最保守的案件并不难，这是她公开引以为傲的部分，她经常在谈话节目和媒体采访中提及。问题是要挑出其中最著名的判决：她在第九巡回上诉法院任职时间不长（相比其他联邦法官而言），但是已经发布了一些重要判决，它们促进了宗教自由，削减了对刑事被告的权利保护，支持了对堕胎的合理管制，保护了公司不受过于热心的原告律师侵扰。用这些案件证明她能成为保守派期望的最高法院大法官候选人，并不太难。她是亚裔美国女性，而且挺漂亮，这些也都不是坏事。

但是，要找出斯廷森法官所判决的著名开明判决，以显示她不是右翼极端主义者，却比较困难。她曾经参与过一些支持“小人物”——对抗政府的刑事被告、起诉跨国公司的原告——的判决，但这些判决很多都是不公开的，或是由其他法官撰写的法律意见。我找到了一份斯廷森法官公开发表的法律意见，她推翻了初审法院对刑事被告的定罪，我将其归入“开明”判决一类，随即发现，这是一起教科书般典型的公诉不当案件，就连最强调法律和秩序的法官也没法容忍。在民事案件方面，我发现法官曾写过一份备受关注的法律意见，支持陪审团裁决一家著名制药公司支付两亿美元惩罚性赔偿金。这也不能算是“开明”判决。在上诉审判时，法院必须尊重陪审团裁决，聪明而谨慎的地区法院法官又没有错误地适用法律，上诉法院必须这么判。

于是，我想到了移民问题。无论对左翼还是右翼来说，移民都是热点问题，保守派谴责“非法移民”，而自由派则为“无证明文件的移民”辩护。我当然可以从斯廷森法官的移民判决中找出一些重要意见。

我很快找到了一份很好的“保守”判决作为例证，这是斯廷森法官撰写的意见，驳回了一位墨西哥移民的避难申请。案件的事实不是特别吸引人，他的政治迫害声明竭尽回避之能事，避难申请书中前后颇多不一致之处，瑕疵不少，但意见书的语言吸引了我，斯廷森法官表达了自己对这位移民的同情之心，他来自墨西哥贫困家庭，家乡因毒品战争而残破不堪。法官接着指出，如果认可这份有问题的避难申请，对其他遵纪守法的移民不公平，他们一直在耐心等待，有些已等待多年，希望通过正常渠道进入美国。

随后，我打开万律数据库，寻找法官在移民问题上的“开明”判决。我希望找到这样一份判决，法官本人以移民之女的身份将美国描述为受害者的避难所。

嗯，看上去不太好找，我又修改了一下关键词，重新搜索了一次。

好奇怪，难道是我弄错了？我想应该不会。我自认为是法律搜索方面的大神，至少也有些功底，但为了以防万一，我换了一个数据库，重新输入关键词。

奇怪，难道万律没有收录全？我又到律商联讯找了一遍，还合并搜索了几个子库，依然一无所获。

我简直不敢相信，在她任职第九巡回上诉法院期间，斯廷森法官竟然没有判决过一起支持移民的案件，尽管她参与审判过数百起移民案件。有些案件，参与审判的多数法官投票支持移民，而斯廷森法官表示异议。有时，她的异议还有很强的辩护理由，比多数意见更有说服力。但在一些很重要的案件中，当移民拥有获得避难身份的铁证时，她也依然对支持移民的判决提出不同意见。在这类案件中，她并未提供支持自己判决的实际理由，只是用一句话表态：“联邦最高法院已经在伊莱亚斯·扎卡里亚斯案中就获得政治避难规定了极其严格的申请标准，根据这项标准，我必须表示异议。”

我盯着面前屏幕上空白的搜索结果，突然想到在知识分子咖啡馆见面时，杰里米交给我的“任务”：查查斯廷森法官过去在移民问题上的判决。我很惊讶，也很担心。杰里米是对的吗？难道我的老板——全国最受尊重的联邦法官之一，一个有可能成为最高法院大法官的人——真的是一个政客？

我还没准备好想那么多，但我觉得我应该感谢杰里米，承认我错了。我拿起手机，想都没想就给他发了条短信：“嗨，上次你交给我的那个‘任务’……方便的时候能给我打个电话吗？”

17

可能的契机

1 月的事情太多了。新的一年，华盛顿出现了新的领导人——克雷格·拉方特总统。我又恢复了跟杰里米的交往，虽然我们不是事事都能意见一致，但至少我们又开始说话了，我承认，对于我老板在移民案件上的判决，他的看法确实有道理。斯廷森法官也度假回来了，皮肤晒黑了不少。这还不是全部，我在假期后第一次的周一例会上听到了更多消息。

“欢迎大家回来，”法官说，“我希望每个人都度过了一个愉快的假期。就我而言，我强烈推荐夏威夷瓦拉莱的四季酒店，那儿确实是过圣诞和新年的好地方。”

我们对法官的这个笑话会心一笑：因为我们中间，除了拉里外，没人会在一年中最抢手（也是最昂贵）的那一周去住四季酒店。

“在讨论案情之前，我想提两件事。第一，我要感谢你们在过去两周的辛苦工作，我知道，你们的工作比其他大法官的助理都要多，尤其是在这样一个假期里。而且，我还给了你们额外的任务——全面整理我的司法判决。目前，我还无权跟你们充分解释这件事，但是，请你们放心，我都记得，也非常感谢你们的辛苦付出。”

我心里就像读小学二年级时拼写比赛得了满分一样温暖，愉悦，我喜欢得到权威人物的肯定，而法官知道如何以及何时安抚我们的情绪。我瞬间觉得，12 月底和 1 月初在办公室度过的那些夜晚都是值得的。

“第二，我们该如何面对加州最高法院在戈德纳案中的判决？”斯廷森法官问道。

啊——戈德纳案又回来了？这段时间我一直在忙一个复杂的商标案，没有注意到加州最高法院已经作出了关于该案诉讼资格的判决，我还没读过判决书呢。好在，罗耀拉毕业的拉里又开始耍活宝，不用我献丑。

“就是我们踢给加州最高法院的那个同性婚姻案？”他问。

“是的，”法官面带忍耐的微笑，“这是我们要求加州最高法院澄清的案件，要求他们判定加州 8 号提案的支持者，是否有资格在法院辩护该提案。”

突然之间，我一下子明白过来：这是哈维塔送给我的另一件节日“礼物”，那件我必须要“等到新年”才能打开的礼物。作为加州最高法院舍温·林法官的助理，哈维塔早就知道加州最高法院会发布这样的法律意见。可是，这真是礼物吗？我可不那么确定。

拉里同样心怀疑问：“这难道不是您希望避免的案件吗，法官？”

“当这件案子最初来到第九巡回上诉法院时，对我来说，它到来的时机……确实不够理想，”她说，“我很怀疑，作为联邦法院的第九巡回上诉法院是否应该判决一个极具争议的州法问题。但是，奥德丽想出了让加州最高法院澄清诉讼资格的好点子，这使我们赢得了足够的时间，来转化形势。现在，我们得到了加州最高法院的政治掩护——嗯，应该说是指引。因此，现在对我来说，这个案子倒是提供了……可能的契机。”

法官让我和布伦达一起联系本院其他法官，为戈德纳案确定庭辩日期。这将是一件大案，可能会上电视，第九巡回上诉法院审判的一些备受关注的案件时常上电视。

例会结束后，我走进詹姆斯的办公室，开始我们的常规闲聊。我想跟他核实一下自己对法官刚才那番话的直觉判断。当助理这么久，我看过他写的法庭备忘录和意见书初稿，我觉得，自己的法律思维和写作技巧比詹姆斯略胜一筹，但他的人际交往能力更强，而且他具有理解周围人事、环境的超能力。

“这么说，”我说着，关上了他办公室的门，坐在为访客准备的椅子上，“法官的超级秘密额外行动就是她会成为最高法院大法官候选人，对不对？”

“一点没错，”詹姆斯说，“你记不记得她 12 月份时曾到首都去了一趟，我们那个周一没开例会？我猜想，她见到了拉方特的过渡团队。我从《华盛顿邮报》上看到，拉方特正在非常高效地物色可能的大法官人选，尽管他还没有就任总统职位。虽然目前最高法院还没出现空缺，但他可能是未雨绸缪，因为格林伯格大法官年事已高，疾病缠身。”

“有道理，但是刚才法官说戈德纳案提供了‘可能的契机’，又怎么解释呢？像同性婚姻这么有争议性的问题，难道不是棘手的麻烦事吗？”

“我是这么理解的：社会保守派并不是那么喜欢拉方特，他们在大选中也没有非他不选，拉方特赢得很艰难。拉方特可能在想，如何在不疏远温和派的前提下，赢得保守派的信任和支持，让他们支持他的统治和下一次大选。要达到这个目的，挑选社会保守派认可的联邦法官，尤其是最高法院大法官，是个不错的办法。”

“可是，这跟戈德纳案重新回到第九巡回上诉法院又有什么关系呢？跟斯廷森法官如何判决同性婚姻案又有什么关联呢？如何成了她‘可能的契机’？”

“这是法官提升其公众形象——尤其是在社会保守派心目中的形象——的好机会，有助于她成为最高法院大法官候选人。

我猜想，如果她根据这件案子的实际案情判决同性婚姻违宪，这会在极为自由主义的第九巡回上诉法院中，将斯廷森法官塑造为讲原则的保守派。”

“哦……”

“当然，她——或者说**你**——应该非常谨慎小心地撰写此案的法律意见，应该从宪法角度而非社会政策角度谈同性婚姻问题，应该让如此重要的问题由人民自己来决定，而不是非民选的法官来裁定。这样既能拉拢社会保守派，又不会得罪支持同性婚姻的人感到非常讨厌。如果你能做到这一点，法官将会对你另眼相看。”

的确如此，我暗自思量。如果我能完成这样的壮举，斯廷森法官将会毫无保留地推荐我担任最高法院助理，或者在她成为斯廷森大法官后为我预留助理一职。有些新上任的大法官，会将他们在联邦法院任职时最喜欢的助理带到最高法院。

“很抱歉，我们没法谈到很晚，”我对詹姆斯说，“我刚刚完成令人疲惫不堪的商标案。你在旧金山的圣诞假期感觉怎么样？”

詹姆斯低头看了几秒钟桌上的记事簿。

“我的假期过得不太好，”他说，“我和女朋友彻底分手了，过去几个月，我们一直在闹别扭，假期里，我们正式分手了。”

啊，这么说，詹姆斯真是直男，而且现在是单身。关于斯廷森法官在移民案件上的判决记录，杰里米也许是对的，但在詹姆斯是直男这件更重要的事情上，我却是对的。并非所有穿着得体、精心装扮、彬彬有礼的男人都是同性恋。

“远距离的恋爱关系很折磨人，”我对詹姆斯说，“听到你分手的消息，我很难过。”

可我真的感到难过吗？

18

"法袍之下"

1月下旬，在克雷格·拉方特就任总统的前几天，"法袍之下"网站上出现了一个有趣的帖子。

拉方特总统上场：会是第九巡回上诉法院的机会吗？

来自"第三条的追随者"

如果联邦最高法院推翻了来自该院的案件，第九巡回上诉法院会很难办。在很大程度上都是因为该院拥有谢尔登·戈特利布和马尔塔·索利斯·德勒兹这两位心直口快的自由派法官，使得这个名声不佳的左翼上诉法院所判决的案件，一再被最高法院所否决。最高法院否决第九巡回上诉法院的判决时，很多情况下都是全院一致的简易判决，就连汉娜·格林伯格大法官这样坚定的自由派也加入其中。

因此，以下新闻可能会让有些人感到惊讶：有传言说，拉方特总统就任后，他将从第九巡回上诉法院挑选两位最高法院大法官候选人：弗兰克·波兰斯基法官和克里斯蒂娜·黄·斯廷森法官。

当然，波兰斯基法官和斯廷森法官不是那种给第九巡回上诉法院带来坏名声的法官，他们两人都是共和党总统任命的法官，经常在判决中不同意左翼同事的意见，而他们二人的意见最终却得到联邦最高法院认可。

从法官人数上讲，第九巡回上诉法院虽然是我国最大的上诉法院，但几十年来却没有产生一位最高法院大法官。因此，第九巡回上诉法院早就期待将本院成员送进最高法院。

在波兰斯基法官和斯廷森法官之间，谁更胜一筹呢？这很难说。波兰斯基拥有更为丰富的司法经验，被里根总统任命为第九巡回上诉法院法官，而斯廷森法官则是小布什总统任命的。波兰斯基法官任职时间很长，这使他能尽享“波兰斯基门徒”的支持，以前为他工作过的助理如今遍布共和党法律政治圈的各个层面，形成了强有力的关系网。波兰斯基的这些前任助理，也分布在白宫的法律顾问办公室、司法部和国会山，他们对这位前老板极其忠诚，无疑会推他进入最高法院。

但斯廷森也有自己的优势。她比波兰斯基年轻几岁，好莱坞青睐年轻女演员，最高法院同样如此，年龄是她的加分因素。斯廷森是亚裔美国女性，这无疑也是优势。如果克里斯蒂娜·黄·斯廷森进入最高法院，她将成为最高法院历史上第一位亚裔大法官，肯定会赢得亚裔美国人的好感，而亚裔在美国人口和选民中的比例越来越高。如果像很多人猜测的那样，接下来离开最高法院的大法官是格林伯格，拉方特总统也会觉得有必要选择一位女性来接替她的职位。

但是，我们不必过早操心，最终的结果在很大程度上要看下一位离开最高法院的大法官到底是谁，他（她）何时、在什么情况下离开最高法院。让我们继续关注，等待好戏上演！

再见啦！

第三条的追随者

“最高法院”博客网站的汤姆·戈德斯坦和“如何上诉”博客网站的霍华德·巴斯曼都转载了“法袍之下”的帖子，这是报道最高法院的两个重要博客网站，受到主流媒体的密切关注。戈德斯坦和巴斯曼转载，又吸引了《洛杉矶时报》的注意。《洛杉矶时报》发表了一篇题为《加州法官竞争最高法院大法官人选》的文章。斯廷森法官打印了这篇文章，在接下来那个周一的例会上让我们传阅。

“我当然不会评论这种猜测，”当我们围着桌子传看这篇报道时（实际上我们都已经读过了），她说，“但能被文章提及，总是好事。”

“看来，这篇文章完全源自博客——尤其是‘法袍之下’。”阿米特说。

“我也注意到了，”法官说，“我比较了解‘如何上诉’和‘最高法院’这两个博客网站，却不知道‘法袍之下’，你们了解多少？”

“这是个新网站，全是关于联邦法官的文章，只不过非常关注法官的个性，而不是司法倾向，”我说，“网站偏娱乐化，有时候有些无礼，有些内幕消息。作者自称是宪法‘第三条的追随者’，是一位在律师事务所工作的女性，非常痴迷于联邦法官。她对最高法院助理也很感兴趣，曾给联邦法官当过助理，也接受过大法官面试，但本人没做过大法官的助理。”

“听上去，过几年你也可以像她那样，”斯廷森法官说，“不过，你仍有机会给最高法院大法官当助理。”

在接下来的几秒钟里，大家陷入一片尴尬的沉默，詹姆斯打破了沉默。

“我不确定宪法‘第三条的追随者’就是她自己所描述的那个人，”他说，“我猜想，这种伪装只不过是想掩盖她的真实身份。”

“我不同意，”阿米特说，“从博客的内容判断，她的履历应该是真的。她的知识与我们预想中的联邦法官助理一致。她痴迷于成为联邦最高法院助理，看上去也是真的。给联邦法官当过助理之后，进入律师事务所工作，也很合乎逻辑。”

“不管她是谁，我都很感谢她以正面的笔调提到我，”斯廷森法官说，“让我们继续关注‘法袍之下’网站的后续文章。”

19

没有资格质疑

正如我们所料，戈特利布法官的一个盟友要求满席重审哈姆丹尼案，马尔塔·索利斯·德勒兹法官是斯廷森法官在第九巡回上诉法院里的死对头，她不同意我们的判决意见，希望由十一名法官组成审判委员会一起重审此案，这十一名法官包括首席法官鲁尼恩和十名随机挑选的法官。德勒兹法官发出了“召集备忘录”，支持自己的重审请求。

这可不是普通的召集备忘录，而是一份很有说服力的文件，充满了言辞激烈的词句，解释了为什么她认为斯廷森法官在哈姆丹尼案中的法律意见出现了事实错误和法律错误，为什么说这份意见不符合第九巡回上诉法院的先例，总而言之，这样的意见会让法院难堪。德勒兹法官的雄辩才智展露无遗。

我将召集重审哈姆丹尼案的备忘录仔细读了三遍，每读一次都让我感到比上一次更茫然无措。难道是我反应过度？我已经在哈姆丹尼案中投入了这么多精力，因此感觉德勒兹法官的尖锐批评完全是针对我的。我打电话咨询杰里米。

“你有没有读过德勒兹法官的召集重审备忘录？”我问。

"当然！每个人都在谈这事。"

"这是一份不错的备忘录，对不对？"

"是啊，爱丽尼娅[1]也是一家不错的餐厅。"

"你说什么？"我所熟悉的高级餐厅仅限于暑假里在克雷弗斯律师事务所实习时去过的那几家。

"这不仅仅是一份不错的备忘录，"杰里米说，"它简直是**棒极了**的备忘录，**无法用语言来形容**。"

"哈，好吧，先别忘乎所以，你当然喜欢，它非常自由主义。"

"奥德丽，即使我不赞同这份备忘录，我也会这么认为。老实说，这真他妈是份优秀的备忘录，字句铿锵，令人信服。这是我今年看到的最佳作品。"

"真的？"

"当然是真的，我告诉过你，德勒兹非常聪明。我跟你讲过，我参加过她招聘助理的面试，对不对？她用几分钟时间就提炼好了我三十页的写作样本，然后开始提问，问题之敏锐，简直令人难以置信，比我在大学时的任何老师的提问都敏锐。这女人是个天才。"

"我得赶紧准备了，想想该如何回应。"

"回应？为什么要自找麻烦呢？你和斯廷森法官完蛋了。"

我谢过杰里米的坦诚，然后挂了电话。我必须要跟斯廷森法官谈谈。但是，我不想因为"琐事"打扰她，又被她呵斥。我决定故作随意地去见法官，不摆明自己的问题——该如何回应召集重审备

1 爱丽尼娅，芝加哥的一家特色餐厅，被誉为北美最佳餐厅。杰里米用"不错"来形容一家最佳餐厅，意思是说奥德丽对这份备忘录的评价太低了。

忘录。

法官办公室的门虚掩着，我轻轻地敲了敲，她让我进去。

“你好，奥德丽，”她坐在桌子后面，轻快地说，“请坐。”

我坐在访客的座位上，法官身着淡紫色套装，略显鲜亮，但裁剪得体，她的肤色仍和从夏威夷回来时一般黝黑。

“法官，您有没有看到德勒兹法官召集重审哈姆丹尼案的备忘录？”

“哈，是的，我刚收到，这一点也不令人惊讶。看到戈特利布法官的强烈异议后，我就知道他的盟友会要求满席重审。索利斯·德勒兹法官本人就是墨西哥移民的子女，我认为，她会同情移民上诉者。她从来没有遇到过自己不喜欢的移民避难申请。”

我笑着点了点头。

“法官，您看过备忘录的内容吗？”

“是的，这是一份不错的备忘录，德勒兹法官和我不是很亲密的朋友，我只想说，她可不是‘选美俏卧底’[1]，但是我不否认她的才智。”

“您是否担心……我们会在满席听审中失掉多数票？不是因为我们不对，我们当然是对的，可这里是第九巡回上诉法院，照以往来看，一直都非常同情申请避难的移民。我肯定会竭尽所能回应这份召集重审备忘录，解释我们对法律的理解是对的……”

“我们很快会进入满席投票程序，重点是‘投票’。这与法律无关，这是政治，只涉及数字。布伦南大法官关于最高法院投票的名言是怎么说的来着？”

1《选美俏卧底》(Miss Congeniality)，一部美国电影的名字（也译为《特工佳丽》《选美警花》)，讲的是女特工化身选美小姐，智斗恐怖分子的故事。

“大概是这样说的，‘五票可以决定这儿的一切’。”

“要在第九巡回上诉法院获得满席听审，同样如此。目前，第九巡回上诉法院有二十九名法官，要满席重审此案，需要获得多数票，也就是十五票，十五票可以决定这儿的一切。上一次是哪个移民案件获得了满席听审？”

“我想应该是毕通案，法官。”

“当时的投票结果也很接近，让我看看。”

法官转过座椅，朝向电脑，找到了毕通案的投票结果，在桌上的电脑里打印出来，递给我。

“看看吧，毕通案就得到了十五票，哈姆丹尼案的处境也很相似。因此，我们只需从毕通案中赞成满席听审的法官中拉一票过来，或者说服他弃权。根据你对他们司法理念的整体了解，尤其是他们在移民问题上的看法，在投票赞成满席听审毕通案的法官中，最有可能说服谁来放弃满席听审哈姆丹尼案？”

我扫了一眼毕通案的投票名单，尽管我当助理还不到半年，但我觉得自己已相当了解这些法官和他们的观点。我将目光集中在两位法官身上：丹尼斯·奥沙利文法官，备受尊敬的共和党成员，法庭设在波特兰；罗宾·黑根法官，保守的民主党人，在位于圣地亚哥的联邦法院工作。

“我选……奥沙利文法官和黑根法官。”

“很好，这也是我能说得上话的两位。”

斯廷森法官拿起桌上的电话：“布伦达，请帮我接奥沙利文法官的电话。”

我站起来准备离开，好让斯廷森法官私聊，但她示意我坐下。

“丹尼斯，最近好吗？我是克里斯蒂娜·斯廷森……太好了，谢谢你。假期过得怎样？你和梅琳达又去太阳河滑雪了？是的，跟往年一样，罗伯特和我还有孩子们去了夏威夷……拉方特就任总统，**真是**太令人高兴了，对不对？说不定，在接下来的几年里，他能将本院的倾向引到我们这一边……嗯，你看到那份备忘录了吧，马尔塔希望满席听审哈姆丹尼案，这是我负责的一个移民案件。上周，她还号召大家满席听审格里马尔迪案，就是你负责的那个关于人身保护令的案件，我真不理解她为何要这么做，你为格里马尔迪案写的意见非常好啊……嗯，谢谢你，你能这么说，真是太好了。哈姆丹尼案很棘手，跟格里马尔迪案一样，但是我认为，在这个时候，没理由满席重审此案。我认为，应该将它交给最高法院……太好了，很高兴我们观点一致。我得挂了，希望几周后在旧金山参加满席听审时能见到你，替我问候梅琳达！”

斯廷森法官放下电话，冲我笑了笑，又拿起电话。

“布伦达，请替我接黑根法官的电话……罗宾，最近好吗？我是克里斯蒂娜·斯廷森……是的，非常愉快，罗伯特和我带孩子们又去了夏威夷。你和乔纳森在墨西哥卡波过的圣诞节？……太棒了。我知道现在才 1 月份，但我还是想提醒你，为我们的奥斯卡晚会‘预留时间’。如果你那时候有空……是的，就跟去年一样，我们在前一个周五的晚上召开晚会，因为，你知道，罗伯特的很多客户都要参加奥斯卡颁奖典礼！……太好了，很高兴你能参加。我知道你们从圣地亚哥到这儿来有点麻烦，但是，如果你们愿意，当然欢迎你们在我家的客房住一晚。哦，还有一件事——可能你已经看到了，马尔塔召集大家满席重审哈姆丹尼案……是啊，就是那个案子，《洛杉矶时报》报道过，但我认为那篇报道有些错误……这是个难办的案子。不过，我觉得，如果你仔细看看判决意见，就会发现，不值得满席再审，这是个棘手的案子，很容易出现不同看法……对啊，我觉得这是个不错的办法——弃权。除非我百分百认为先前的审判错得离谱，否则，我肯定也会对重审的要求投弃权票……太好了。嗯，希望几周后能在晚会上见到你和乔纳森！”

斯廷森法官放下电话，对我粲然一笑。

“我可以肯定，针对德勒兹法官要求重审的备忘录，你的回应肯定会非常精彩，但是我要确保哈姆丹尼案不会满席再审。我们是应该将主要精力投入到法律分析中去，但是请允许我篡改一下卡尔·冯·克劳塞维茨[1]的名言：法律只不过是另一种形式的政治。”

我对法官的妙语会心一笑，但当她用严肃的面孔回应我的笑脸时，我立马收起了笑容。

“对不起，法官，我只是觉得，这真是描述如何操作此事的绝佳妙语。您给奥沙利文法官和黑根法官打电话，真是太棒了。”

“谢谢你这么看，有些人天真地以为，要成为优秀的上诉法院法官，做好法律分析就行，而这远非实际情况。是的，我们需要相当出色的法律思维，但这是必要条件，而不是充分条件。我们还必须是优秀的管理者，这样才能发挥办公室工作人员的最大才能。我们应该是老练的政治家，这样才能与同事共处。就我而言，我从吉布森与邓恩律师事务所一路打拼上来，我在律师事务所当合伙人时积累的管理律师和助理的经验就是担任法官的前期准备。现在，我实际上是在管理一个小型律师事务所——我的办公室。所以，我们

1 卡尔·冯·克劳塞维茨（1780—1831），德国（普鲁士）军事家，《战争论》的作者，他的名言原为“战争只不过是另一种形式的政治”（战争是政治的延续）。

中间那些从政府或私立部门的高级管理职位进入法院的人，与那些先前担任法学教授的人相比，更有可能成为优秀的法官，后者的‘管理’经验仅限于指导一两个研究助手。”

我使劲点了点头，我一向非常喜欢听斯廷森法官花时间做职业忠告，或者分享她作为法官的心得。

“说到政治，”她说，“让我们讨论一下戈德纳案。”

哦，自从加州最高法院判决该案后，我还没仔细看过呢。

“对不起，法官，我一直在忙其他的案子，还没集中时间看戈德纳案呢。我还没有研究过案卷，没读完相关判决……”

“哦，别担心，如果你准备写法庭备忘录，我会给你一些指导。另外，你要整理好全部案卷，从地区法院最初的诉讼材料开始。这会让你在处理这个案件时感觉更轻松一些。对于如此重要的案件，我们必须确保一切完美无缺。”

“是的。”我一边说，一边草草地记下，提醒自己记得整理全部案卷。

“按照我的意见：你写的法庭备忘录应该建议本院推翻地区法院的判决，赞同禁止同性婚姻的合宪性。”

我立即开始做笔记，但中途又停下来了。此前，当我准备写法庭备忘录时，斯廷森法官从未提前告诉我，应该提出怎样的判决建议和想法。恰恰相反，她似乎有意让助理凭各自的思考写这样的备忘录。难道我漏掉了什么吗？

“可是，法官，”我说，“我还没仔细看过这个案子呢，我的意思是，地区法院的内桑森法官似乎走得太远了，竟然推翻加州数百万人支持的公投提案。但是，也许我应该先看看案卷，研究一下以前的案例，然后我们再讨论……”

“奥德丽，你真的非常有悟性，但我觉得你还是没理解我的意思。我的法庭备忘录应该建议推翻内桑森法官的判决，支持加州8号提案。在你将备忘录提交给参与审判的其他法官之前，我会亲自看一遍。”

我愣住了，不知该说什么好。法官告诉我如何写备忘录，这让我有些无所适从。

“你知道，在每个案件中，我都尽量给你和其他法官提供我深思熟虑的意见，我最坦诚的建议。因此，当我们以自己的名义发出法庭备忘录时，我必须确信，我们呈现了各方面的辩护理由。”

说到这儿，斯廷森法官停住了，拿起一支笔，用笔头点点自己光洁完美的嘴唇。

“你说得很有道理，我不知道你是否有意这么写，但你提出了一个重要问题。”

“我？”

“我不想让其他法官将戈德纳案备忘录看成一份普通的备忘录，看成由法官助理按照普通程序发出的备忘录，只署上助理的名字，只代表助理的观点。我想让参与审判的其他两位法官知道，其中体现的是**我**对戈德纳案的看法。让他们知道我已经看过这份备忘录，并赞同其结论。”

“那么，我们该如何操作呢？”

“我们这么做，当我们发出戈德纳案备忘录时，用‘斯廷森法官’办公室的邮箱往外发，而不是你的个人邮箱。至于备忘录本身，‘发件人’一栏应写上‘斯廷森法官办公室’，而非你个人的名字。但在这个时期的其他案件备忘录，都要从你的个人邮箱发出，并且署上你自己的名字。这将准确无误地表明，这份法庭备忘录得到了我的批准。”

“谢谢您，法官，等我起草好备忘录，马上就送您审阅。”

当我离开斯廷森法官办公室时，简直如释重负。我喜欢斯廷森法官的解决方案，以“斯廷森法官办公室”的名义，而不是“奥德丽・科因”的名义发备忘录，会让每个人都明确地知道，我只是在按照老板的命令行事。

而且，这种做法也完全可以接受，因为法官和助理的关系，不是普通的老板和下属的关系。尽管法官助理一般都很聪明，也受过良好的教育，但与大公司的中层管理人员不同的是，我们并没有独立的职业认同。我们与各自老板的职业认同深入地融合在一起；私下里，我们可能会在办公室中（非常温和且谨慎地）不认同自己的法官，但是对外界，我们却绝对服从老板。就算法官只在判决建议书上写过几句话，意见书也要由法官签发，而不是由起草意见的助理签发（就斯廷森法官而言，她通常只做极少的编辑性改动，特别是在她不关心案件的实际内容时）。助理就像是大学教授的研究助理，但是，教授们至少还会在脚注或致谢中感谢自己的研究助理，而法官助理却得不到任何称赞，完全消失在背景之中，我们的老板独占所有荣誉。

因此，每当根据既定结论写备忘录的观念困扰我的时候，我总是这么想：斯廷森法官是我的法官，她是联邦上诉法院法官，由总统提名，参议院批准通过，在律师界和法院都有不俗的成绩，我只是一名助理，离开法学院不到一年，几个月前才通过律师资格考试。我哪有资格质疑她？

20

“第三条的追随者”

联邦司法系统的超级热门：克里斯蒂娜·黄·斯廷森法官

来自“第三条的追随者”

“喔——喔——嗡！”这是斯廷森法官的红色捷豹汽车发出的声音吗？实际上不是——这是“法袍之下”的读者发现极有可能进入最高法院的斯廷森法官是我国最漂亮的联邦法官后，发出的惊叫。这个具有一半亚洲血统的美人，“天生的衣服架子，体态婀娜多姿”，综合以上两点，再配上“优雅而昂贵的服饰”，简直就是橱窗里的模特。她随随便便就能买得起阿玛尼和香奈儿这样的名牌：她的丈夫，超级经纪人罗伯特·斯廷森，是好莱坞最富有、最有人脉的经纪人。他与共和党联系紧密，这也有助于斯廷森法官成为最高法院大法官候选人，我在前面的博客文章中已经提到过。如果能成功进入最高法院，这位性感的律政佳人将成为首位亚裔大法官，也是最高法院最性感的法官。

但是，她成为热门人选，是因为这位强势的母夜叉具有强大的内心吗？有传言说，斯廷森法官是位司法女王：喜怒无常，爱耍手段，工作上有点让人难以接受。有时，她会在年中解雇助理，这简直是骇人听闻的做法。但是，就算她对助理很严厉，她仍是一个令人赏心悦目的可人儿。

这朵“可爱的莲花”会绽放在联邦最高法院吗？答案可不像她汉白玉般的皮肤那么明晰，但有一点可以肯定：因为她如此美丽，支持在最高法院法庭里设置摄像机的人，会乐意看到拉方特总统走“黄法官”路线[1]。

Xoxo，第三条的追随者

“法袍之下”提到她可能成为最高法院大法官候选人后，她就告诉我们要留意这个博客，我在谷歌上设置了提醒功能，一有新文章就通知我。因此，这篇文章一贴上来，我就看到了这个关于大法官热门人选的帖子。斯廷森法官显然也是，文章刚出来，她就把我叫到了办公室。

当我进入她办公室时，法官一改常态，站在桌前，手中拿着“法袍之下”那篇文章的打印稿。她特意将文章打印出来，让我觉得很好玩，差一点就想拿这事开玩笑，但幸亏自己没有这样做。

“你看过这个没有？”她问我，将手中的打印版从桌子那头扔过来，我拿起来，仍旧站着，因为法官也站着。我只能点点头。

“是的，法官，”我怯怯地说，拿不准我们的对话会朝哪个方向走，“这个帖子发表后，我就通过谷歌上的提醒功能看到了……恭喜您！”

“恭喜？恭喜我成为‘体态婀娜多姿’的‘可爱的莲花’？这篇文章充满性别与种族歧视，冒失而猥琐，看到这样的报道，人们

1 原文为 Wong way，与 wrong way（错误路线）谐音。

怎么会严肃地认为我是最高法院大法官候选人？”

她说得没错，我也认同这一点，我自己也是一名满怀雄心壮志的亚裔女性。这个世界总是想方设法给我们贴标签，以身体的吸引力来证明我们的价值，然后评头论足。如果我们过于果决，我们就是母夜叉；如果我们过于顺从，我们就是艺伎。

“您说得太对了，”我说，“这样写确实太讨厌了。但是，谁会当真呢？用语夸大其词，显然是想幽默一下，就是过头了。”

“光评论我的外貌还不算，”她说着，拿起打印稿念起来，“它竟然说我是‘母夜叉’和‘司法女王’，说我‘喜怒无常，爱耍手段，工作上有点让人难以接受’，这是在毁坏我的名誉。这简直是将我看成贱人，请原谅我的粗鲁，我实在是找不出更合适的词。”

当然，这样的评价也有一部分是真的，我可不打算这么说。

“这只不过是博客文章，匿名的八卦博客，”我说，“不值得担心，跟您完全不在一个档次。”

“问题在于，有些人会将它视为可靠的内部消息。而且，我开捷豹汽车、穿戴阿玛尼和香奈儿，也是事实，我也确实是嫁给了罗伯特。这样的信息都是从哪儿来的？不会是你吧？”

“当然不是，法官！我绝不会这样议论您！”

“我也不相信是你，这也是我找你来看这篇文章的原因。在你的这批助理同事中，你难道不觉得有人在背后攻击我？”

阿米特：惯于阿谀奉承，野心勃勃，不会冒这个险。詹姆斯：大好人。拉里：毫不关心此事，太笨。

“不会，法官，这个帖子没有给出任何信息来源，只是提到‘有传言说’。但是，如果消息来自您以前的助理，我也不会感到惊讶。也许，是一个跟您不投缘的助理，工作没达到您的要求，所以心怀不满。”

我想到第一次进法官办公室时，跟珍妮特·李见面时的情形，她当时对我准备给斯廷森法官当助理的评论是“非常有意思”，别有深意。我并不十分了解珍妮特，不知道她是否跟“第三条的追随者”有联系，是否在给法官泼脏水。但我可以想象得出，在“第三条的追随者”的背后，肯定有心怀不满的助理——斯廷森法官的前助理。有时，斯廷森法官可能不是随和的老板，这一点，我们都曾领教过一两次。但这并不意味着她完全不是一个好法官或者好老板，这只能说明，她跟很多成功、有权势的人一样，会周期性地遇到比平时更大的压力和挑战。

“奥德丽，我需要了解更多关于‘第三条的追随者’的情况，但我并不想亲自联系她。我希望你能去查查，看看她说的这些负面谣言是从哪儿来的。就算这只是一个传播小道消息的博客，也肯定会有人读。因此，你要想办法挽回我的名誉。”

“没问题，法官，我会给‘第三条的追随者’发邮件，打开沟通渠道。”

“嗯，但要记住一点：不要说是我让你来找她的，我不想涉足此事，你这么做，完全是以作为关心此事的助理的身份，你觉得自己老板受到了不公正的诽谤。”

“完全明白，我会明确表示，我是在按照自己的意志行动，这也是事实。我真心觉得您受到了不公正的攻击，法官，我很高兴能尽力挽回您的名誉。”

“谢谢你，奥德丽，这可真是帮了我大忙。”

在我还没反应过来之前，斯廷森法官就走过来，紧紧抱住我。我也笨拙地伸出手臂抱住她。能得到老板如此赏识，真是令人激动，但我还是觉得有点……怪异。如果你是小学二年级的孩子，放暑假离开学校时，老师可能会给你一个拥抱，但这个拥抱竟然是来自一位杰出的、备受尊敬的法官，她还可能是未来的最高法院大法官。

我正准备回到自己的办公室，法官示意让我在办公桌前的客位椅上坐下，她也坐在旁边的另一把客位椅上，我们肩并肩，膝碰膝。她的身体向我这边微倾过来。

“你看，我并不是傻瓜，”她轻声细语地说，“我知道我可以表现出另一副样子。”

“法官，我认为您不难相处啊……”

“不，你不需要为我辩解，我知道自己有时可能是，用那篇博客文章的话来说，‘司法女王’，很难相处，要求高，喜怒无常，爱耍手段。我还是认为，自己并不总是这样，或者说大多数时候并不是这样，但我知道，有时确实如此。”

我静静地坐着，看着法官那深褐色的眼睛（非常美丽）。她显然不想被我打断。

“但是，人们在批评我之前，他们应该想想我的背景，他们应该穿着我的马诺洛斯高跟鞋走上一英里。相信我，鞋跟高得惨无人道！”

我笑了，法官接着往下说。

“你在法学院可能已经领教过，在以后的法律职业生涯中也会继续体会到，在这个由男人控制的职业领域，作为一名女性，并不容易。我一路向上攀登，更是备尝艰辛，与今天相比，那个时候学法律的女生或女律师更少。当我在伯克利大学法学院担任法律评论编辑时，五十人的编辑委员会中只有十名女生，而我是其中之一。”

“今天也好不了多少，”我说，“我们这一届，《耶鲁法律杂志》

的五十名编辑中，只有十五名女性。”

“奥德丽，这个行业的性别比例失衡将会一直伴随着你的职业生涯，我在吉布森与邓恩律师事务所工作开始做普通律师时，所里的律师中四分之一是女性。后来情况越来越差，我的一些女同事丢掉原来的雄心，放弃律师事务所的工作，去非营利机构，过上了朝九晚五的轻松生活，当然，她们都生儿育女了。我本来也可以像她们一样，放弃法律，去做家庭主妇，那个时候，罗伯特已经赚了**一大堆**钱。但这不是我真正想要的，我希望迎接挑战，而不是逃避挑战。”

“在吉布森律师事务所，您那年还有几位女性进入合伙人阶层呢？”

“其他女性？哈，我是那年唯一成为合伙人的女性，此前没有女性合伙人，此后也没有女性合伙人。我那年，还有一位女性申请成为合伙人，但没有成功，我知道她做不到。她是一名专长于企业并购的律师，非常聪明，却不够强悍。在那个时代，作为一名女性，如果你想成为合伙人，尤其是诉讼业务方面的合伙人，你必须极其强悍，必须比你的男同事更有手段，更有进取心。否则，你只会被人瞧不起，被人碾压。你应该借鉴我的经历。我在律师事务所工作时，就像是一个狂躁的泼妇。因为，如果我不这样，办公室里的那帮男人就会让我给他们端咖啡，或者是瞪着眼睛看我。那篇博客怎么说来着？我‘体态婀娜多姿’。”

那一刻，我觉得自己太崇拜斯廷森法官了，对她时好时坏的脾气有了新的理解。

“因此，人们在评价我之前，应该理解我过去的经历。要走到今天这个位置，我必须一直强硬，绝不让步，巧妙应对。这样的行为方式，在我心中根深蒂固，不是说想忘就能忘掉。而且，老实说，我不确定是否应该放弃这样的行为方式，无论好坏，这都是我过去养成的习惯。”

“那么，您今天对年轻而有雄心的女性有何建议呢？”

“要成为成功的职业女性，你需要变得残忍一点。”

当天下午晚些时候，我给“法袍之下”博客的作者发了一封邮件。

亲爱的“第三条的追随者”：

你好啊！我的名字是奥德丽·科因，目前是第九巡回上诉法院克里斯蒂娜·黄·斯廷森法官的助理，我给你写信，是因为看到你最近的帖子说，斯廷森法官是“联邦司法系统的热门人选”。

我有幸给斯廷森法官做了几个月助理，我想强调的是，在工作中，她是一个容易相处的人。她温柔体贴，从不吝啬自己的称赞与建议。我并不将她当老板看，我认为她更像是导师和朋友。

你的帖子引用的“传言”，提到了涉及斯廷森法官的负面谣言。我希望能有机会更为详细地反驳这些谣言。你能否透露一下这些信息的来源，以便我回应或解释这些谣言的背景？如果我能协助你来报道斯廷森法官，请不吝告诉我。

你的帖子最后说，斯廷森法官有一天可能会出任联邦最高法院大法官。我唯一的希望是，你的这个报道符合事实，因为斯廷森法官会是一位极其优秀的大法官。她在担任联邦法官期间，对法治作出了无与伦比的贡献，第九巡回上诉法院并未全面认可她的贡献，但是最高法院会知道她的价值。

真诚的，奥德丽·科因

不到一个小时，我就收到了“第三条的追随者”的回信。

嗨，奥德丽，谢谢你的来信，恐怕我不能交代更多的信息来源，为了避免受到报复，提供信息的人要求匿名，但是，我依然不改变先前的看法。我可以保证，我得到的关于斯廷森法官的信息和你一样多。

既然你写信来，就让我也问你几个关于斯廷森法官的问题吧。你说她是位“极其优秀”的大法官，依据何在？是根据她法律意见书中所体现的才学和睿智？如果是，她是自己写法律意见，还是编辑整理助理起草的法律意见？如果她只是整理助理的初稿，她修改的幅度有多大？换句话说，她对日常的司法工作是不是亲力亲为？她是如何进行复杂的法律分析、写作和修改的，尤其是修改法律意见书涉及的核心问题？

我急切地希望得到你对这些问题的回答，你的回答将有助于我在日后的报道中描述斯廷森法官的形象，从而判断她是否真的如你所言，会极大地给最高法院“加分”。

Xoxo，第三条的追随者

我初步的公关尝试到此结束。“第三条的追随者”并没有被我的装腔作势所吓倒，她看穿了我的目的，而且还将了我一军。如果我要回答她的问题，答案应该不会是继续奉承斯廷森法官，“第三条的追随者”似乎也知道这一点。她在回信的最后一段沾沾自喜，威胁说要继续报道，并高兴地结束了这封信。我担心自己试图恢复斯廷森法官名誉的行动实际上会适得其反。

到底该怎么做呢？我真希望找个人商量一下，却不能。斯廷森法官显然希望只有我们两人知晓此事。事实上，她在所有的助理中唯独找到我来处理这件极为敏感的事，让我受宠若惊。我是唯一的女助理，所以很自然就被选中了。因为这篇“惹火”的帖子提到了性别问题，也许，法官觉得，我作为一名女性，更有可能跟这位女性博客作者建立亲密关系，但我仍然将法官的选择视为一次信任投票。

我坐在自己那间无窗的办公室，盯着四周的白墙看了半小时，因为只在法院工作一年，助理们一般不会花心思来装饰墙壁。我觉得有必要去跟法官谈谈，告诉她事情的最新进展。我担心她会因为我没能解决问题而对我大发雷霆，但是我别无选择。如果我继续尝试独自处理此事，只会让事情变得越来越糟。如果我不让她随时知情，我的麻烦可能会更大。（是的，我小时候看过美国广播公司的课外特别节目[1]。

我打印了自己与“第三条的追随者”的往来邮件，然后去见斯廷森法官。当我跨进她办公室的门槛时，我试着尽力控制她的期待。“法官，恐怕我要带给您一些坏消息。”

我将打印稿递给她，坐在办公桌前的客椅上，看着她读打印出来的邮件。她面带愠色，但稍纵即逝，然后微笑着摇头做了一个“不”的动作。

1 1972—1997 年，美国广播公司每天傍晚播出一档节目，以情景剧的形式呈现青少年成长过程中可能会遇到的各种难题。

“对于一个写联邦法院博客的作者来说，‘第三条的追随者’对联邦法院的看法非常幼稚，”斯廷森法官说，“她似乎认为，我们仍然生活在罗伯特·H. 杰克逊大法官[1]那个时代，法官们会像米开朗琪罗给西斯廷教堂绘画那样，花费几个小时来斟酌每份法律意见的词句。我每年要判几百件案子，你觉得我有时间亲自撰写每份法律意见书吗？”

“我觉得这不大可能，至少在第九巡回区不太可能。也许在最高法院可以，最高法院每年审判的案件不到一百个。”

“但是，就连最高法院大法官也不会亲自撰写法律意见！如今的法官已经不是写作者，而是管理者。我就是这个办公室的首席执行官：我利用自己的专业判断和积累的智慧来作出重大判决。任命我担任联邦法官的那位总统有句名言：‘我就是裁决者。’作为三军统帅，总统要决定我们跟谁开战，何时开战，但我们并不指望总统亲自去开坦克。同样，我会决定如何判决某个案件，比如戈德纳案，我的团队负责执行。总统任命我时，并没有说该如何做。因此，我可以自己决定是引用这个案件还是那个案件作为判决标准。法律分析只是小儿科。”

我笑起来，但马上就收起了笑容。难道我做的是“小儿科”的工作？

“不好意思，不要误解我的意思。法律分析很重要，但我很放心地把法律分析的工作交给能干的助理们来做。”

---

1 罗伯特·H. 杰克逊（Robert H. Jackson，1892—1954），1941—1954 年任最高法院大法官，此前曾任美国总检察长和司法部部长，他在任大法官期间参与纽伦堡审判，担任首席检察官，其意见书被视为司法写作的典范。

"当然，是您雇用和训练了他们。"

"确实如此，而且我要一直督促他们，尽管我管得不太细致。有些法官非常自傲地将助理起草的意见书初稿改得满页飘红，但这不是我的风格。我不会为了修改而修改，这是在浪费时间和资源。如果助理给我的意见书初稿很不错，理由和结论都很充分，我就不会大量改动意见书，或者为了好玩，将意见书改得七零八落，或是为了满足自己的私心，用自己的话重新组织一遍。"

"我有一个朋友，正给戈特利布法官当助理，他就遇到了这种情况。戈特利布法官大幅修改助理起草的意见，基本就是重写。"

"这就是司法上的自我放纵，有些法官喜欢亲力亲为，跟助理讨论最高法院判决的一些细节，或是在意见书脚注中遣词造句。这些法官实际上很不自信，他们需要证明自己，他们想显示自己仍然了解法律分析。"

"很遗憾，这太荒唐了。"法官将打印稿放在桌上，手按锁骨接着说，"难道真有人认为，我没有能力再做细致的法律分析？我曾经担任过《加利福尼亚法律评论》的编辑，以顶尖的成绩从法学院毕业，为联邦法官做过助理，后来成为我国顶尖律师事务所的合伙人。相信我，如果我愿意，我也可以做法律分析。"

我真想给法官鼓掌，她这番慷慨陈词掷地有声，但还是没解决"法袍之下"这个博客给我们带来的问题。

"那么，法官，"我停顿片刻以示尊敬之后说，"我们该如何对付'第三条的追随者'？"

"很简单，既然她不愿意配合，我们就中立她。现在，给她回信，告诉她，你可以在不违背助理保密守则的情况下回答她的具体问题。然后，找出现实生活中的她，摧毁她。"

这样做会带来很多问题。我如何才能揭开“第三条的追随者”的面目呢？我该如何“摧毁她”呢？我只是一名助理，不是杀手。法官助理的工作内容是搜索万律，探寻司法审查的标准，而不是刺杀博客作者。

“可是，法官，”我说，“‘第三条的追随者’是个假名，我不太了解博客或博客技术。我怎样才能知道她的真实身份呢？”

“你是个聪明的女孩。去想办法吧，但要尽快，在她把我供出来之前，把她揪出来。”

Third part
第三部

21

一个冲动的吻

“醒醒，科因！”

我一惊，坐了起来，花了几秒钟才缓过神来。我竟然趴在桌子上睡着了，前额枕在手臂上。詹姆斯站在我办公室门口，抱着一大摞用黑色文件夹装起来的材料。

“现在几点了？”我问。

“现在是周四上午八点，嘿……你是不是还穿着昨天的套装？”

我低头看了看自己，确实，我还穿着周三进办公室时的海军蓝套装，不过看上去也不算太皱。

“该死！我必须赶回去，冲个澡，然后再回来。为了准备戈德纳案的法庭备忘录，我在这儿工作了一整夜，明天下午之前，法官就要这份备忘录，她希望利用整个周末来读。”

“哦，祝贺你，”詹姆斯将手中的一摞文件搁在我桌上，“看上去，你已经完工了，打印机都吃不消了，我得重新装纸。”

“谢谢你，”我拿起备忘录，草草翻了翻，“六十二页，这是我起草的备忘录中最长的。但是还很粗糙，我想在今天上午之前完工，然后利用今天和明天来修改。我希望能给斯廷森法官呈上我的最佳工作成果。”

“法官提前告诉你备忘录结论，写起来感受如何？”

“实际上也没那么坏。感觉就像法学院作业或模拟法庭案件，自己为特定的一方辩护，为其工作。双方都有正当的辩护理由。”

我从桌边站起来，想走两步，却稍稍感到头晕。我这才知道自己已精疲力竭。就算喝完早餐咖啡，我仍无法保持最佳状态。

“嘿，”我说，“你能帮我一个忙吗？我想再请一个人看看这份备忘录，这份备忘录很重要，我又不在状态。你能通读一遍，然后给我提点修改建议吗？”

“没问题，”詹姆斯接过了我递给他的备忘录，“我很乐意，这会是我们办公室今年最重要的案件，我现在就开始读，下午我们就可以讨论。”

“太感谢了，我记得你曾说过，根据法官的期望写备忘录时，有些地方要十分谨慎小心，我欠你一个人情。”

我飞快地回到住所，准备洗澡换衣服，以便能在法官到办公室之前赶回去，她通常会在九到十点之间进办公室。我回到自己住的公寓才发现，我唯一一套干净的衣服是我最不喜欢的那套，那是我上法学院之前跟妈妈一起去买的一身米色裤套装。过去几天，我一直在长时间工作，完全忽视了生活本身。那套衣服有点皱，我洗澡时，将它挂在卫生间，希望蒸汽能熨平褶皱。

幸运的是，大多数褶皱都平了，而且，我还赶在斯廷森法官之前到了办公室。虽然我仍感觉不佳，但至少看起来还挺像样，灌了三杯咖啡之后，我顺利度过了上午。

我们几位助理一般会在办公套间的图书室吃午饭，阿米特和拉里吃完后很快就走了，他们都在忙各自的备忘录。詹姆斯和我留下来讨论戈德纳案。

“对了，”詹姆斯将我的杰作放在会议桌上，“我读了你起草的备忘录。”

我为何如此紧张呢？我对自己说，不要反应过度。我自己请詹姆斯来读备忘录，因为我希望备忘录经得起推敲。不要让自我中心意识挡住了旁人的批评意见。

“再次感谢，谢谢你这么快就有了反馈意见，我知道这要花费很多时间。”

“实际上，读起来很有趣。我发现了几处拼写错误，也许是因为你太累了。我觉得对内桑森法官的判决总结，还可以再强化一下。但是，老实说，当你看到我的标记，肯定就会明白。我改动的地方很少，你的工作很出色。”

“真的吗？”我内心一向缺乏安全感，很难相信这样的称赞。

“真的，比如说，你提到了传统的宪法平等保护分析模式为何不能机械地适用于‘结婚的权利’，因为本案涉及的正是婚姻的定义问题——换句话说，当我们谈论婚姻时，我们到底在谈论什么？‘婚姻’权是否应该扩展至同性伴侣？你还提到，我们所处的社会正在深入而热烈地讨论婚姻的意义，法院如何才能保证双方都有权参与这场民主论辩——获胜的一方应该赢得光彩，而失败的一方也应该输得心服口服。你是非常有说服力的作者，奥德丽。”

“哇，”我的声音中还是有些犹疑，“听你这么说，感觉真是太好了。”

“这是真的，我上大学时，在法律评论当编辑时，就非常客观。问问那些我在伯克利读书时‘吓退’的编辑同行，你就知道了。我给你提出的都是最真诚的建议，不带任何……个人感情。”

在意识到自己的所作所为之前，我的手已经紧紧抓住了詹姆斯的手，他朝我靠过来，我也将身体倾过去，我们的嘴唇触碰在了一起。但我很快就打破了这种状态，并不仅仅是因为我们当时身处图书室。

“对不起，”我说，“我不知道自己是怎么了，也许是因为太困了。”

詹姆斯的脸上闪过受伤的表情。

“这么说……你是一时冲动？”他问，“我是不是误解了我们之间的关系？”

“没有，不是，完全不是这样。因为……我也觉得我们可以，我只是认为，我们应该等——至少等我状态更好一些时，再试试。而且，不应该是在办公套间的图书室里。”

“嗯，很高兴你能这么说，我不得不说，这让我有点意外。你的亲吻和写作，都令我感到意外。”

22

阿米特的谎言

詹姆斯提出了绝佳的修改建议，根据他的建议，我修改完成了戈德纳案的法庭备忘录，然后在周五那天快要结束时，提交给了斯廷森法官（以便周末时，她能将稿子带回马里布的家中看）。周五晚上好好睡了一觉后，周六一早，我又赶到办公室，继续另一项任务：找出并摧毁“第三条的追随者”。

浏览了一通我经常访问的几个法律专业博客——最高法院博客、“沃洛克阴谋”、“巴尔干化”、普劳法律博客、赞同意见、简单正义，我在“如何上诉”上发现了一个新帖子，正好是我想要的：

“我有理由相信，‘法袍之下’的作者是联邦政府雇员。”

这个帖子是由管理该网站的霍华德·巴斯曼于美国东部时间下午一时二十二分发出的。

巴斯曼是如何判定“第三条的追随者”身份的呢？我只知道网站地址（http：//beneaththeirrobes.com/）和匿名的邮箱（Article III Groupie@gmail.com）。巴斯曼也不知道“第三条的追随者”的名字，但他知道的比我多。“第三条的追随者”并不像她自己所说的那样，目前是一家律师事务所的合伙人，她实际上也是在为联邦政府工作。这让我很好奇：她的自我介绍中还有哪些内容是伪造的？这是不是她的诡计？

这可是万律或律商联讯数据库无法帮我解决的研究课题，因此，我求助于全能的谷歌。我从网上得到的信息告诉我，要解决这个问题，关键在于IP地址，网络上的每一台电脑，都有四组数字所代表的身份标识。一碰到数字，我就有点头痛，这是律师的通病，好在还不需要计算。我只需找出"第三条的追随者"的IP地址，以及对应的电脑。

再次感谢谷歌，这并不难。我找出了与"第三条的追随者"所进行的最后一次邮件交流，当时我告诉她，我无法回答她关于斯廷森法官的具体问题，因为这是法官和助理之间的秘密。我将这封信在线打开，看到了"第三条的追随者"的IP地址：206.18.146.144。随后，我将这个地址输入网络，查询与此相应的机构。IP地址206.18.146.144对应的机构竟然是联邦法院。因此，正如霍华德·巴斯曼所言，"第三条的追随者"很可能是联邦政府雇员，而且，她为联邦法院工作，有可能是法官或者法官的秘书，但最有可能是法官助理。

我回想了一下斯廷森法官此前的一批助理——珍妮特·李、迈克尔·诺梅利尼，以及他们的两个同事。他们中难道有人离开斯廷森法官后，又去给其他法官当助理了？没有，他们现在都在私人律师事务所工作呢。

随后，我又想到了我的同事，他们中是否有人为"法袍之下"工作呢？绝对不是罗耀拉（法学院）毕业的拉里，他不可能写出"法袍之下"网站上的那些帖子。我觉得也不像是詹姆斯，他太理智了，不屑于在网上写这样的小道消息。

会不会是阿米特？以前，我一直认为他是一个马屁精，只会耍滑头。但是，我对他真的不太了解，我总怀疑他藏着某个秘密。他是我们中间最敏感的一个，这种性情会不会使他在网上发这些不负责任的帖子，以减轻当助理的压力？

我回想起这个网站开办的时间，以及我的最初印象。那是在去年 11 月，大选前后，斯廷森法官越来越挑剔，阿米特在法官面前屡屡受挫，那次一起吃泰国菜外卖时，他向我坦露心声。我之所以知道这个网站，也是阿米特告诉我的，一次在图书室吃午饭的时候，他对我们几个提到这个网站。他当时看似漫不经心，但我仔细回想，可以断定，他是希望我们注意到他的得意之作。

我一下子明白过来，我不需要再猜测了。我的工作邮箱里就有阿米特的邮箱地址：Amit.Gupta@ca9.uscourts.gov。我只需要打开这个地址，比对一下这个邮箱的 IP 地址和“第三条的追随者”的 IP 地址就行。

当我挪动鼠标时，我的右手微微颤抖起来。我从邮箱中随便找了一封阿米特发来的邮件，他给我们几个发了一份英语语法技巧（我已经知道这些技巧），然后打开邮件。最后，我全部展开这封邮件的题头信息。

206.18.146.144，哇！ AG 就是阿米特 · 古普塔，“第三条的追随者”（A3G）。IP 地址完全匹配。

这事对我非常有利，稍稍沉思了几分钟后，我就想好了自己的策略，然后走去办公室执行。我站在过道里，环视了一圈这个套间，看看四周是否还有其他人。拉里不在（周末他肯定不在），詹姆斯也不在（他周末也会上班，但他会在长跑之后，下午再过来）。

但是阿米特在：他办公室的门半开着，里面的灯还亮着，我可以听到从里面传出的打字声。太好了，我从办公室打印机上拿起几张纸，敲了敲阿米特的门，没等他应声，就走了进去。他连忙关闭了电脑的浏览器，显然，我的来访让他猝不及防。说不定，他正在看“如何上诉”网上的帖子。

“早上好，阿米特，在读什么有趣的材料呢？”

我坐在他桌前的客位上，让自己放松下来。

“哦，没有，我刚刚才进办公室，为下周一的工作做点准备，你知道……”

“有没有什么其他工作让你周六到办公室来呢？”

他似乎很紧张，我几乎为他感到惋惜。

“其他工作？我在这儿不认识什么人，不管有没有什么事，我都会待在这儿。”

“不是所有的时间都用在法庭备忘录和法律意见上了吧？”

“好吧，跟其他人一样，我也上网浏览在线新闻……”

“你读不读……博客？”

“每个人不都在读吗？法官希望我们认真了解博客。”

“但是，我认为她并不希望，怎么说，我们写博客文章吧。”

阿米特目光低垂，紧咬下嘴唇，这太明显了。

“你在说什么呀？”他问。

“阿米特，我知道你就是‘第三条的追随者’。”

他突然笑了起来，他实际上一点也不像是坏人。我不得不展示手中的证据，我站起来，对坐在椅子上的他形成居高临下之势，然后将打印的材料放在他面前。

“看看这几页纸吧，”我说，“第一页是你阿米特·古普塔发来的电子邮件，第二页是你化名‘第三条的追随者’发来的邮件。我将两封邮件的题头展开，显示出相应的IP地址，然后将两个IP地址圈起来了。你自己可以看看，它们是一样的。你的邮件和'第三条的追随者'的邮件，来自同一个IP地址。"

"我都不知道你在说什么，我不了解IP地址这方面的事。"

"确实，这就是你露出破绽的原因，我猜想，在我走进来之前，你正在了解IP地址方面的知识，也许你也读到了'如何上诉'网上的帖子，这篇帖子已经指出你为联邦政府工作。说不定我进来时你关掉的浏览器显示的正是这个帖子。"

他无言以对。是时候使出杀手锏了。

"你到底是怎么想的？"我问，"你攻击我们的老板，一位杰出的联邦法官。你竟然用自己的工作电脑来干这个，这是在滥用政府资源。你将法官办公室内的事情写到网上，违反了助理和法官之间的忠诚与保密义务。"

我大获全胜，他将头埋在手臂中，趴在办公桌的记事簿上，像狗一样啜泣。

"下周一我就向斯廷森法官汇报此事，"我继续说，"这事不会就这么过去，我听说她有时会开除助理，我想我是在'法袍之下'的文章中知道这一点的，对于目前这种情况，开除是罪有应得。"

"你到底想怎么样？"他哀求道，头仍埋在手臂中，或许是因为呜咽，他的声音含糊不清，"告诉我你到底要什么，答应我，你不会告诉法官。"

"我的要求一点也不苛刻，我不想摧毁你远大的法律职业前途，祝愿你回到纽约的沙利文与克伦威尔律师事务所后，获得巨大的成功。但是，我也有几个请求。第一，我必须保护法官，你必须立刻关闭博客，永不再开。"

“可以，我已经吸取教训了。”

“第二，你要收回向联邦最高法院提交的助理职位申请书，然后告诉斯廷森法官，你不想去最高法院当助理。”

阿米特抬起头来，两眼红红的，他确实哭了。

“不，”他异常坚定地说，“我不能这么做，我不能这么做，去联邦最高法院当助理是我的梦想。”

“这也是我的梦想，不过，你的梦想已经成为噩梦。当你开始写这愚蠢的博客、开始糟践我们的法官之前，就应该好好考虑一下你的未来。”

“我没有糟践我们的法官！我只不过在发发牢骚。我在这儿太孤单了，压力又大，我实在是无人交流，我的朋友都回东海岸去了。我的父母对法官助理一无所知，你大概也是如此。这个博客是自我治疗的一种手段。我在博客中没有提到我经手的任何案件或任何实质内容。这只不过是愚蠢但无害的小道消息。求求你，奥德丽，不要逼我放弃，你这个要求太过分了。”

“很抱歉，但我不得不保护大法官。你在‘法袍之下’博客中如此对待斯廷森法官，我怎能相信你给最高法院大法官当助理后，能承担更大的责任？你会成为最高法院的威胁，简直是等待爆炸的定时炸弹。我这是为了最高法院好。”

“我唯一如此渴望获胜的竞争只有当年的全国拼写比赛，我做到了。我知道自己有机会申请给某位大法官当助理。”

“我知道你能做到，这也是你应该放弃的原因。”

“你这么做，就是为了保证斯廷森法官能推荐你给最高法院大法官当助理。但是，你不一定得这样逼我。**我俩都**可以得到最高法院助理职位。又没人规定说，同一个法官只能给最高法院推荐一名助理。波兰斯基法官每年几乎将自己所有的助理都推向了最高法院。”

“阿米特，别跟我耍花招，我可不是你参加拼字游戏时遇到的那些十几岁的小姑娘。你我都知道，斯廷森法官不是波兰斯基法官，每一年，她推荐到最高法院的助理不会超过一名。”

阿米特哀求地抬头看着我，我并没有穿高跟鞋，但我感觉自己好像穿着高跟鞋，又高又壮，可以藐视阿米特。

“凡事总有第一次吧？”他表示，“斯廷森法官得到了不少正面评价，说她很可能会成为最高法院大法官。这就说明她今年有机会将更多的助理送进最高法院。”

“我不能指望这样的机会，我需要最大限度地保障自己进入最高法院的概率。这就意味着，你必须出局。”

阿米特知道他输了，就像参赛者在拼字游戏中被淘汰后，听到可怕的蜂鸣声。

“我真不敢相信，”他摇了摇头，“你是在敲诈我，这样做太不道德了，太不公正了。”

“并不像你所做的那样不道德，我这么做，实际上是为了你好，也是为了最高法院好。任何人，如果像你这样缺乏判断力，就不应该靠近最高法院。”

“你真是个邪恶的小婊子。”

“我会假装没听到你这样说，下周一上午，你自己去跟斯廷森法官谈，告诉她，你收回自己的联邦最高法院助理申请书。周一下午，你给她发一封邮件，确认此事，将这封邮件密送给我，我希望获得你遵循我们今天的约定的证据。”

阿米特点了点头。

“我小瞧你了，”他说，“我知道你很聪明，但绝没有想到你会如此残酷无情。”

“我只不过是在做我必须做的事，要成为成功的职业女性，需要残忍一点。”

23

戈德纳案庭审

为什么有这么多的新闻采访车聚集在法院外面？当我沿着南大街往上走时，街面上的场景就像是犯罪现场。我花了一分钟时间才意识到，他们是冲我们，冲第九巡回上诉法院，而来的。今天上午，法院将庭审戈德纳案。

在办公室稍事停留后，我下楼直奔法院审判大厅。三号大厅几乎坐满了人，这已经是法院最大的一个房间了—— 当这个法院大楼还是酒店时，这间房间曾是酒店舞厅。法官席非常宽敞，能够摆下十二把椅子，而不是像平常一样摆三把—— 这还不是满席听审，因为，如果拉开法官席后面的帷幕，还可以看到两排椅子。当帷幕打开时，三号大厅就像是个立法大厅，这间大厅，和旧金山的那间法院大厅一样，是为了可能出现的“超级满席听审”准备的，这样的审判，法院所有的在任法官——加起来差不多有三十人—— 都会出席，他们同时审判一个案件。在第九巡回上诉法院的历史上，超级满席听审从未发生过，但必须做好这样的准备。

这个大厅虽然不如紧凑的“西班牙厅”那么有魅力，座椅却很不错。一排排的长椅都铺着橙红色的垫子，坐上去感觉很舒服。我坐在詹姆斯和杰里米之间，詹姆斯在我左边，杰里米在我右边。詹姆斯挪了挪身子，我们的腿碰在了一起，我并没有躲开。这样的接触，让我既紧张又兴奋。

“这将是一场有趣的庭辩，”杰里米说，“我们知道你老板的立场，也知道德勒兹法官的立场，最终结果要看哈格曼法官的态度了。”

理查德·哈格曼法官是由老布什总统任命的，已经是资深法官，在民事案件中一贯倾向于企业，在刑事案件中对被告很严厉。但对于同性婚姻这样的社会问题，他的态度基本不为人知。

“哈格曼肯定是关键一票，”詹姆斯说，“结果很难预料，但奥德丽写了一份非常棒的法庭备忘录。”

“她写得当然很不错，”杰里米说，“这是她进入最高法院，给基根大法官当助理的一次极好的训练，基根大法官反对同性婚姻！”

“你怎么知道我写的备忘录会这么建议？”我问，“说不定我会支持地区法院推翻加州8号提案（公投）。”

“哈，”杰里米说，“想法不错，但是我确实知道你所写的备忘录，也许我应该说‘斯廷森法官办公室’所写的备忘录的具体内容。到处都有我的密探。”

“你的密探还说了些什么？”我问，“他们是否认为这是一份不错的备忘录？”

“确实如此，”杰里米冲我狡黠一笑，“他们说这是一份**令人惊叹的**备忘录，一份**极为少见的**备忘录。”

“真的吗？”

“也不完全是，”杰里米说，“但你的备忘录确实给德勒兹法官和她的助理留下了深刻印象，尽管当然不足以改变德勒兹的立场，但足以令她担心哈格曼法官会如何投票。”

“很高兴听你这么讲，”我说，“但我不能说这是**我的**备忘录，它来自斯廷森法官办公室，虽然我做了很多工作。”

我用左腿轻轻碰了一下詹姆斯，他也碰了碰我。

“全体起立，美国第九巡回上诉法院法官驾到。”

我们都站起来，等待法官入席落座。斯廷森法官在几位参加审判的法官中资历最深，她坐在中间，主持审判。

法庭工作人员敲了一下锤子：“美国第九巡回上诉法院现在开庭。”

“女士们、先生们，上午好，”斯廷森法官的语气有些浮夸，好像是在剧院欢迎大家来看晚会，“我们现在开始今天上午的议程，审判戈德纳诉加拉格尔案，索耶先生，你可以开始发言了。”

“谢谢你，法官阁下，各位法官，我叫格列高利·索耶，是上诉方的代理律师。我方支持加州 8 号提案（公投），赞成修改加州宪法，要求加州只承认一男一女婚姻的有效性……”

“索耶先生，”斯廷森法官打断了他，“在讨论具体法律争议之前，我们要讨论一下管辖权问题，这是我非常关心的问题。本院对此是否拥有管辖权？你的委托人是否有资格提出此项上诉？州长和州总检察长实际上赞同地区法院的判决，并没有上诉。”

“斯廷森法官，所有来本院参加庭辩的人都知道，您紧盯着管辖权问题不放。”

“确实，”法官说，“你可以叫我司法痴汉。”

斯廷森法官的一番妙语，在大厅内引来一阵笑声。

“幸运的是，诸位法官非常明智地让加州最高法院澄清了这一问题……”

“谢谢你认可我们的才智，索耶先生！”

大家笑得更欢了。法官知道如何调动听众的情绪。

“……关于我的委托人是否可以根据加州法律，代表加州8号提案，在本院辩护其合宪性——包括上诉，加州法院对此的回答是肯定的。”

索耶的这番陈述似乎让几位法官很满意，他们又提了几个管辖权方面的问题，但是热情已经大大降低。从某种意义上讲，管辖权问题就像是高速路收费站，在加速之前必须通过。真正的争议集中于主要问题，也就是加州8号提案（公投）和禁止同性婚姻的合宪性。

“接下来，在本院的许可之下，我想讨论本案涉及的具体问题。加州民众与其他州的民众一样，正在深入探讨婚姻的意义和目的。这场辩论的重要性，无须我来强调，婚姻制度意义重大，这是一项古老而严肃的制度，最高法院曾认为，婚姻是‘人类存续繁衍的基石’。经过充分、公正而广泛的讨论，加州民众通过了8号提案（公投），解释了——至少是在现在——加州法律对于婚姻的定义。这其中，体现的正是民主程序，体现的是民众自我判断的能力……”

“索耶先生，”德勒兹法官打断了他，“我们加州民众能否通过公投提案禁止跨种族婚姻呢？”

“不能，法官阁下。”

“为什么不能呢？”

“因为我们人民此前已经作出了决定，美国宪法中的‘我们’和‘人民’都是以大写形式呈现的。最高法院已经宣布，各州如果禁止跨种族婚姻，就违反了宪法第十四修正案……”

“区别在哪儿呢？为什么加州 8 号提案（公投）就没有违反宪法平等保护条款和正当程序条款呢？”

“嗯，从平等保护的观点来看，并不存在否认跨种族婚姻权的合理基础，并没有……”

“合理基础这一检验标准是司法审查的最低标准，”德勒兹法官说，“在我国历史上，男女同性恋者遭受了最可怕和最令人反感的歧视。为什么否认男女同性恋者婚姻权的法律，不应该受到严格审查呢？本院不是已经判决说，涉及性倾向的法律，应该受到严格审查吗？”

格列高利·索耶是一位经验老道的上诉律师，但仍略显慌乱。德勒兹法官的问题并不出人意料（而且是专门说给持关键票的哈格曼法官听的），却非常尖锐，咄咄逼人。

“是的，法官阁下，您所说的先例应该是维特案，我相信，您也知道，在某种程度上……”

“实际上，”哈格曼法官打断了他，声音沉稳而亲切，“考虑到本案所涉及的‘权利’的性质，我很想知道，传统的宪法平等保护框架是否依然可以适用。本案实质上涉及的是权利本身的含义，我们是否真的可以说，某些群体被剥夺了‘婚姻权’？这不就是你的委托人的立场吗？索耶先生，婚姻权并不包括，也从不包括，与同性结婚的权利吧？至少在我国历史上是如此。”

“确实如此，哈格曼法官，这正是我们的立场，法官阁下。”

詹姆斯用胳膊肘碰了碰我，冲我微微一笑，哈格曼法官刚才提出的这一点，正是来自我所起草的法庭备忘录。德勒兹法官皱起眉来，狂躁地草草翻弄着面前的一大摞文件，而斯廷森法官则双眸含笑。

“就算我们认为本案可以适用合理基础标准，”德勒兹法官说，

“加州 8 号提案（公投）又有何合理基础呢？大量的材料表明，这样的提案完全是源自社会的敌视，来自对男女同性恋的偏见。”

“我不能同意您的看法，法官阁下，这其中当然有合理基础，加州选民的选择，重申了婚姻的传统定义。与男人和男人、或女人和女人之间的性关系不同，男女之间的性关系自然会产生子女。因此，这种关系对于社会的存续非常关键，具有特殊性，有可能带来计划外和不期而遇的怀孕。”

这个理由也没能说服德勒兹法官，她转过座椅，背朝着格列高利·索耶，对一位有教养的上诉律师来说，这是一种极为粗鲁的身体语言。

“我并不会对此持异议态度，索耶先生，”哈格曼法官说，“但是，也许还有一个更为根本性的问题，我们将注意力放在怀孕和生育问题上，关注养育孩子的最佳环境、传统的婚姻定义，以及为何如此定义。但是，考虑到种种情形，这是联邦法院该辩论的问题，还是加州法院该辩论的问题？从传统上讲，婚姻是各州的事务，不是联邦政府该管理的问题。如果这是属于加州的问题，难道不应该由加州**人民**来决定吗？我们作为法官，难道不应该承认双方拥有不受干涉的辩论权吗？只有这样，双方才能感受到地位平等。”

这又是从我的备忘录中引用的一段话，詹姆斯又用胳膊肘碰了碰我，我用腿狠狠地撞了他一下，以示回应。我尽量忍住不笑，但这实属不易。在哈格曼法官投票之前，我们都不知道最终的结果。但是，似乎我还是发挥了一点作用，我希望能得到自己想要的结果。

24

法官的礼物

第二天早上，我又全心投入《性犯罪者登记和通报法》复杂的法定细节之中，与戈德纳案庭辩时的激烈场景相比，这样的工作不免让人感到有些落寞，但这也确实体现了联邦法院内的工作节奏。在重要的宪法问题之外，总会有一些无聊、讨厌，或者又无聊又讨厌的问题，比如《性犯罪者登记和通报法》。

当我正在慢慢熟悉《性犯罪者登记和通报法》的“散漫”特征时，办公桌上的电话铃响了。我真要感谢这通电话，从来电显示上看，是斯廷森法官用她的手机打过来的，我在电话响第二声前就拿起了听筒。

“奥德丽，请到法院大门前来见我。”

“我这就下来，法官。”

这是怎么了？为什么她只叫了我这一个助理？我抓起标准拍纸簿和笔冲下楼去。不带这些东西去见法官，就像是赤手空拳去从事毒品交易。

当我走出法院大楼时，才看到法官正坐在她的红色捷豹轿车里，车停在路边，引擎都没熄火。我走上前去，仍满怀疑惑，她摇下了靠人行道一边的车窗。

“上车。”她大声命令。

“上午好，法官。”我一边说，一边坐上前排座位，系好安全带。

“我们今天要进行一场实地考察，奥德丽，我们要去购物！”

“太棒了！”

我希望自己做作的热情能够得到斯廷森法官的认可。大上午去购物是不是合适，这个不用我操心，因为是老板带我去的。但这样的举动给我带来的焦虑多于兴奋。首先，我并不喜欢在情况不明时跟熟悉的人相处，而与斯廷森法官的这趟购物之旅正是如此。其次，我无钱可花，助理的薪水有限，仅够我的生活费和还读书时的贷款，余者无多。我担心我们会去价位不低的勒曼购物。

“我们要庆祝一下，”法官发动了汽车，“我们也需要好好聊聊，我还要到贝弗利山的乔治·阿玛尼专卖店拿点东西，我觉得我们此行是一石多鸟。”

“好主意。”

“你也需要放松一下，我知道过去几周你一直在卖力工作，忙于戈德纳案和其他案件。当你来面试助理职位时，你就答应过我，会努力为我工作，你做到了。确实，我之所以没有一直表扬你工作有多么勤奋，是因为我相信我的助理会努力工作，但是，请放心，我都记在心里，并心存感激。”

“谢谢您，法官，您的肯定对我来说意义重大。”

我确实是这么想的，法官的这番话给我的激励，远胜过我当年在小学二年级的数学比赛中获得好成绩，或是在高中的辩论赛上夺冠。这可是一位备受国人尊敬的法官在表扬我的工作态度。

法官在一个停车标志前把车停了下来，然后猛地拐入南大街，虽然我不是合格的司机，但也能看出，斯廷森法官同样缺乏驾驶技巧。

“我们第一件值得庆祝的事是，‘法袍之下’网站关闭了。真叫人松了一口气，因为这个网站的作者似乎很爱批评、诽谤我。”

“是啊，确实，这个网站已经彻底关闭了。”

“嗯，请不要误解我的意思，我没必要隐瞒什么，我也不害怕所谓的曝光。但是这样的文章可能会引起争议。在这样一个敏感时期，可以这么说吧，我不想引起任何争议。”

法官看到红灯，一个急刹车把车停住。我身体往前一倾，随即又被安全带拉了回来。斯廷森法官谈兴正浓，但我还是希望她能注意观察路面情况。

“当然，”我说，“人们为了反对身处高位的人，会抓住一些极其荒唐可笑的东西。”

我没有提到“最高法院大法官”几个字，她也没有提，但我们彼此心照不宣。

“‘法袍之下’网站关闭了，我是不是应该感谢你，奥德丽？”

这个问题让我有些猝不及防，我和阿米特的对话（要求他关闭网站）发生在几周之前，随后又在准备令人抓狂的戈德纳案。因此，我还没有想好如何跟法官解释其中的情况，我当然不能透露阿米特就是“第三条的追随者”，这是我们协议的一部分。

“这不是我的功劳，法官，”我缓慢地说，“我在给（‘第三条的追随者’）的最后一封邮件中告诉她，我是法官的助理，需要保守秘密，不能回答她所提出的具体问题。”

这样的回答并不算错。我曾和化名“第三条的追随者”的阿米特正面交锋，而不是通过邮件交流。

“那么，你认为是什么原因导致她下决心关掉博客呢？”

“嗯……我觉得她是担心会暴露自己的真实身份。霍华德·巴斯曼在他的博客网站‘如何上诉’上曾写道，他猜测‘法袍之下’的作者是一位联邦政府雇员。几天后，‘法袍之下’就消失了。因此，我想巴斯曼应该知道一些内情，‘第三条的追随者’担心自己会被挖出来。”

这一次，我的回答仍有一部分是事实，而且比上一个回答更有技巧。如果不是巴斯曼说“第三条的追随者”为联邦政府工作，我也不会猜出阿米特就是“法袍之下”的幕后作者。当然，我省略了自己在其中所起的作用，可我不得不这么做，因为我要遵守跟阿米特的约定。

“你认为，”斯廷森法官边说边伸长脖子看右边，手忙脚乱地更换车道，“‘法袍之下’会重开吗？”

“绝对不会，”我说，这次回答底气更足，“我觉得这是我们最后一次听到‘法袍之下’的名字。”

“好极了，这正是我所想要的。”

我们进入 110 号公路，一路向南，交通非常顺畅，这也不奇怪，因为现在是上午。通畅的交通状况减少了法官突然刹车的次数，也使我不再那么反胃，我感觉好受多了，如果吐在法官的捷豹车里，肯定不会增加法官对我的好感。法官在开车时一直跟我闲聊，谈她要准备一场招待朋友的聚会，她女儿最近在小提琴和足球比赛中获奖，要找一个愿意接受扣税工资的好保姆有多难。其实，我更想问问法官，她对昨天庭审戈德纳案有何看法，最重要的是，哈格曼法官在法官会议上到底是如何投票的，但是，我觉得法官在故意回避这个话题。

不到半个小时，我们就到了贝弗利山，这是我第一次来到这个举世闻名的地方，尽管我已经在洛杉矶生活了好几个月。我们开车路过喷泉广场，我曾在电影《独领风骚》中见过这个喷泉。随后，汽车开上传说中的罗迪欧大道，我睁大眼睛看着路两旁的棕榈树、光彩夺目的精品店铺，还有干净得可以让婴儿爬行的步道。斯廷森法官慷慨大方地让代客泊车的服务员将车停进车库，免去了我看到她不熟练地倒车入库的尴尬模样。我们走上人行步道。

“欢迎来到比弗利山，”法官一边说着，一边朝罗迪欧大道的中央隔离带做了个手势，隔离带上种着盛开的各色鲜花，“你能闻到空气中鲜花的香味吗？这个地方的购物中心让我流连忘返。”

“我觉得自己已经不再是生活在伍德赛德老家的那个小丫头了。”我说，如果我妈从纽约皇后区的老家来到这儿，站在我这个位置，不知会有何感想。

“你远道而来，进步巨大，宝贝，”法官说，“我也一样，我的母亲连这些店里的一个钥匙扣都买不起。”

我们来到乔治·阿玛尼专卖店，店面的方玻璃墙上，镶嵌着很多更小的玻璃方块，看上去有点像苹果专卖店。但是，一走进店里，你无疑会发现，这是一家装修超豪华的专卖店。法官所受到的接待也是超豪华的。我们还没迈进店门，一位满头自然卷金发的高个子女士就迎了上来，她身材健美，满头金发闪闪发亮，如果不是天生的，便是我所见过的最美的染发。

“斯廷森法官！见到您真是太好了，这位是您妹妹？”

真是无耻的奉承，表达得却很真诚，听者只得欣然接受。法官笑了起来。

“佩吉，这位是奥德丽，我的一位助理。奥德丽，这位是佩吉，她让我不穿法袍时也显得很精神。”

“很乐意为你们效劳，”佩吉说着，以销售员般的热情握住我的手，“你真的是助理？你看上去太漂亮了，不像是学法律的书呆子！”

我知道她是在讨好我，以为我是潜在的顾客（我可买不起这家店里的东西，但没必要让她知道这一点），她的称赞仍让我感到脸红。

“但我觉得，这也同样适用于斯廷森法官，”佩吉接着对我说，“我不久前刚读到一篇报道，她要去最高法院当大法官？”

法官礼节性地表示否认，但我看得出，她明显很受用，因为连佩吉这样的局外人都知道斯廷森法官有可能成为斯廷森大法官。

“法官阁下，”佩吉说，“如果您进入最高法院，您将成为迄今为止最时尚的大法官。”

“恕我直言，那可不是一个需要穿得花里胡哨的地方，”斯廷森法官说，“这也是大法官们穿黑色穆穆袍[1]的原因。”

“好的，法官，您不用担心，您的衣服和套装都准备好了，我们要不要看看？”

佩吉带我们走进店后的一个宽敞而典雅的客厅，然后暂时离开，去拿法官的衣服。另一位销售人员，一个小个子的亚洲女人，看上去跟我年龄相仿，她问我们要喝点什么。我说不用了，担心会弄洒了，而法官则要了一瓶圣培露矿泉水。

“这是您的衣服，”佩吉说着，一手拿着两件衣服走过来，“您

1 一种色彩鲜艳的女式宽大长袍，最初为夏威夷女子所穿，现流行于美国全国。

想先试哪一件，法官？”

“我先试试套装，然后再试裙子吧。”

法官先试了一件灰炭色的套装和一条长过膝盖的裙子。她看起来十分明艳动人，不过一向如此。

“太完美了。”佩吉说，法官站在一面三维玻璃镜前自我欣赏。那位亚裔销售员也点头称赞。

“奥德丽，你觉得如何？”法官问我。

“做工无可挑剔，”我说，但我不想让自己跟个应声虫似的，于是补充了一句，“从颜色和裁剪上看，比你平常的着装要保守一些。”

斯廷森法官粲然一笑。

“这就是我想听到的评价，”她说，“我想传递‘保守’色彩，而非‘加利福尼亚’特色。”

接下来，法官又试了一件水红色的上装，绉纹呢面料，长袖，圆领口。

“比上一件更好了。”佩吉脱口而出。

“奥德丽？”

“您看上去光彩照人，法官，裁剪比较保守，但是颜色很鲜艳。”

“好极了，”她说，“我就想在颜色上取胜，我希望穿出胜利的感觉，让人觉得它在说：‘是的，我穿的是鲜艳的粉红色，你们谁也别想阻挡我！’”

我们都笑起来。我很好奇，法官买这件衣服准备在什么场合穿，她已经有很多套阿玛尼、香奈儿和圣约翰牌的衣服了。

法官接着试穿了另外两件衣服，一条较短的蓝绿色酒会礼裙和一件精致的镶珠晚礼服，都很漂亮。随后，她问我：

“好了，奥德丽，现在轮到你了，你给自己挑一件新衣服吧！”

呀！我可买不起这儿的衣服，我在脑子里思忖了一会儿，为了不让法官扫兴，我今天是否应该买件衣服，先带回去，周末再送过来退了。但是，如果他们说可以按照我的身材重新裁剪，就没法退了。我觉得自己的双颊开始发红，我凑到法官跟前，压低声音。

“法官，”我几乎是在耳语，“这儿的衣服，嗯，价格有点超出我的承受能力……”

“哦，天哪，是我不好。我应该事先就告诉你，我要给你买件衣服。”

“可这儿的衣服得几千块一件啊，法官，我不能接受这样的礼物。”

“奥德丽，你必须接受，这是我以法官身份给你的命令，稍后我再跟你解释，但你一定得接受。现在，让我来看看你穿的号都有些什么样的衣服。”

我还来不及继续争辩，法官就将佩吉叫了过来。

“我们得给奥德丽找件衣服，”法官说，“我猜想她穿二号的衣服，我以前也穿二号，哎，那时多么年轻！”

法官自己的衣服都是四号的，但我还是不忍指出，我猜想她仍希望自己穿二号的衣服，尽管她比我大几十岁。

“您想要找什么样的衣服？”佩吉问。

“面试时穿的衣服，”法官说，“正统且保守，‘不伤害任何人’的那种，绝不古怪。”

“法官，我们这儿是乔治·阿玛尼专卖店，我们的衣服都不古怪。”

法官和佩吉都笑起来，我不知道自己是否需要面试服装，但我不想跟法官争辩。

“奥德丽，我这儿有件很适合你的衣服，”佩吉说，“这是刚到的货，你穿起来绝对超乎想象。”

佩吉快步走到店门口，法官紧随其后，我恭敬地跟在她们身后。

“你们来看看这件，”佩吉说，“是不是很棒？”

确实很棒，经典的黑色外套，西装领，轻柔的意大利羊毛，售价超过两千美元，我觉得自己都快站不稳了，内心的欲望和现实的尴尬在撕扯着我。

“太漂亮了，”我礼节性地表示，“可惜是黑色的，是不是过于古板了？”

“有可能，”佩吉说，“这也是为什么大家面试时都爱穿深蓝色或深灰色的原因，但我觉得这颜色对你来说，不是问题。这件衣服裁剪得体，收腰，很适合你这样的女孩子，而且很职业。放心，穿上它，绝对不会给人‘我准备去参加葬礼’的感觉。试试吧，你会看到效果！”

接下来的事情，真如她所言，我站在三维玻璃镜前，穿着我这辈子穿过的最漂亮的外套。这感觉真好：有女人味，还很干练，活泼又优雅，古典而不古板。这衣服绝对不像葬礼服装（虽然我从未参加过葬礼，对葬礼服装一无所知）。

“我要否决所有的反对意见，奥德丽，”斯廷森法官说着，站在我身后不住地点头表示赞同，“你看起来太漂亮了。”

我无法表示不同意见，简直是浑然天成，根本不需要改动。

“佩吉，”斯廷森法官掏出了美国运通黑卡，带着炫耀递了过去，“我们要了。”

购物结束后，佩吉和她的助手满脸堆笑地跟我们道别，斯廷森法官和我走出专卖店，双手都拎着购物袋。我感觉自己像电影《风月俏佳人》中疯狂购物归来的茱莉亚·罗伯茨。

“现在，让我告诉你，我们还要庆祝什么，”法官一边说着，我们一边走向车库，“首先，哈格曼法官将在戈德纳案中站在我们一边，投票支持加州 8 号提案（公投）。德勒兹法官将发表不同意见。”

“这可真是好消息！”

“其次，法官会议结束后，哈格曼法官私下告诉我，他对你起草的法庭备忘录印象深刻。对此，我并不感到惊讶，庭辩时他的问题，就是直接来自你所起草的备忘录，但亲耳听他这么说，我还是很高兴。你表现出色，奥德丽。”

“谢谢您，法官。”

“最后，我很欣赏你在戈德纳案中的表现，我给最高法院的基根大法官打电话了，告诉他，他**一定**得面试你……”

我站在人行道上，呆若木鸡，我很快定了定神，才没瘫坐在地上。我停下来，放下手中的购物袋，斯廷森法官也停住了。

“噢，法官，谢谢您！”

“奥德丽，不要这么惊讶！你已经赢得了我最强烈的推荐，你在哈姆丹尼案中表现出色，又在戈德纳案中令我刮目相看。我跟基根大法官提到了你在戈德纳案中的作用，他同样表示赞赏，如果联系他此前在关于同性婚姻的宪法问题上所持的态度，这一点也不让人感到意外。阿米特告诉我他退出最高法院助理申请之后，他说他会直接去律师事务所，努力挣钱，你就毫无疑问地成为我今年向最高法院推荐的人选。”

“那么，基根大法官是怎么说的呢？”

“你觉得他会怎么说？令人尊敬的克里斯蒂娜·黄·斯廷森法官打电话告诉他，这是她最优秀的助理，他当然希望面试你！”

法官走过来抱住我，这是一个异常热情的拥抱。

“这就是我给你买这件面试服装的原因，”法官说，“为了感谢你的出色工作，也是为了给你参加基根大法官的面试做准备。这是在给你和我的未来投资，我送到最高法院的助理越多，我作为法官的名声就越好。等我们回到法院后，你要给基根大法官的助理玛丽·凯瑟琳打电话，确定你的面试时间。”

“明白，法官。”

“另外，请布伦达给你订一张到华盛顿的机票，用我的飞行旅程积分。这个时候，如果你自己买票，会让你花一大笔钱。”

“谢谢您，法官，再次感谢您为我买衣服，真漂亮！”

“这件衣服既典雅又保守，非常适合你穿着去参加基根大法官的面试。梭罗曾经说过，要小心那些要求你穿新衣服（制服）的工作[1]，不过，对于他的这种评论，我保留自己不同的看法。”

购物结束后，我们停车在波罗餐厅吃了午饭，然后回到法院。我本打算悄无声息地溜进自己的办公室，不让任何人知晓，然后将阿玛尼购物袋放到桌子底下。然而，好运并没有延续，我在办公室外的走廊里迎面撞见了阿米特和詹姆斯。

---

1 梭罗（Henry David Thoreau，1817—1862），美国著名作家、哲学家，自然主义者，曾在瓦尔登湖畔独居，著有《瓦尔登湖》，他在这本书中指出，衣服以蔽体、保暖、适当为限，不必求新，求奢。

"哈，你好啊，'风月俏佳人'，"詹姆斯说，"克雷弗斯律师事务所给了你一大笔签约奖金？"

"她名叫奥德丽，她是个购物狂。"阿米特说。

"我可以解释。"我说着，招手让他们进了我的办公室。随后，我告诉他们斯廷森法官带我购物的全部经过，包括我正准备参加基根大法官的面试的消息。

"祝贺你！太棒了！"詹姆斯说，明显很兴奋（如果我们单独在一起，我敢打赌他会吻我），"祝你好运，实在太优秀了，如果你需要任何帮助，请告诉我。"

"恭喜你，"阿米特说，语气没那么兴奋，"这是你进入最高法院当助理的最后机会，别搞砸了。"

"你这话是什么意思？"我问，尽量显得若无其事，但实际上很在意。

"斯廷森法官只给最高法院的两位大法官推荐助理，两位最保守的大法官——基根和威尔逊，在接下来的那个开庭期，威尔逊大法官会需要一个助理，但他已经找到了。"

"他找的是谁？"我问。

"是一个在州最高法院当助理的女孩子。"阿米特说着，不屑一顾地摆了摆手。

我认识的唯一一个州法院助理是哈维塔，但她从未跟我提过，她在申请最高法院助理。

"嗯，她毕业于一家 TTT 法学院。"阿米特补充道。

"TTT 是什么意思？"詹姆斯问。

"TTT 是三流卫生间的意思，一般用来指排名较低的法学院。"我解释说。

“我认为大法官们雇用的人绝大部分是精英法学院的毕业生。”詹姆斯说。

“是的，但威尔逊大法官并不如此，”阿米特说，“虽然他本人毕业于芝加哥大学法学院，但他偏爱三流法学院毕业生。比如说，去年他的助理有来自芝加哥大学和哈佛大学的，也有两位来自排名很低的法学院。他就是这么怪。”

“或者说与众不同，”我说，“这也是为什么很多人崇拜他的原因，很多非裔美国人都不敢明确反对平权行动，很多法官也不会像他那样批评遵循先例原则，威尔逊大法官一向我行我素。”

“不，他就是个怪人，”阿米特说，“他还有个怪癖：提前几年雇用助理。现在，他已经为来年找到了最后一名助理，也配齐了随后几年的所有助理，因为他习惯于提前几年找助理，在不同的年份之间平衡助理队伍的性别，以及助理所毕业法学院的排名。因此，你就不用考虑威尔逊大法官了，奥德丽，你将要参加的基根大法官的面试是你进入最高法院当助理的唯一机会。”

“但我们一般都会多次申请大法官的助理职位，对不对？”詹姆斯问，“我还听说有人经过两次甚至三次才得到最高法院助理职位。”

“是的，但奥德丽的情况不同，”阿米特说，“她要去参加基根大法官的面试，而基根大法官一般只面试一次，他自认为是具有良好判断力的法官，如果他在面试后排除了某个面试人选，就不会重新考虑了，就算这个人再次申请面试，也不行。他是个性情怪僻的老头，快八十岁了，这就是他的做事风格。”

“你为什么这么了解其中的程序？”詹姆斯问。

“这是我一直关注的问题，你可以跟其他人打听，比如法学院同学，还有各种传言。”

阿米特和我四目相对，他对詹姆斯的解释都是真的，却并不完整。阿米特在写“法袍之下”博客时，他笔下的法官助理雇用过程，就跟“美国名人消息网”（TMZ）报道名人酒驾车祸一样详细。

“关于基根大法官的面试风格，你有没有听到什么传言？”我问阿米特。

“面试程序非常紧凑，你会先跟法官见面半小时，然后与他的助理见面，他们会问你一些实质性的法律问题，主要是宪法问题。这是很残酷的四对一提问，时间可能会长达两到三小时。他们会评估你在这些问题上的立场，来判断你是否符合大法官的要求，也就是说，看你是否足够保守。”

“呀，”我说，“听上去挺吓人的。”

“确实，”阿米特说，“老实说，我不知道你能不能应付得来。在高压之下，你要保持冷静。我觉得这有点像全国拼字比赛的最终角逐。”

“或者像是高中辩论赛的决赛，你常常能赢，”詹姆斯提到了我的长项，“或者像是法学院模拟法庭比赛的决赛。”

“也不全是坏消息，”阿米特说，“你有两项有利条件，有助于你应对面试。”

“我吗？”

“首先，与其他大法官不同的是，基根大法官一般不会面试很多人，招四个助理时，他一般只面试八到十人。”

“跟扔硬币看正反一样。”我说。

“确实——不过扔硬币风险太高，这可是每个年轻法律人都梦寐以求的重要职位，是进入大律所，成为合伙人，担任政府高官和法学院终身教授的通道，将来某一天甚至有可能成为最高法院大法官……”

“第二个有利条件是什么？”

“你是女孩。”

“这是**有利**条件？”詹姆斯问，“我觉得基根大法官不太赞同女权主义啊。”

“实际上，他喜欢女性助理的理由，还让他惹恼了几位女权主义法学教授，”阿米特说，“基根有一次在接受采访时说，所有人都是平等的，他宁愿选择女助理，而不选男助理，因为女助理能让他的办公室显得更加‘温和’。这番评论让很多女权主义者不快，但如果属实，将对你有利。”

“那么，显示出你最‘温和’的一面吧，科因。”詹姆斯说。

“要看上去既女性化又保守，”阿米特说，“穿裙装吧。”

“当然，”我说，“我还得穿上连裤袜，绝不能掉以轻心。”

25

得到面试机会

那个星期六，我从起草戈德纳案法律意见的空当中抽出时间，去跟哈维塔练了一趟车。顺利通过高中的停车场的训练后，我开始在法院大楼附近的安静街边练习开车。

“开得怎样？”我一边问哈维塔，一边将她的本田车沿着南大街缓缓开动。

“嗯，你还没撞死任何人，很不错啊。”

“我开车不会弄坏任何东西！”

“哈，刹车除外。我们已经不在停车场了，所以，一定要当心。”

我以缓慢而小心的速度，开过几个街区。

“你可以再开快一点，”哈维塔说，“我们快被路边散步的老太太超过去了。”

我踩了一下脚下的油门踏板，汽车以极快的速度向前冲去。

“奥德丽，你刚刚越过了一个停车标志！靠边停车。”

我将车停在一栋白色的漂亮建筑门前的车位里，然后关掉引擎。

“你走神了，”哈维塔向左转过身来，直盯着我，“比平时练车时更心不在焉，怎么回事？”

尽管我们并不经常见面，但哈维塔拥有一种可以看透我的神秘能力。

“我有几个好消息，但我很紧张，两周后，我将参加基根大法官招聘助理的面试。”

“妈的，这太棒了，恭喜你，小妞！”

她将自己的右手朝上，向我伸过来，停顿了一两秒钟后，我才意识到，她是想让我跟她举掌相击。

“我很兴奋，但是也很担心。基根大法官面试助理时非常严格，简直就是一场智力考问。”

“我参加威尔逊大法官的助理面试，也是如此，”哈维塔说，“他们问我的问题，从宪法第十四修正案的历史到证券法上的主观故意规则，无所不包，活像一场智力测验。但我顺利通关了，你也能做到。”

“等等，”我感觉心口一紧，“你参加了威尔逊法官招聘助理的面试？”

“是啊，而且我得到了那份工作！我希望你也能成为基根大法官的助理。如果我们都到最高法院当助理，就可以一起逛哥伦比亚特区了。”

“慢着，你获得了威尔逊大法官的助理职务？”

哈维塔点点头，这么说，她就是那位抢到威尔逊大法官最后一个助理职务的三流法学院毕业生，现在还是州法院的助理。

“你还记不记得我请你帮我看简历时说过，我在申请‘政府职位’？”哈维塔问，“我在申请最高法院助理一职，大约一个月前，我接到了最高法院来的电话，两周前，我去参加了面试，几天前得到了这份工作。我是威尔逊大法官为未来几年招聘的最后一位助理。”

“你怎么不早点提这事呢？”

“我们最近都没怎么见面啊，我也不想节外生枝。你知道，这只是一份工作，一份我很喜欢的工作，因为我喜欢阅读和思考法律，这只是我的新工作。”

“最高法院助理可不只是‘一份新工作’，哈维塔，”我尽力保持平静，“这是一份可以名世的工作，很多人梦寐以求。你竟然得到了这份工作，真让人难以置信！”

哈维塔眯了眯眼睛。

“你似乎有点……吃惊，你说‘难以置信’是什么意思？”

哦，我的语气透露出了我内心的惊讶，我简直是震惊了，哈维塔竟然获得了最高法院助理职位，我都没想到最高法院助理竟然也在她的视野范围之内。在此之前，麦乔治法学院是否还有其他毕业生曾经到最高法院当过助理？

“哦，我只是不知道你也申请了，”我尽量仔细选择自己的用语，不过心中的震动并未稍减，“只是，你知道，你的背景，不太一样……”

哈维塔皱起了眉头。

“你不必解释了，”她举起手指，在空中愤怒地乱画，像一只“嗡嗡”的蜜蜂，“我知道你和你那帮助理同事会怎么议论像我这样的人，‘哦，她毕业于三流法学院’，‘嗯，她在州法院当助理’。但是有一点你应该知道，我**热爱**法律，除了生活、吃饭、睡觉，时间**都他妈的**交给了法律。我对法律非常在行。”

我记得第一次见到哈维塔时的情形，她坐在游泳池边读《斯坦福法律评论》。

“这也是威尔逊大法官挑选助理的标准，”她继续说道，“他需要那些热爱法律的聪明人，我很幸运。他知道热爱法律的聪明人到处都有，他不像基根大法官那样，既老又守旧，非常老套地注重所谓的血统和声誉。威尔逊大法官自己在石头中寻找钻石，他知道，不是所有的聪明人都上了哈佛和耶鲁，或是给联邦法官当助理，有些也在州法院。”

我使劲地点了点头，让哈维塔继续说。

“我的背景确实跟你们不一样，但这也是他欣赏我的地方。威尔逊大法官是个保守派黑人，我也是。威尔逊生长于贫寒的单亲家庭，我也是。面试时，我们几乎一见如故。随后，我跟他的助理面谈，给**他们**讲述宪法第十四修正案的批准之争，《公平劳动标准法》的立法历史，于是，事情就成了。”

“对不起，哈维塔，我无意冒犯你……”

“你要学的东西还有很多，小妞，不仅仅是学习如何开车。”

那天下午，我回到办公室，继续写作戈德纳案的法律意见。忙了几个小时后，我决定休息一会儿，给杰里米打了个电话，他当然也在办公室工作。我想告诉杰里米我要去参加基根大法官助理面试的消息。我知道，如果我不先告诉他，等他从其他助理那儿听到流言，他肯定会非常生气。我拨通了他在法院内部的分机号码。

“嘿，是我，忙着吗？”

“当然，亲爱的，这可是戈特利布法官办公室的周六下午，我们是进步主义事业的推动者。”

“你在推动进步主义事业的途中能否抽出几分钟来？”

“我可以抽出几分钟，也只有几分钟，因为法官马上要修改我起草的一份意见，在他修改这份意见时，我必须坐在这儿等他。”

“好的，我们五点在法院门口见。”

像往常一样，我在杰里米之前走出法院大门，坐在花园里的长椅上，我能闻到空气中白玫瑰的香味，感觉到温暖的阳光照在我的胳膊上。虽说在法院工作了这么久，但我对理查德·钱伯斯法院大楼及其花园却总看不厌。律师和法官讨论的都是文字性的抽象事务，我们却利用社会资源，为自己建造了辉煌的法律圣殿。

“你好，奥德丽小姐！”

杰里米和我简单地拥抱了一下，就紧挨着坐下来了。

“我为何如此荣幸，能得到你的召见？”他问。

“我有几个激动人心的消息要跟你分享，两周后，我要去参加基根大法官招聘助理的面试。”

他的脸庞像过圣诞节一样露出光彩，我心中思忖：当哈维塔说她要去给威尔逊大法官当助理时，我也应该是这种反应。

“哦，我的老天，恭喜你！”

“谢谢，”我说，“我想在你通过同事的闲谈知道这事之前，亲自跟你分享这个消息。”

杰里米眼睛向下瞅了一会儿，停在那儿不动。

“你有没有要跟我分享的消息，杰里米·西尔弗斯坦？”

“你刚才提到法官助理之间的闲谈，倒是提醒了我：我这儿有你也许会感兴趣的消息。”

“什么消息？”

“我几天前才听到的消息，正在想要不要告诉你。如果你没有获得基根大法官的面试机会，可能我就不会告诉你，因为这会让你感到有点沮丧。既然你获得了基根大法官的面试机会，这事就跟你有关了。”

“快说。”

“哈佛法学院毕业的一个助理同事，他的一个朋友，也是哈佛法学院毕业生，也在帕萨迪纳这儿，跟我们一起当助理。她下周五也要去参加基根大法官的面试。显然，这是他的最后一个助理职位。如果有可能，他希望招一位女性。”

“她是谁？别一直吊我的胃口！”

杰里米将手放在我的膝盖上，这肯定不是好消息。

“露西亚·阿诺尔迪，波兰斯基的助理。”

露西亚·阿诺尔迪，就是那个冷酷、有个性的哈佛法学院毕业生，我面试那天，曾在斯廷森法官办公室见过她。过去几个月，我也在法院大楼里遇见过她，不过次数不多，因为波兰斯基法官的助理很少离开办公室，她也不太友好。

“露西亚·阿诺尔迪，妈的，”我感觉脸有点红了，“原谅我的粗口，但是，妈的，妈的，妈的。”

“是的，我知道，她很有攻击性，我无意冒犯，奥德丽小姐，但是因为她来自波兰斯基法官办公室，露西亚可能胜算更大。你知道，波兰斯基法官是向最高法院输送助理的头名法官，他给基根大法官推荐了好些助理。”

“是的，杰里米，我很了解这些背景材料。”

“你知道露西亚是马歇尔学者？”

“是的，杰里米。”

“你知道她是哈佛法学院近十年内第一个赢得费伊优等生毕业

文凭的女生？”

“是的，杰里米，她在法官助理的自我简介中提到了这些，真是太招摇了。还有，她的‘未来打算’是‘征服世界’。”

“这也是我不想告诉你这个消息的原因，我觉得你肯定不会好受。”

我从长椅上站起来，甩掉杰里米搁在我膝盖上的手，转过脸去。

“不，没关系，”我一边说，一边踱来踱去，“我很高兴你告诉我这事，我应该知道自己跟谁竞争，如果她是歌利亚，我就是大卫。”

“好吧，也许大卫对歌利亚不算是个糟糕的比喻，”杰里米说，脸上掠过一丝微笑，“你可能拥有一些自己都没想到的优势，来打败露西亚。”

“真的吗？你认为在申请助理职位时，我可以战胜从顶级法学院毕业的基根大法官的校友？基根大法官也毕业于哈佛法学院，他喜欢获得费伊文凭的毕业生。我要完蛋了。”

“表面上看，确实如此，她非常对基根大法官的胃口，但以大法官的倾向来看，我不太确信她在大法官办公室是否会合群。”

“为什么不能？基根大法官要找聪明的助理，她够聪明；基根大法官正在寻找一位女性助理……”

“她也是，我的同事在闲谈中说，露西亚也对女性感兴趣。”

“你是说——露西亚是同性恋？”

“这是那些哈佛法学院毕业的学生的猜测，她在法学院没约过会，忙着读书，但是人们都在背后叫她‘拉拉·阿诺尔迪’。这儿所有的同性恋助理都认为她是我们中的一员，我不想表达偏见，但她看上去确实男子气十足，对不对？”

“确实。”我想起她的男孩子式的头发，大摇大摆的架势。

“因此，如果基根大法官要找一位‘温和’的女性，来平衡办公室氛围，我觉得露西亚可能不太合适。基根大法官年迈且保守，对‘同性恋’问题直言不讳，我觉得，他不会喜欢自己办公室里有一个同性恋吧。”

“但是，我们并不**确定**她是不是同性恋，对不对？就算她是，我也没有办法啊，是吧？我不可能在参加基根大法官的面试时说：‘哦，您应该雇用我，因为您刚刚面试的另一位女性是个不折不扣的同性恋！’”

“哦，不，你不**该**去挑衅同性恋，”杰里米说，“你和你的老板光是否认我们同性恋结婚的宪法权利就够麻烦的了。戈德纳案进展如何？”

我对杰里米吐了吐舌头，装模作样地踢了一下他的小腿。

“是加州人民投票反对同性婚姻，他们通过了8号提案，现在，8号提案的命运就掌握在三位联邦法官手中。”

“其中一位法官要牺牲同性恋者的权利，以实现自己无尽的个人野心。她积极支持8号提案，禁止同性婚姻，以提升自己在社会保守派中的形象，让自己成为最高法院大法官候选人。”

“你这么说太不公平了，斯廷森法官可能不赞同同性恋的婚姻权，但我可以保证，根据这几个月我和她密切工作的经验，她是个好人，也是个好法官。这也是她作为法官拥有好名声的原因，也是她可能成为最高法院大法官的原因。”

“好吧，我可以想到她有机会成为大法官的几个理由：她是亚裔人士，女性，年龄合适，而且很强势。”

“你的老板也是如此，他是一个以结果为导向、为了政治目的宁可扭曲法律的法官。但是，你什么时候见我这么说过他？”

“实际上，你刚才就是这么说的，在哈姆丹尼案中，你和斯廷森法官回应我们的异议和满席听审呼吁时，也这样说过。”

“这么说，**这**就是问题所在？你们输不起，都是因为我和斯廷森法官在一个备受关注的案子中将你们打得落花流水？”

“当然不是，真正的问题在于，你被自己的野心蒙住了双眼，跟你的老板一样。你不能，也不会看到斯廷森法官的缺点，因为她是你进入最高法院当助理的敲门砖，你已经靠上她这棵大树了，你不会离开，哪怕你最终发现她只不过是个丑陋的小人。”

“随便你怎么评价斯廷森法官，她都是一个杰出的法官，就算是像你这样的同性恋，也应该看到这一点。”

“呀，你这么热心地为自己的老板辩护，就因为她是最高法院大法官的热门人选？她难道不是一个懒散的法官？此前你跟我讲过，她严重依赖自己的助理，而且很少修改他们写作的法律意见书。”

“对于一个已经做了好几个月助理的人来说，你对于法官职能的看法，真是十分幼稚。很少有法官自己起草法律意见，就连最高法院大法官也是如此。今天的法官就是首席执行官，她运用自己的判断力来判决重大案件，细节问题可以，也应该留给我们这些助理。”

杰里米叹了口气，站了起来。

“既然谈到细节、工作责任，我还真要跟我的法官一起修改法律意见，我可不想为斯廷森这样的人多费口舌，无端争论。再次祝你获得基根大法官的面试机会，祝你好运。”

“谢谢，我会的。”

26

与露西亚竞争

当周一再次到来时，我发现自己很难集中精神工作。我的思绪一直萦绕着参加基根大法官面试的事，面试时间定在下周五，而且是要跟实力强大的露西亚·阿诺尔迪竞争。杰里米告诉我的那些情况让我一方面有点高兴，一方面有点担心。我觉得自己除了瞎紧张以外，无计可施。

我找不到任何具体计划，却总觉得必须做点什么，我最终给露西亚在第九巡回上诉法院的工作邮箱发了封邮件：

嗨，露西亚，我叫奥德丽·科因，也是位于帕萨迪纳的第九巡回上诉法院的助理，为斯廷森法官工作。听说你也收到了基根大法官的面试邀请。恭喜你！

实际上，我也要去参加同一位大法官的面试，这周你能跟我见面吃顿午饭吗，一起聊聊自己了解的面试程序？

祝好！

奥德丽

几分钟后，我就收到了露西亚的回信。

> 嗨，我们这些在波兰斯基法官办公室工作的助理没有吃午饭的休息时间（实际上是没有任何休息的时间），但是我们在傍晚有大约九十分钟的偷闲时间（那时，法官会开车回圣莫妮卡，还没来得及从家里给我们发邮件，打电话）。我会利用这段时间买咖啡，然后刺激自己工作到凌晨两三点。如果你准备好了，我们今晚可以一起去喝咖啡。
>
> ——L

我们决定在晚上六点见面，然后开车去知识分子咖啡馆。我既没有车也没有驾照（只有学徒执照），由露西亚来开车。露西亚愿意见我，这让我感到有些惊讶，因为我们第一次见面时，她曾摆出一副“我要把你当早餐吃了”的架势，在法院碰到时，她的态度也不友好。也许，她知道我也要去参加基根大法官的面试后，对我萌生了新的尊重感。也许，她和我一样，希望估量一下自己的竞争对手。我对自己说，小心行事，奥德丽。

当我提前五分钟到达法院停车场时，露西亚已经在那儿了，她站在自己的绿色斯巴鲁傲虎车旁。我们握了握手，她的这一握惊人的有力，留在我手上的感觉持续了好几秒钟。我小心地用左手按摩被她握过的右手，慢慢恢复。

“你不开车？”露西亚一边问，一边将车开出停车场。

“是的，不开，”我说话尽量使用陈述事实的语气，而不是防卫她的挑衅，“在纽约都这样，随处都是可以使用的公共交通工具。”

沉默了几分钟后，我注意到露西亚车开得很熟练。

“你老家在哪儿？”我用问句打破沉默——这种沉默让我难受，但露西亚似乎并非如此。

“俄勒冈州。”她说，没有主动提供进一步的细节。

“俄勒冈州什么地方，波特兰？”

因为波特兰是我唯一知道的俄勒冈城市。

“尤金。”

接下来又是沉默，露西亚是想威吓我，还是不太适应？

好在通往知识分子咖啡馆的路并不算长，露西亚轻易就将车停进了车位，我们走了进去，都点了咖啡，只不过露西亚要的是不加牛奶的清咖啡，而我的咖啡则一如既往地加了大量的牛奶和糖。

“你为什么那样喝咖啡？”露西亚问。

“怎么喝？”

“加牛奶和糖。”

“因为我喜欢这种味道。”

“我只喝清咖。”

“我看到了。”我开始有些不耐烦。

说完，我们都停了下来，喝起了自己的咖啡。我默默告诫自己，不要让怒气控制自己的情绪。

“那么，”我尽可能高兴地说，“你对参加基根大法官的面试是否感到兴奋？”

“算不上，他每年都会面试获得费伊优等生毕业文凭的学生。显然，我会尽力而为，如果他给我提供这个工作机会，我会接受，但我更想给其他大法官当助理。”

她竟然看不上基根大法官的助理职位，而这却是我进入最高法院当助理的唯一希望。我尽力不让自己发脾气。

“你什么时候面试？”我问。

“这周五。”

“我猜，他喜欢在周五面试，我的面试时间是下周五。你紧张吗？”

“不，我为什么要紧张？”

“哦，我不是说你**应该**感到紧张，我相信你会很出色……但是，嗯，我听说面试程序很严格，尤其是四位助理考问一位面试者，他们会问你每一个复杂的宪法问题。”

“我能对付难题，所以我上了哈佛法学院。我也被耶鲁法学院录取了，但是我在普林斯顿大学的一位老师——他自己也是从耶鲁法学院毕业的——告诫我，耶鲁太骄纵学生了。我并不想被惯坏，我希望体验紧张、严酷和**真正的**法学院，就像《哈佛新鲜人》和《力争上游》中描述的那样。所以，我放弃了耶鲁，去了哈佛。哈佛法学院并不像我所预想的那样有挑战性，过去这些年，哈佛显然是降低了课程难度，但仍然提供了很好的训练。”

我倒吸了一口凉气，露西亚简直就是机器人。

“你为面试做了额外的研究和准备工作吗？”

“波兰斯基法官每年都会给基根大法官提供一个助理，很多给波兰斯基法官当过助理的人都十分了解面试程序。我跟他们都聊过，见面或者通过电话，以获取内部经验。上周六，我还做了八个小时的模拟面试。波兰斯基法官和我的助理同事问了我四个小时问题，然后，波兰斯基之前给基根法官输送的四位助理，有两位住在南加州，还有两位通过网络电话，又盘问了我四个小时，我已经准备好了。”

我又深深倒吸了一口凉气，露西亚就像是大法官助理面试的终结者，而我还没有做任何准备，更没进行一整天的模拟面试。在露西亚强大气势的压迫之下，我将话题引向了另一个方向。

“嗯，看上去你已经完成了手头的工作，波兰斯基法官让你们如此卖力，工作肯定不轻松，你喜欢给他当助理吗？”

“感觉不错啊，我喜欢有挑战的工作，给波兰斯基法官当助理很有挑战性。我们每周工作七天，平时，我们从上午八点半工作到凌晨两三点，或者说，直到法官不再从家里给我们发邮件，打电话或发传真，是的，他仍在使用传真机。周末，情况稍好一些，如果幸运的话，我们晚上七八点能回去。”

“工作时间这么长。”

“我不在乎这个，我工作时间越长，学到的就越多。波兰斯基法官自己起草大部分法律意见，包括所有公开发表的法律意见。我们帮他找材料，提供编辑修改建议。如果他信任我们，他会让我们起草一部分内容，大多数是备忘录或意见书的某一部分，但他改得很厉害。在意见书定稿之前，我们反复修改，多达三十次。在修改过程中，我从他身上学到了很多东西。他具有令人难以置信的法律头脑，他能记住最细微的细节，比如十年前某个案件的脚注。他也能放眼全局，看到法律意见如何在完全不同的领域影响法律的发展，也就是说，他能兼顾多个方面。他极为公正，会根据法律判决每个案件，尽管本人比较保守，但如果法律需要，也会投票支持自由倾向的判决结果。他还是一个杰出的作者，有自己的写作风格，而且非常明晰。我认为，自己不会遇到比波兰斯基更优秀的法官了，即便是在最高法院。”

看来，这才是让露西亚开口的办法：问她工作上的问题。我也很喜欢自己的助理工作，我喜欢思考和法律写作，特别是当案件涉及有趣的法律问题时，比如哈姆丹尼案和戈德纳案，但我并不像露西亚和哈维塔那样热爱法律。我怀疑，我的老板斯廷森法官也不像波兰斯基法官那样热爱法律。在她看来，也许我也是这么看，在法律职业中取胜，不完全是为了法律，更是为了获得尊重、地位和承认。

“波兰斯基法官似乎是个很棒的老板，”我说，“他为人如何？”

露西亚停了一会儿，我猜想，她更愿意谈论职业而不是个人。

“为人方面，他有点……怪，他不是你想象中的那种联邦上诉法官。作为一个法官，他跨越了很多边界，他的幽默感，有时让人觉得……没礼貌。”

“接受助理培训时，我坐在他身旁，他非常有趣，”我说，“他给我讲了自己在波兰度过童年的故事，有些法官很冷漠，但波兰斯基法官温和而友好。”

“当然，他会这么对你，你很漂亮。”

这番评价让我猝不及防，她这么说，真有点让我感到惊讶。

“谢谢你，但我并不觉得自己漂亮，”我语气都有点不自然，极力不让自己脸红，“我有一半菲律宾血统，一半爱尔兰血统，我看起来有点……奇怪，我不是完整意义上的亚裔，也不是白人，在两个群体都不受欢迎。我经常遭到取笑，而且有点胖，简直就是个丑小鸭。”

“现在你变成了白天鹅，”露西亚说，“一只优雅、美丽的白天鹅。”

我突然间明白了，露西亚被我所吸引，深深地被我吸引了。我们初次见面时，她那一副要把我吃掉了的眼神，并不是一种威吓，而是一种欲望。而现在，她开始笨拙而直接地勾引我，我想，哈佛法学院并没有教过如何吸引女性。

“你也很漂亮啊，”我说，我尽量表现得有礼貌，这也是我的菲律宾母亲教给我的，“你很漂亮。”

“不，我不漂亮，我知道我的长项，我也知道自己的弱点。我的长项在于我聪明，坚定，刻苦。但绝不漂亮。”

“但是你**真的**很漂亮，”我坚持说，“你的双眼十分迷人。”

“真的吗？你真这么认为？”

“绝对，你的眼中闪烁着智慧，但也揭示了你内心的脆弱。”

这种爱尔兰式的阿谀奉承，我是从我父亲那儿学来的。因为露西亚是对的，她不是特别有吸引力，至少根据传统标准而言是如此。她那双特别大而透亮的眼睛，是她最好的特征，但不足以使她变漂亮。

露西亚拿起手中的清咖，放到嘴边，将剩下的喝完，透过杯子边缘，她冲我微微一笑，我笑着回应她。

“这太有趣了，”她说，“我必须回去工作了，我们改天再聚？”

“当然，会很快。”

27

美人计

在接下来的两天里，露西亚和我发了很多邮件和短信，介于友谊和暧昧之间。我周旋其中，有时不假思索，有时半心半意。在很多方面，我都觉得自己不如露西亚；我不是马歇尔学者，也没有费伊优等生毕业文凭，更不是波兰斯基法官的助理。但在我占上风的领域，我很乐意跟她闲聊。她一个劲地夸赞我，尤其是我的外貌，有些词句让我觉得很肉麻，有些则很中听。我从小就缺乏安全感，偏爱别人的赞扬和正面评价，其中包括取得好的考试成绩、辩论夺冠，甚至是来自深柜女同的短信。

露西亚总是很快地回复我的短信，我有一种感觉，她要么渴望与人交往，要么是对我有些着迷，抑或两者兼有。她周二和周三继续邀请我傍晚跟她一起喝咖啡，两次我都拒绝了：第一次是因为我忙于跟斯廷森法官讨论问题，第二次是因为我感觉有些怪异，希望能有点自己的空间。

周四下午，露西亚发邮件给我："波兰斯基法官今天让我提前下班，因为我今天晚上要坐飞机去参加明天基根大法官的面试，要不要喝一杯，祝我好运？"因为我周二、周三都回绝了她，而今天斯廷森法官也提前离开了办公室（晚上有她女儿的小提琴独奏会），我便答应了露西亚的邀请。

我们兴冲冲地来到博德加酒吧，各点了一杯黑皮诺葡萄酒。因为我俩都是直接从办公室赶过来，所以还没缓过神，刚开始交谈时，正如我所预料的那样，有些不自然。现实中的露西亚并不像她在短信中所表现的那样外向，这也不令人感到意外。为了帮助她准备明天的基根大法官面试，也可能是为了让我知道自己对下周的面试准备得有多么不充分，露西亚让我听她复述过去一年来最高法院判决的重要案件，包括哪位大法官写作了多数意见，谁写了不同意见（如果有不同意见的话）。在数字化时代，感谢谷歌，很多材料只要敲敲键盘就能出来，死记硬背已经不像过去那么重要了。但我还是不禁为露西亚强大的记忆力所震撼，这样的记忆力肯定在她成为哈佛法学院顶尖学生的过程中起了作用。

喝了一杯红酒后，我有点醉意，但露西亚背诵起宪法原则来，就像比弗利花园的电动喷泉一样喷涌不绝，让我不禁想痛快地喝一次。

“我们点一瓶酒吧，”我提议，“这样更划算。”

“我真不行，”露西亚说，“我明天还要面试呢。”

“来嘛，”我说，“来一瓶，来一瓶！”

“我不知道这是不是个好主意。”

我觉得自己有点醉了，用自己的左手拽着露西亚的右手，紧紧握住，她也紧紧握着我的手，有点害羞，但态度非常明确。

“就一瓶，”我坚持说，“我喝一大半！我能喝——你忘了，我有一半爱尔兰血统。”

这有点撒谎，不是说我没有一半爱尔兰血统，而是说我根本没这个饮酒能力，因为我从我的亚洲母亲身上遗传了不胜酒力的特征。

露西亚还没来得及阻止，我就从酒保手中拿过酒水单，认真看起来。

有一条很快跃入我的眼帘：美尼斯小西拉红葡萄酒，这是酒劲很大的加州红酒，刚开始做助理时，杰里米和我曾喝过一次。就是这酒，让我在第一个周一例会时，宿醉难消。就是它了。

我们还没反应过来，一瓶美尼斯酒和两个杯子就端上来了。

“干杯，”我说着，举起酒杯，直勾勾地盯着露西亚的双眼——现在回想起来，这样的眼神，实在是太迷人了，“为征服世界干杯。”

“我会干了这杯。”露西亚跟我碰了碰杯。

我们一边喝一边谈，继续讨论宪法和最高法院最近判决的大案。我所知道的比露西亚少得多，但我的知识足以使自己成为一个得体的对谈者。我安慰自己说，我可以利用周末好好准备，我一直很善于恶补。

我看到，露西亚比我喝得多，她似乎有点紧张，也许是因为她明天要面试，也许是因为她跟我在一起。她不停地往自己的杯子里倒酒，我并没有阻止她，因为我自己已经喝得够多了。

“嗯，”露西亚说着，面颊像摇头娃娃一样颤动，呼吸中全是酒气——“你有没有……在这儿找个伴，或者来场异地恋？”

我环顾酒吧，内心有些谨慎，也有些激动，放心地靠近露西亚。

“嗯，虽然言之尚早，但我觉得我和助理同事之间有点什么。”

“哪个？那个小个子的印度人？”

“哦，天哪，你说阿米特？绝对不是！”

“哈，当然不是——实际上，我觉得他是同性恋。”

“真的吗？我从未这么想过，我只是觉得他有点无性倾向，而且过于敏感。”

“我不知道，我从来没有跟他说过话，我们这些波兰斯基法官的助理一直与外界隔绝。也许你没注意到，但是，那个家伙有点触动我的同志雷达。我的雷达很准，通常情况下，除非受到投射干扰。”

“投射？”

“你知道的，就是心理投射，也就是说，你**希望**某个人是同性恋，他们可能会对你感兴趣，因此，你将自己的同性之情投射到他们身上。不管这些，先谈谈你和那位助理同事吧！”

“我的助理同事詹姆斯。”

“哦，我知道你谈到的那个家伙，高个儿、长相不错的那个？”

“是的，我猜你就会那么描述他。假期里，他跟交往了很长时间的女朋友分手了。后来，我们一起撰写法庭备忘录，还接吻了……”

“不，不——**不**妙，你会惹出大麻烦的。”

“你觉得？”

“我不仅仅是觉得，我知道。我有依据，我以近五年来的最高平均学分绩点毕业于哈佛法学院。”

“恕我直言，阿诺尔迪小姐，你的母校可不是以传授心理学知识而闻名啊。”

“实际上，科因小姐，法学院的分析技巧同样可以用在恋爱问题上。我有五个理由，劝你不要推进与那个助理同事的关系。”

“请继续，咨询师。”我又喝了一口酒。也许，是酒精麻痹了我的头脑，我觉得自己被她的话迷住了。

“首先，外表俊朗的家伙一般都是纨绔子弟，这是大问题。”

“我了解詹姆斯，在建立恋爱关系前，我们就认识。我觉得他不是那种人。”

“其次，他是你同事，人人都知道，办公室恋情不是个好主意。老话说得好，兔子不吃窝边草。”

“这话不错，”我承认，“请继续。”

“其三，你说他刚刚跟恋爱很久的女朋友分手，在假期里，离现在没多久。他和你的这种关系可能是因为处于感情的‘空窗期’。”

“我倒是没这么想过，”我说，“不过你可能是对的，第四个理由呢？”

“他配得上你吗？”

“他也在给同一个法官当助理，似乎跟我很配。”

“不是这方面，他在专业上的成绩比得上你吗？”

“他毕业于伯克利，当年也是他们学校法律评论的编辑，现在我们是同事。”

“伯克利，就是斯廷森法官毕业的那个法学院？”

“是的，你怎么看？”

“法官雇用他当助理是卖人情，完全是因为他跟法官毕业于同一家法学院，是校友。恕我直言，伯克利的法学院虽然也很不错，但毕竟不比哈佛或耶鲁。”

“你知道，不是所有的聪明人都进了哈佛或者耶鲁，我的一个朋友是从麦乔治法学院毕业的，她刚刚获得了给威尔逊大法官当助理的机会。”

“威尔逊当然会雇用她，”露西亚翻了翻眼珠，“在最高法院，威尔逊大法官是三流法学院毕业生的守护神。”

“你可真是个势利眼！”

“我是有点醉了，酒后吐真言，我的主要观点是，就算他的背景适合你，你怎么知道你的背景适合**他**呢？很多研究已经表明，如果女人比男人更有权或更有地位，两人的关系就会不牢固。男人不喜欢女人的收入超过他们，光彩盖过他们，或是在任何事情上压倒他们。”

“我觉得詹姆斯不是那样的人，他不是没有安全感的人，我比他更缺乏安全感。”

我不愿意相信她，但是我又想知道她说的到底对不对。

“一开始，他看上去可能会没什么意见，安于让你处于上风，”露西亚说，“时间一长，他就会生气。所有的男人都这样，即便是最‘开明的’男人，也是如此。这也是我不跟男人交往的原因，或者说，是他们不来纠缠我的原因。我太聪明了，太上进了，太吓人了。”

露西亚拿起酒杯，将杯中酒一饮而尽，把空酒杯放在空酒瓶子旁边。

“这是我认为你不应该跟同事约会的最后一个理由。”

露西亚靠近我，让我把酒杯放在吧台上，亲了一下我的双唇。她并没有张开自己的嘴唇，我也没有。但是，我倾斜着身体，轻轻地回应她的吻，动作几乎难以察觉。我不知道这是怎么了，是酒精的作用吗？但我确实这么做了。

“事实胜于雄辩。”她说了一句拉丁法律术语。

“你可真逗，”我笑着说，碰了碰她的膝盖，“你可是哈佛女生。”

“我真的得走了，”露西亚说，舌头明显有些打结，“我必须先回家收拾，然后去机场。该死，我没法开车了。”

我向酒保做了一个手势，不用我说话，他就明白了我的意思，也许是因为他看到露西亚连头都抬不起来。他告诉我，出租车五分钟就到。

“他们给你叫了出租车，在外面等两分钟就行。我来结账，你把车钥匙给我，我明天跟詹姆斯一起过来，他会开车，我们会把你的车停在法院停车场。”

“谢谢你，奥德丽，”露西亚说着，脚下磕磕绊绊，手扶着酒吧的高脚凳，才使自己稳住，“祝我明天好运吧！”

“祝你好运！”

她在手提袋里摸了一阵子，掏出车钥匙，递给了我。

“再次感谢，奥德丽，你是我在这儿唯一的朋友，或许不仅仅是朋友？我希望我们能更进一步，我也希望明天的面试一切顺利。”

“别担心，”我摸着露西亚的手，望着她的双眼，“所有的一切都会如你所愿。”

28

压力之下

第二天早上，我感觉有些不太舒服。尽管露西亚喝了大部分的酒，但我喝下的酒还是远远超过了自己的酒量。我尽可能地按时走进办公室，但是头仍像昨天晚上喝小西拉红葡萄酒时一样疼，我无法调整到最佳状态。

“早上好，”詹姆斯突然出现在我的门口，“你——你怎么了？”

“你说什么啊，我能怎么啦？”

“别误会，我是说，你看起来没有平时有活力。”

我瞪了他一眼，他走进办公室，关上身后的门，坐了下来。

“我是说，你看上去还是很正，”他脸上闪烁着那迷死人的笑容，“但没平常有活力，你没事吧？”

“我度过了一段美好时光，昨天晚上喝多了，现在还宿醉难消，我需要清醒一下，还有很多工作要做呢。我必须完成戈德纳案意见书的初稿，法官希望下周早些时候能完成，然后发出去。这份意见一定要完美，这是个大案，德勒兹法官等着提出不同意见。我还要准备基根大法官的面试，就在一周后。真不敢相信。我觉得自己快要发疯了。”

“放松，一切都会好起来。”

詹姆斯看上去非常镇静，非常帅气，可在那一刻，我竟有些恨他。

“放松，放松？别说风凉话了，你现在有没有处理像戈德纳案这样的大案？你是不是还在对付那个微不足道的印第安人案件？”

“我发现关于印第安人的联邦法律很有意思。”

“我要参加的基根大法官面试怎么办？只有一个星期了！你面试过最高法院大法官助理职位吗？”

“没有，我确实没有参加过最高法院大法官助理面试，我现在也没有处理像戈德纳这样的热点案件，但是你也没有理由这样对我大喊大叫啊。”

詹姆斯的行为是否体现了他内心的不安？他是不是讨厌我的成功？

“好吧，我**即将**参加最高法院招聘助理的面试，”我说，“我还没有做任何准备，露西亚读过最高法院在上一个开庭期判决的每个案件，最高法院历史上所有的重要判决。她还跟基根大法官以前的助理做了一整天的模拟面试，足足有八个小时！”

“哪个露西亚？”

“露西亚·阿诺尔迪，波兰斯基法官的助理，她今天去华盛顿参加基根大法官的面试了。”

提起露西亚，我突然想起她的亲吻，尽管我脑子不清醒，但我还是感觉很愧疚。

“你是怎么认识这个露西亚的？我从没有跟波兰斯基法官的助理说过一句话，他们自成一派，也许他们从不走出自己的办公室。”

“她约我……出去，实际上，我们昨晚一起喝酒了。”

“她昨天晚上跟你喝酒？现在到华盛顿参加基根大法官的面试？”

“她坐夜里的航班去的，她并没有太多选择，波兰斯基法官不希望他的助理耽误手头的工作。”

“先去喝酒，然后赶夜里的红眼航班到最高法院参加第二天早上的面试，这可不是个好主意……你在笑什么？”

“我在笑吗？”

“你确实在笑，现在没笑了。但是一秒钟前，你笑得嘴都咧开了。”

我咧嘴笑了？如果真是如此，我又为什么会笑呢？

“好吧，詹姆斯，”我说，“我们需要谈谈。”

“嗯，我们不是正谈着吗？”

“不，我的意思是**谈话**，真正的谈话。”

这下，他看上去不那么放松了，他坐在椅子上，身体往前倾了倾，把手放在膝盖上。

“好的，开始谈吧。”

“无论我们之间关系如何，我觉得我们应该先……停停。”

詹姆斯将自己的头偏向一边，满脸疑惑。

“说实话，”他说，“虽然我知道我们认可了某种感情，但我们并没有真正开始这段感情。因此，我不知道有什么需要停止的。”

“好吧，如果到了需要暂停的时候，让我停一下。”

“这听上去……真像是律师说的话，好的，我同意。”

我顿了一会儿，用双手捂住脸。我的头为何这么痛？我为何如此难以相处？我几分钟前对詹姆斯的怒气现在全转化为对自己的怨气。

“对不起，”我说，“我不是过于矫情，只是我脑袋里现在装的事情太多了。”

“我知道，”詹姆斯说，“你现在有点不正常，让我有些吃惊。我觉得这都是戈德纳案和基根大法官的面试的压力造成的，等这一切过去了，让我们谈谈，真正地好好谈谈。”

29

愧疚与庆幸

“从华盛顿回来了，一起吃晚饭？”

我几个小时前就收到了露西亚发来的这条短信，却还没回复，我一直忙着修改戈德纳案的意见书草稿，拿不定主意要不要见她：一方面，我渴望了解她参加基根大法官面试的情况；另一方面，我又不想讨论上周四晚上我们之间发生的事。

我明白，自己不愿跟她一起吃晚饭。

“我真是太忙了，没办法吃晚饭，但是能赶着见一面，你在法院办公室？”

因为我们两人所在的法官办公室都有同事在，我这儿有阿米特，露西亚那儿当然也有波兰斯基法官的其他助理，我们约定在法院大楼的图书馆见。现在是周日下午，那儿肯定没人，就算是在平时，也很少有人去。在数字化时代，法律检索都转移到网络了，几乎荒废了实体图书馆。然而，我仍然很喜欢图书馆，喜欢它的庄严安静，以及一排排案例汇编所体现出的法律的威严。我能理解，为什么布鲁克斯兄弟服装专卖店和高端酒店的吧台，都喜欢用这些灰、金、黑、红色的漂亮书脊作为装饰了。

理查德·钱伯斯法院大楼图书馆恢弘壮丽。当这幢楼还是德尔阿罗约远景酒店时，现在的图书馆便是当年的酒店餐厅。几根巨大的石柱支撑着高高的带横梁的天花板，上面悬着中世纪城堡式的铁质枝形吊灯。房间的一端，灿烂的阳光透过拱形的窗户洒进屋内，阿罗约·塞科峡谷的美景尽收眼底。

当我到达图书馆时，露西亚已经在那儿了，她坐在“芝加哥大钟”下面，这座重达八百磅、固定在墙上的大钟，是钱伯斯法官本人从“风城”芝加哥的一间废弃的法院抢救回来的。看到她坐在大钟下面，我不禁想到了时间的问题，接下来，我们如何利用时间，要知道，它总是过得飞快，而我已经没多少时间来准备基根大法官的面试了。

我走过去，正想着该如何打招呼。打招呼的方式很尴尬：我俩笨拙地抱了抱，显露了我们之间的奇怪氛围。坐下来后，中间隔着的那张桌子，使得我们有了距离感，我终于放松下来。

“嗯，”我问，声音尽量显得像个关心的朋友，而非焦虑的对手，“你在基根大法官那儿的面试感觉如何？”

“不太好。”

“我敢说每个人都会有这种感觉，你对自己太严苛了，怎么会不太好呢？你准备得这么充分！”

“我宿醉未醒，一开始就迟到了。”

呀，她去最高法院面试，竟然迟到了。

“嗯，我知道，”她说，看到了我尽量不想皱起的眉头，“我面试从未迟到过，但是这次确实是迟到了，可能只迟到了五到十分钟，但还是迟到了。这可是我一生中最重要的面试。”

“每个人都会出现这样的情况，面试开始后，情况如何？”

“不太好，我脑袋晕乎乎的，头痛欲裂，什么都不记得。我弄混了马伯里诉麦迪逊案和麦考洛克诉马里兰案，大法官很诧异地看了我一眼，让我紧张不安，最后，他打断我，问道：‘你确信你不是在谈马伯里案？’”

“听上去像是口误……”

“就连美国最差的法学院的一年级学生都知道马伯里案和麦考洛克案的区别，这种失误真让人羞愧难当。但我觉得这还真不是最糟糕的，至少我没有吐他一身。”

我忍不住笑出声来，但露西亚并不是在开玩笑。

“等到基根大法官的几位助理来面试我时，我差点就吐了，”她继续说道，“他们联合起来考问我，四对一，问我实体性正当程序，我回答得结结巴巴。就在那时，我感觉胃里翻江倒海，我知道情况不妙，我要吐了。所以，不得不暂停下来，请他们原谅，这看上去糟糕透了，好像我无法解决他们提出的关键问题。我跑进卫生间，吐了起来。奥德丽，我竟然在最高法院的卫生间里吐了。”

“呀。”

“过了十五分钟我才回来，我在卫生间的镜子前盯着自己看了好几分钟，对自己嗤之以鼻，担心会吐到自己的衣服上。我回来继续面试，知道一切都完了。他们没有再问我问题，我和几位助理之间的面试，大约只持续了一个小时，本来应该是两三个小时，很显然，经过这一个小时，他们就认为我不是给基根大法官当助理的料，就缩短了时间。我觉得这样也好，因为当时我只想离开那个鬼地方。我一再解释，那天我感觉很不好，他们似乎也很同情，但我们都很清楚：一切都结束了。”

我们静静地坐了一会儿，我没有试图徒劳地去安慰她，她知道自己面试表现不佳，看上去，她的感觉是对的。我内心的感受很复杂：既为她错失基根大法官的助理职位感到惋惜，也为我在其中所起的作用感到内疚，又有点庆幸自己能有机会成为最高法院助理，随即，愧疚感超过了庆幸感。

“露西亚，对不起。”

“没事，”她说着，叹了口气，“我会挺过去的，只是需要时间。”

“不——我是认真的，真的很对不起，我为自己在其中所起的作用而道歉。”

“你这是什么意思？”

“你酒醉不醒，都是因为头天晚上跟我一起去喝酒。”

“这是我的选择，我自己的错，从一开始，出去喝酒就是我的主意。”

“但是，我不该鼓励你多喝，我们不应该要一整瓶酒。”

露西亚深深地看了我一眼，那眼神，跟我们第一次在斯廷森法官办公室见面时一样，她把自己的手放在我的手上。

“我并不后悔点了那瓶酒，”她说，“它使我有勇气跟你分享我自己的感受，这也是我没能安心面对基根大法官面试的一个原因，我在想……其他的事，你觉得我怎么样？”

我深感歉意，但我不能说出来。

“这……很复杂，那天晚上……这种感觉很强烈，我仍在思考，我需要时间，你能等一周吗？等我从华盛顿面试回来？”

露西亚难掩失望之情。

“好吧，”她说，“我等你，我们一周后再聊，祝你在基根大法官那儿面试顺利。”

她的祝福很真诚，但这只会让我感觉更糟。

30

接近梦想

周一上午例会结束时，其他人离开后，斯廷森法官把我留了下来，她似乎要跟我讨论戈德纳案，我们正准备分发意见书，但也可能会讨论其他问题。我觉得有点尴尬，但也不是特别不好意思。很显然，到目前为止，我已经成为法官最喜欢的助理。

“奥德丽，戈德纳案进展如何？”

“非常顺利，法官，我今天晚些时候就可以将草稿给您。”

“很好，这么说，我们可以在你去华盛顿之前，将意见书发出去，你打算什么时候动身？”

“周四上午。”

“非常好，这样你就可以在周四下午到达华盛顿，记住，在周五面试之前，一定要好好睡一觉。”

“好的。”我说，我知道自己不能重蹈露西亚的覆辙。

“这次面试是你现在的头等大事，我会很快看完你写的草稿，等我们发出戈德纳案的意见书后，你就应该全力准备面试，把其他事都放在一边。”

“是，法官。”

“还有……我不想把话说得太早，但这份工作实际上已经非你莫属了。”

我感到血液流速加快，但努力让自己保持镇静。

“为什么这么说呢，法官？”

“你可能已经知道了，你是大法官面试的最终人选，跟你竞争的是哈佛法学院毕业的一个女生，名叫露西亚·阿诺尔迪，她正给波兰斯基法官当助理。当她申请联邦法院助理时，我就面试过她，她非常聪明，但是，不知道什么原因，她显然没有达到基根大法官的预期。”

什么原因？我知道其中的原因，我就是那个原因。

“因此，我认为这个助理职位应该就是你的，”法官接着说，“如果你面试时能发挥出一半的水平，你就能得到这份工作。但我知道你的表现会很出色，你一直很优秀。”

她从会议桌边站起身来，我也站起来，她再次拥抱我。

“法官，我能问您一个问题吗？”

“当然可以。”

“您是否利用过……某人对您的好感，获得职业上的优势？”

“你的意思是……我是否利用过自己的外表获益，利用过别人对自己的好感？”

“是的，您这么做过吗？您认为这……道德吗？”

“我当然这么做过，”法官笑了起来，“这样做，根本没什么错啊。实际上，我不同意你这个含沙射影的问法，不能说这是‘利用’。这听上去很不公平，为什么不用‘借用’或‘使用’这样的词呢？我有时是否会借用自己的美貌来达到职业目的？当然，我还用了自己的头脑，我的职业伦理，我的人际关系，以及我所有的天赋。

这有什么错吗？”

“嗯，如果您这么看，我想就不会错。但是，有人也许会说——这么说吧，如果你利用别人的情感，你不就是在利用别人吗？”

“奥德丽，我是不是该把你送回法学院啊？”法官开玩笑地问，“放下你在课堂上学到的那套哲学思考方式吧，这是现实世界，我们所处的是法律行业。人们都要利用其他人，我们称之为按钟点付费。客户利用律师，律师利用客户，每个人都在利用其他人。你需要利用自己所有的能力，奋勇向前。因为你知道，你的对手也在做同样的事情。”

“这样做，有没有让您感到……愧疚呢？”

“根本不会，我给你举个例子吧，当年我要成为吉布森律师事务所的合伙人时，我极其需要事务所诉讼部负责人的支持，而他对我有非分之想。开会时，他老是盯着我的双腿看，当我们独处时，他的言论多有不当。我是怎么应对的呢？我有没有跑到执行合伙人那儿去抱怨？当然没有，我跟他调笑。我们什么也没做，他已经结婚了，我也跟罗伯特在一起了。但是，我们之间一直存在这种两性间的吸引关系，我竭尽所能地让这种感觉升温，而不是破坏这种关系。不出所料，在他的大力协助之下，我成功晋升为合伙人。”

我和露西亚之间的关系，可不完全是这样，律师事务所的合伙人是上司，不是同辈，而且他是男人，不是女性，但其中确实有相似之处。

“我成为合伙人，这对于律师事务所和我个人来说，都是好事，”她接着说，“我是那三年里唯一晋升为合伙人的女性，也是四年里晋升合伙人的唯一一个有色人种。”

我点了点头，斯廷森法官是对的。

“作为女性和少数族裔，”法官接着说，“我们有责任尽力且尽快地上升到高位。现在，我这样说并不是针对白人男性，毕竟，我嫁给了一个白人男性。但是，法律行业的上层，仍然有太多白人、太多男性。当他们往上晋升时，白人男性利用了他们所有的优势，包括他们身为白人男性的身份。因此，我们女人也应该利用我们所有的优势——包括但不仅限于性别——往上走。在新法官培训会上，有位当过数十年法官的睿智女性曾告诉我：‘职业女性拥有的最有力武器是柔弱的外表加钢铁般的意志。’”

我笑起来，拥有柔弱外表加钢铁般意志的女性，这正是我。

“不要让愧疚占据你的内心，因为你已经非常接近自己的梦想，”斯廷森法官总结说，“愧疚和自我怀疑会影响很多成功女性和有色人种，他们称之为‘冒名者综合征’。我们怀疑自己是否配得上我们的地位，我们是不是用某种‘欺骗’手段走到这一步的，我们一路的晋升是否对他人不公。抛弃这样的愧疚感吧，周五那天，当你走进最高法院，接受基根大法官的面试时，告诉你自己：‘我属于这个地方。’”

31

残酷的消息

我有点庆幸自己的办公室没有窗户了，简单的办公条件减少了我做白日梦和幻想未来生活的频率。没有了视线和天气的干扰，这间办公室将我与外界隔绝，让我可以集中精力一件件地处理事情：法律问题。

但是，到了周二下午，就连这样的办公室也没法控制我的思绪。后天，我就要飞往华盛顿，再过一天，我就要参加艾丹·基根法官的面试，他可是最高法院大法官呢。

我办公室的电话响了，从来电显示上可以看出，是杰里米打来的。

“嗨，杰里米。”

“嗨，小妞，你在忙什么呢？”

“没忙什么，就是无法集中注意力，我现在做起事来非常没有效率。”

“好吧，好在你今天上午已经发出了戈德纳案的意见书初稿，对不对？”

“你怎么知道的？”

“别装了，科因，你在这儿工作够长时间了，知道是怎么回事，我有小道消息。”

“你在德勒兹法官办公室的间谍还告诉你什么了？”

“你很快就能看到他们的不同意见了，德勒兹法官是个天才快手，而且她正在催促手下助理加快速度。他们在戈德纳案庭辩结束后，还没等斯廷森法官起草多数意见，就开始做这事了。德勒兹法官希望能尽快发表这份意见，因为它将影响所有同性恋者的利益。”

“就算她得不到多数法官的认可，也在所不惜？”

“三位法官组成的合议庭审判此案时，她可能会在少数一边，但德勒兹认为，如果法院满席听审此案，她可能会赢。如果此案进入最高法院，她也可能会赢。她是极端的自由派，也极其聪明，她无法想象自己的意见可能会得不到多数法官支持，即使在最高法院总是如此，因为最高法院的保守派大法官为数不少。谈到保守派大法官，你准备好去接受基根大法官的面试了？”

“我猜是的，我在疯狂地死记硬背，就像再次参加律师资格考试。但我还是很紧张，我从未如此急切地想得到某个东西。”

“我觉得这很正常，等你做完最高法院助理，进入律师事务所，就可以得到大约三十万美元的签约奖金。”

“我确实需要这笔钱，”我说，“这样我就可以偿还巨额学生贷款，也能帮助我的家人。但是，我关心的还不是钱的问题，而是其他方面……”

“名誉？地位？爱情？”

“还有其他问题，比如有机会成为历史的一部分。”

“是啊，”杰里米说，“以前在最高法院做过助理的那些人，都有自己的奋斗故事，他们爱炫耀自己所写作——哦，应该是起草——的重要法律意见……”

“这是绝佳的学习机会，与我们这个时代第一流的法律人士亲密工作，起草和修改事关最重要问题的重大法律意见。”

“我讨厌基根大法官和他的政治倾向，但他确实非常优秀，他和助理一起逐行修改法律意见，就跟我的老板一样。你在那儿能体验到与‘橡皮图章’克里斯蒂娜·斯廷森法官不一样的工作模式。”

“我都懒得反驳你。”

“好吧，我只是认为，给最高法院的基根大法官当助理，将是极好的经历，你要想清楚，如果失去这次机会，你损失可就大了。”

“别这么说，你这乌鸦嘴。”

“我知道，菲律宾人都是很迷信的，而你有一半菲律宾血统。但是有传言，你的主要竞争对手，同性恋阿诺尔迪，面试时搞糟了。有人说她当时宿醉未醒，心不在焉。”

“啊，真的吗？”我问。

“科因，你的演技真拙劣，你不是已经知道露西亚·阿诺尔迪面试砸锅的事了吗？”

“我从斯廷森法官那儿听说过此事，但我不知道法官是从哪儿得知此事的。”

“我真不敢相信露西亚竟然没有击败你，我很想知道她现在该怎么办。”

“露西亚以名列前茅的成绩毕业于哈佛法学院，她给联邦司法系统最有名望的法官当过助理，如果她不能得到基根大法官的助理职位，也不至于一无所获。”

“好吧，但是你必须承认，这还是让人感到相当意外。”

“意外，当然，但是如果露西亚无法判断自己面试头一天晚上会不会喝醉，她又怎么能担负起最高法院大法官助理的重任呢？你说是不是？”

“是啊，说得不错，自以为是的小妞！这与我的朋友奥德丽何干？”

我笑了。

“不好意思，”我说，“我不是得意忘形，但是，我不会为露西亚流眼泪，她面试不顺，终究会好起来的。”

“当然，”杰里米说，“好吧，我要去工作了，如果在你出发之前，我没有打电话过来，就把这当作提前的祝福：祝你好运！”

“谢谢你，小杰。”

我接着读，或者更确切地说是再读一遍我最喜欢的基根大法官的判决意见。他那些充满激情的异议生动有力，有时甚至用的是通俗的口语，深得我心。我在想，跟他一起工作，一起打磨这些熠熠生辉的法律意见，该是多么幸福。

没过多久，我又开始走神了。这时手机亮了起来，显示有短信，我很高兴这时候有人来打扰我。

短信来自哈维塔：“哦，小妞，我为基根大法官感到难过。”

她这是什么意思？我又没有搞砸面试，是露西亚面试失败了。哦，说到露西亚，难道基根大法官已经雇她作为自己的最后一位助理，将我拒之门外？但哈维塔是怎么知道这一点的呢？难道是从威尔逊大法官的助理群中得知的？

和所有心存疑惑的人会做的那样，我直接打开谷歌，在搜索栏中输入“艾丹·基根大法官”。然后，看到美联社发的一则消息：

“艾丹·基根大法官去世，享年七十九岁。”

我在几个新闻网站——《纽约时报》《华尔街日报》《华盛顿邮报》——上来回查询，完全不能相信自己的眼睛，但消息千真万确。传奇人物基根大法官——当今最高法院最优秀的大法官、最出色的法律意见书作者、人品极佳的讲故事高手（这要归因于他的爱尔兰裔美国人血统），因脑动脉瘤破裂去世了。这真让我震惊，但是新闻报道也指出了他健康问题上的多种危险信号：年迈、高血压、长期抽烟。

我想哭，一半是为他，一半是为自己，我再也见不到基根大法官了，更没有机会给他当助理了。上帝在这个节骨眼上将他带走，真是个残酷的笑话。我想为自己大哭一场，但还是忍住了。我想到了阿米特为“法袍之下”博客一事在我面前痛哭时，是多么可怜，想到了斯廷森法官几天前跟我说的那番话：“职业女性拥有的最有力武器是柔弱的外表加钢铁般的意志。”

“奥德丽。”

我转过头，看到法官站在门口，她没有哭，但我可以看出她的不安，我站了起来，我们拥抱在一起。

“听到基根大法官去世的消息，我很难过，”我说，“我知道他是您的朋友。”

“很重要的朋友，他是一位伟大的法官，”她的声音微微发颤，“他本来会成为你的老板，我也很难过，奥德丽。”

Fourth part
第四部

32

哈维塔的安慰

成桶地吃哈根达斯巧克力脆片饼干冰淇淋，还真需要点技巧，你用勺子挖时，得让冰淇淋和巧克力脆片饼干达到平衡。脆片饼干大小不一，分布不均，吃的时候不能盲目动手，得先仔细看看，考虑从哪儿开始。周二晚上，我都在吃这种冰淇淋。当助理这么久，斯廷森法官第一次让我早点回家，我欣然接受了她的建议。我打算吃完这一桶冰淇淋。

我正在看重播的电视剧《单身汉》，所有的新闻上都是基根大法官的死讯，但我不想看到这个消息，也不想跟任何人谈论这个消息，我也没有回复詹姆斯、哈维塔、杰里米、露西亚和我妈妈发来的短信、打来的电话。一桶冰淇淋见底了，这集《单身汉》也放完了，我有了足够的时间去考虑自己的未来。

在冰淇淋甜味的麻痹下，我用了好一会儿才意识到，有人在敲门。自从我搬进这间公寓后，门铃就是坏的，我也没去找人修，因为我每天在家的时间很短，鲜有访客。

我没有理会敲门声，不管是谁，先等到明天再说吧。我得先吃完这桶冰淇淋，然后可耻地睡一觉，明天早上重新开始。

门口的访客似乎不愿罢休，原本礼节性的敲门声，变成了持续的击打。

“小妞，我知道你在里面，挪挪你精瘦的白屁股，开个门。”

哈维塔，我必须保持警觉，我站起来去开门，因为她很可能会赤手空拳，破门而入。

“准确地说，我的屁股只有一半是白的，”我说，“我为自己的亚裔血统而自豪。”

“不管是白是黑，还是紫，如果你再这么吃下去，你的屁股就会跟我一般大。”哈维塔说，她显然看到了我手中拿着的一桶哈根达斯冰淇淋。

我穿过自己的小房间，又挑衅地吃了一大勺，然后回到自己坐的沙发上，哈维塔也坐在我身旁。

“你这么吃也于事无补啊。”她说。

“如果味道不好的话，我也不会吃这么多。”

“你会挺过去的，一切都会过去。”

“我还没有缓过来，我就是不敢相信，本来，我周五就要去参加他的面试，助理职位就在眼前。”

“这不过是一份工作而已，还有其他工作呢。”

“说得容易。你已经要去最高法院当助理了，你我都知道，这不仅仅只是一份工作，它的意义远胜于此。”

“真是这样的吗？我要做这份工作，因为我热爱法律，我喜欢威尔逊大法官的司法理念，我想协助他，发展这种理念。但是，就算他不雇用我，也会有其他工作，能让我的法律热情发挥作用。”

哈维塔想去最高法院当助理，是因为她觉得这样才有智识上的挑战性，这样才有趣，她的世界观真是天真……但是，我不想跟她争论名望的重要性，她显然对此一无所知。

“我会去克雷弗斯律师事务所，当你在最高法院起草法律意见时，我会坐在电脑前，点击鼠标，阅读诉讼材料，直到手臂酸痛。”

“事情并没有到此结束，总统将会提名任命接替基根大法官的人选，新的大法官可能会雇用你。”

太奇怪了，我怎么就没想到这一点呢？我太关注基根大法官的死讯了，都没想过下一步会发生什么事。但这种安慰稍纵即逝。

“这太难了，”我说，“无论是谁接替基根大法官，都会有不同的挑选助理标准，或者早已物色好了中意的人选。我差一点，差一点就成功了，上帝就是不想让我成为最高法院助理。”

哈维塔抓起一个枕头，用枕头打了一下我的大腿。

“听听你都在说什么，当今最高法院的一位杰出大法官去世了，他不是一位完美的大法官，但绝对是最高法院历史上的重要人物，而你想的只有自己，只想着自己失掉了这难得的工作机会。你到底是怎么了，小妞？”

我放下手中的冰淇淋桶，把手放在头上。

“你是对的，”我说，“你说得太对了，我很羞愧。”

“对不起，我不是故意要逼你，我是过来安慰你的，不是要打击你。”

哈维塔走过来抱住我，我也伸出双臂抱住她。

“相信我，”她说，“最终，所有的事情都会好起来。”

我对此抱有怀疑。但是，我知道，最好不要跟不屈不挠的哈维塔·钱伯斯争论。

33

最高法院大法官候选人

第二天上午，临近中午时，斯廷森法官召集所有人到她办公室开会。

“你觉得这次会议会讨论什么问题？”当我们从助理办公区往法官办公室那边走时，拉里问道。

“我猜想，应该是与基根大法官的去世有关。”我说。

“谢谢你的高见，”阿米特说，“你可真是给最高法院当助理的料。”

我瞪了他一眼，那天上午，我对他实在忍无可忍了。

法官没有浪费时间，我们还没坐稳，她就开始讲话了。

“你们都知道，我的好朋友基根大法官昨天突然去世了，我将立即赶往华盛顿，参加这周五举行的葬礼。我会在华盛顿停留整整一周，乃至更长时间。请大家不要将我会在华盛顿延长停留时间的消息泄露出去。”

她缓慢地环视会议桌，与我们每个人对视了一眼。我们所有人，四名助理和布伦达，都严肃地点了点头。

“白宫法律顾问办公室的人非正式地通知我，总统已经将我列入最高法院大法官候选人最终名单，以接替去世的基根大法官空出的席位。为了尊重去世的基根大法官，总统计划下周开始面试候选人，下下周宣布接替基根席位的人选。我没必要在参加葬礼后，回到西海岸，然后又飞回去跟总统见面。因此，我希望留在东海岸，远程工作。”

“我有一个紧急任务要交给各位，”她继续说，“在去年假期，你们每个人——当然，除了你，拉里——整理了我担任法官以来的各方面审判记录，我希望能更新这份记录，将其中提到的所有案件打印出来，突出重点，排列好，装订成册。然后，将装订的材料通过联邦快递，在周五之前寄到华盛顿，布伦达那儿有我在华盛顿的地址，我准备利用周末来看这些材料。”

“法官，”布伦达问，“如果有人打电话过来问您去哪儿了，我该如何回答呢？”

“如果有人问起，请告诉他，我去华盛顿参加基根大法官的葬礼，然后决定在东海岸停留几天，处理个人事务。如果有人问是什么性质的‘个人事务’，你就说不知道。如果还有人，包括媒体方面的人，问到我有可能成为最高法院大法官的传言，请拒绝评论。”

斯廷森法官又一次表情严肃地环视会议桌，就像一个准备出门的母亲告诉她的孩子，当她外出的时候，不要在家开派对。

“如果有谁走漏了这个消息，我会立刻将他开除，就这样。”

我们陆续安静地退出法官办公室，回到助理们所在的办公区域，然后拿出午餐，准备到图书室去讨论我们刚刚听到的消息，准确地说，是去八卦。

“她是不是真的有这样的机会？”拉里一边问，一边津津有味地咀嚼着自己的火鸡三明治。

我一言不发，不想又让阿米特讽刺我的“高见”。

“当然，”阿米特说，“她有威望，学历好，还有政治背景。而且，从人口统计上讲，也占优势，她是亚裔美国女性。拉方特总统很乐意看到民主党议员投票反对一位保守的少数族裔女性，这会像他们当年反对威尔逊大法官一样徒劳无功。”

“她的学历真的好吗？”詹姆斯问，“她毕业于伯克利大学法学院，我为这位校友感到骄傲，但是，我觉得要进入最高法院，还是得常春藤盟校毕业吧。”

“伯克利法学院毕业正合适，”阿米特说，“它是一家精英法学院，不是常春藤盟校，这反而是一个加分因素——很多人都在抱怨，最高法院大法官里有太多哈佛和耶鲁毕业生。而且，伯克利还是一所公立大学。斯廷森法官从底层一路走来，自我奋斗到今天的位置，她是移民后代，是来自中国的出租车司机的女儿……”

“如果她进入最高法院，对我们会有什么影响呢？”拉里问，“我有点儿受不了‘助理’这活儿了，我可不想再干一遍。”

我在心里想，说得好像斯廷森法官想要雇用你似的。她让你到第九巡回上诉法院来当助理，可能也是为了巩固私人关系，但是，到最高法院做助理可不行。

“这要看法官愿不愿意带我们去最高法院了，”詹姆斯说，“她会不会带呢？”

阿米特笑了：“我表示怀疑，那些带他们的助理去最高法院的法官，一般都是很友善的法官，他们与助理相处愉快，而不看重自己的社会地位。越是看重社会地位的法官，进入最高法院后，越是会更换助理，或是雇用‘更优秀的’助理。我们的老板不是特别友善，她也非常看重自己的社会地位。”

我倾向于赞同阿米特的意见，斯廷森法官也不是不可以将我们中的某个人带到最高法院，但这似乎不太可能。斯廷森法官不像波兰斯基法官那样，在巡回上诉法院当法官时就物色到了全国最优秀的助理，斯廷森一旦成为最高法院大法官，她就可以雇用这个国家最出色的青年律师。

饭后，我回到办公室不久，有个出色的青年律师就打电话进来了。

“嘿。”露西亚说。

“嘿，你在忙什么？”

“我老板要去华盛顿参加基根大法官的葬礼，我想你老板也会去吧？”

“是的，她刚刚离开。”

“我能问一下吗，她会在华盛顿待多久？”

“一段时间，波兰斯基法官呢？”

“也是一段时间，斯廷森法官在华盛顿有什么安排呢？”

“她准备在那儿……处理个人事务，波兰斯基法官呢？”

“也是个人事务。”

我们都笑起来，彼此心照不宣。

“谈到个人事务，你有没有再想想我们之间的……关系？”

啊，我的脑子里已经装了太多东西，根本没空处理这件事，这让我几乎有点愤怒。

“露西亚，我们之间并没有什么‘关系’。”

“就是最近发生的，我想你不可能已经忘了，我们还接吻了。”

“我们都喝多了，完全是酒后胡来。”

“酒精可能会降低我们的抑制力，但这不能表明，我们之间不存在任何关系。我敢说，你投入其中了，也对我有感觉。”

“对不起，我可能给你留下了错误的印象，但这绝对不是针对你个人的，我是异性恋。”

电话那头一阵沉默。

“露西亚，我真的非常珍视我们之间的情谊……”

“奥德丽，你他妈的真不是东西。”

吧嗒一声，电话挂了。

我到底有没有被露西亚吸引？应该说没有，这一点我能肯定。而且，我同意跟露西亚见面，到博德加酒吧喝酒的那天晚上，我并没有想着要破坏她第二天的面试。后面的事发生得很凑巧，完全是阴差阳错，我看到开头，我也接受了后果，可这确实不是我预先设计的。

但是，就算这是预先设计的……又怎样呢？正如斯廷森法官对我说过的那样，我有责任尽我所能，尽快地往上攀登，利用我所有的能力向前走。我也记得我老板——她很可能会是最高法院的下一位大法官——提出的另一个建议：“要成为一个成功的职业女性，需要残忍一点。”

34

谁是热门人选？

周五，基根大法官的葬礼结束不久，网上就有新闻在揣测谁会成为新的大法官。有报道称，拉方特总统已经拟定了最终候选人名单，将面见这六位候选人。报道最高法院的新闻记者——罗伯特·巴尔内斯、艾米丽·贝兹伦、琼·比斯丘皮克、杰斯·布拉万、简·克劳福德、汤姆·戈尔斯坦、琳达·格林豪斯、肯恩·约斯特、戴丽娅·丽斯维克、亚当·利普泰克、托尼·莫罗、杰弗里·图宾、妮娜·托滕伯格——都提出了他们的候选人名单。博客文章也开始仔细分析这些名单，讨论候选人的优势和弱点，评论留言挤满了博客网站。这是法律界的奥斯卡，到处都是专家的预测和党派之争，给这些候选者当过助理的人当然也会发声。

斯廷森法官离开之后，跟我们不在一个时区，也不经常检查我们的工作，大概是在忙着准备自己跟总统的会面，助理同事们和我决定去法院外面吃午饭。周三，我们去了一家意大利餐馆——Il Fornaio，这是帕萨迪纳老城区的一家高端连锁餐厅。我喜欢去那儿，是因为价格合理，主食都在二十美元以下，我可以将剩下的半块披萨带回家，晚上热了继续吃。

我们很幸运地在这家嘈杂的餐厅找了个靠后的隐蔽座位，这样我们就可以八卦最高法院大法官候选人，而不用担心隔墙有耳。阿米特还在写“法袍之下”博客时，曾写过一个故事：格林伯格大法官的几个助理在华盛顿的一家意大利餐馆讨论一起未决案件，被旁人偷听到了，让外界提前知道了判决结果，这几位助理也受到了他们老板的批评。因此，我们很在意保密问题，况且，斯廷森法官在离开前还特意叮嘱我们要保密。

主食上来后，阿米特开启了话题。

“所以，”他说着，兴致高昂地凑近身体，“谁会成为下一个大法官？”

“我们老板？”拉里问，也许是因为斯廷森法官是他认识的唯一一个候选人。他的衣服前胸沾满了意大利面饼碎屑。

“如果最高法院能有一位伯克利大学法学院的毕业生，真是太好了，”詹姆斯一边说，一边将烤鸡肉切成片，“这将会提升我的学位的含金量，以及斯廷森法官助理的含金量。”

“我不知道。”我说，我还是像往常一样，持保护性的悲观情绪——对自己盼望出现的结果，缺乏十足的信心，以免毁了运气。“这次有很多传言说，即将获得任命的大法官不是在任法官，而是参议员、州长或内阁官员。”

“这只不过是传言，”阿米特嘲笑说，“每次最高法院出现空缺，都会有人说，‘哦，总统应该提名一个政治人物！我们希望最高法院增加政治经验。’但是，很少出现这样的情况，最近几年从未出现，这自有原因。最高法院确实具有政治性，但主要还是个法律机构，而非政治机关。最适合任职这家法律机构的人，就是那些具有法律经验而非政治经验的人。而且，提名一个政治人物，风险更大。既然巡回上诉法院有那么多够格的法官，为何还要选择政治人物呢？”

“那么，在法官中间，第八巡回上诉法院的史蒂夫·柯林斯最有希望，”我说，“人们喜欢他，因为他来自美国中西部，而不是东北部走廊[1]。琼·比斯丘皮克和托尼·莫罗（两位记者）认为他很有优势。”

“他确实很有声望，”阿米特说，“但是太年轻了，第六巡回上诉法院的杰夫·斯图尔特和雷·凯尔顿，还有第十巡回上诉法院的尼尔·戈斯福德也是一样。他们都很聪明，以前都在最高法院当过助理，他们来自中部地区，在沿海城市求学，任职于中心地区的上诉法院。但是，他们需要更多的司法经验。拉方特总统可能打算以后再提名他们，比如等到汉娜·格林伯格大法官退休后。至少简·克劳福德就是这么看的，她在保守派的圈子里消息很灵通。”

“那么，克劳福德认为谁是最热门人选呢？”詹姆斯问，他将跟鸡肉一起烤的迷迭香土豆都挑了出来，一点也不吃，以控制食物中的碳水化合物含量。

“据她得到的消息，是哥伦比亚特区巡回上诉法院的拉什达·威廉斯，”我说，“威廉斯是华盛顿特区上诉法院当前最有名望的法官，此前曾任加州最高法院法官，是一位非常出色的非裔女性……”

“这个消息还未经证实，”阿米特说，“我赞同杰弗里·图宾的看法：她在打字机面前，完全是我行我素。铁杆的自由至上主义者支持威廉斯，因为她所有的文章和演说都在批评民主党当年的新政

---

1 原文为 Acela corridor，Acela 是美国东北部一条快速铁路的名字，从华盛顿到波士顿，沿途停靠巴尔的摩、费城和纽约。

改革措施，但她不可能得到美国参议院的认可。如果要在哥伦比亚特区巡回上诉法院挑选大法官，布伦特·柯克帕特里克最有希望。”

“第五巡回上诉法院的那位拉美裔法官怎么样？”詹姆斯问，“好几份名单上都有他的名字。”

“雷蒙·格雷罗，”阿米特说，“我在法学院的一个同学，正在第五巡回上诉法院当助理，他告诉我格雷罗是同性恋。”

“有谁会在意呢？”拉里问，嘴里满是带着香肠和菜花的披萨，“这点破事有啥关系呢？”

“宗教右翼很在意，”詹姆斯说，“他们在司法问题上很有影响力。”

“如果格雷罗出柜了，极右翼会很在意，但他并未出柜，”阿米特说，“他的主要问题在于，年纪有点大了，在平权行动和堕胎议题上，他曾发表过一些不同意见和赞同意见，这样的记录可能会对他不利。”

“波兰斯基法官怎么样？他会不会超过我们老板？”我问。我的素菜披萨也很美味，因为我仍在为失去基根大法官助理一职耿耿于怀，也不知道自己是否还有机会到最高法院当助理，我倒是不太在意食物的碳水化合物含量。

“他有些优势，”阿米特说，“他比我们老板更优秀，而且背后有一帮波兰斯基门徒在为他奔走，他们遍布白宫律师办公室、参议院司法委员会和司法部法律政策办公室。但是，他也有弱点。有些人认为他的司法倾向不像斯廷森法官那样容易预测，因为他不是一贯保守，偶尔会在某些问题上‘自由化’，他有自己的看法。等到满席听审投票时，我们就会知道他有多么不可靠。”

“波兰斯基法官是有原则的保守派，”我说，“他之所以‘自由化'，是因为他觉得法律要求他作出自由化的判决结果。"

"相比之下，总统更希望寻找容易预测司法倾向的最高法院大法官候选人，"阿米特说，"而且，波兰斯基是白人男性，这没什么优势。"

"听上去我们老板机会很大啊，"詹姆斯说，"她是他们所看中的保守派，又是'有吸引力的半亚裔女性'，这对她很有利啊。"

詹姆斯谈到有吸引力的半亚裔女性，我低头看了一下自己的披萨，仔细拨弄上面摆放的茄子。

"问题在于，她在某些领域也不够保守，"阿米特解释说，"看看那些保守派的博客和留言板——红色州、自由共和国、法院备忘录——就会发现，社会保守派并不太信任她。"

"为什么会这样？"詹姆斯问，"我觉得，我还从未见过斯廷森法官作出'开明'判决，你甚至可以说她**过于**保守了。"

"这纯粹是个感觉问题，"阿米特说，"有些保守派认为她——当然是错误地认为——是'加州式'保守派，这可能是因为第九巡回上诉法院的开明名声在外，使她得到了这样的称号，尽管她是在尽力阻止第九巡回上诉法院的过度自由化倾向。也可能是因为她是亚裔女性，人们都希望亚裔女性能是自由派。波兰斯基就没有这样的问题，虽说他也是第九巡回上诉法院的法官。"

阿米特停了一会儿，享受他这番言论的权威效果，然后用叉子卷起盘中的意大利面。

"再说一遍，这纯粹是感觉问题，"他总结说，"好的法律意见才能决定大局。"

35

加快判决进程

“我猜想，你们会很想听听我在白宫与拉方特总统见面的情形。”

斯廷森法官如少女般对着我们露齿而笑。周一例会上，我们已经讨论完手头的工作，开始谈论我们如何度过刚过去的那个周末。但是，没有人想听拉里说他周六晚上看了什么电影，或者听詹姆斯讲他周日早上跑了多远。

“见面非常愉快，谢天谢地。”法官用她那小巧的指关节在会议桌上敲了两次，“上周三，我见了白宫工作班子、副总统和总统，几次见面加在一起有六个小时，其中跟总统见了一个小时——他十分优雅，风度翩翩，比媒体对他的评价还要有魅力。以前，因为罗伯特的关系，我曾在社交场合见过他，但非常短暂，这是我第一次跟他长时间交谈。”

“你们谈了哪些内容呢？”阿米特问。

“主要是我的背景和成长经历，拉方特总统似乎对我的生活经历很感兴趣。”

“这么说，你们没有谈论司法问题？”阿米特说。

“没跟总统谈，我觉得他更想了解我这个人：我的价值观，我的性格，我的生活履历。会见结束后，他带着我到白宫的生活区参观，还带我看了葛底斯堡演说的手稿本和林肯总统的卧室。几年前，我和罗伯特曾去过，但我并没有跟总统说起，这真是难得。”

“他没问您任何关于司法理念的问题？”阿米特问，语气中带着不太礼貌的探寻意味。

“没有，完全没有，当我跟副总统和白宫幕僚见面时，他们问了我一些关于司法理念和判决倾向的问题。但是，没人问我堕胎、平权行动、持枪权这样的具体问题。显然，他们已经非常熟悉我的司法理念，以及我在法院的判决记录。我认为，他们并不想拿‘试纸’来测试每个被提名人。”

阿米特点了点头，似乎很满意。

“现在，让我来问你们几个问题，”斯廷森法官说，“我相信，你们都会关注媒体对候选人的报道，他们是怎么评价我的？”

“对您的报道非常正面，法官，”我说，“您的资历、您在初审和上诉法院的任职经历，都给媒体留下了深刻印象，您亚裔女性的身份将会给最高法院带来多元的文化背景。”

“有没有批评意见？我应该注意哪些方面？我先生请了一个政治顾问给我们帮忙，顾问建议说——可能与你们预料的相反——提名我担任大法官的最大威胁来自右翼，而不是左翼。他的研究似乎表明，我最大的挑战将是在赢得提名过程中如何应对极右翼的反对，如果我能赢得提名，后面将会一帆风顺。”

“我完全同意这种判断，”阿米特说，“您所面临的最大问题似乎来自保守派，尤其是社会保守派。自由意志论者和商界对您似乎还比较放心，社会改革派认为您和拉方特总统一样值得期待。但社会保守派担心，您在他们最关注的一些问题上没有留下太多判决记录。他们喜欢您在移民问题上的判决，尤其是哈姆丹尼案，但他们不喜欢您在堕胎、宗教自由和持枪权问题上的沉默……”

“我沉默？我希望他们能理解事情的发展顺序，我只能判决那些摆在我面前的案件与争议。我不可能将法院秘书叫过来，对她说：‘凯西，给我送堕胎案件来！’我真希望公众能了解案件的审判过程。”

“有些人看不惯您嫁给好莱坞最优秀的经纪人，他们觉得这样的人过于‘自由化’。有些保守的博客作者找出了您和罗伯特参加奥斯卡颁奖晚宴的照片。”

“是啊，不过照片上的我看上去神采奕奕！”

“还有，上次您支持一家面临被驱逐的亚裔美国人演出团体，这帮保守派也不太高兴。他们认为您这是在为左翼说话，帮助这家少数族裔团体不被剧院驱逐，似乎不符合右翼的利益。”

斯廷森法官叹了口气。

“那是亚太美国人法律中心组织的一场公益活动，该中心是一个备受尊重的民权团体，”她说，“最终，由于演出合同提前终止，演出团体没法按时演出，他们应该得到补偿，我们帮他们谈判。我们所做的不过是帮他们维护自己的合同权益。保守派不都是相信合同效力的吗？”

“法官，这样说很有道理，”阿米特说，“我认为这个例子——这个被歪曲报道的例子，恰恰体现出他们目前很关心你是否跟娱乐行业走得太近。”

“如果我很幸运地被总统选中了，是我，而不是我丈夫，将成为大法官候选人。他们这样做太可笑了，但我想，这是我必须付出的代价。”

“总统有没有提过，他会在什么时候宣布候选人呢，法官？”詹姆斯问。

“应该是在三到六周以后，对我来说，是非常快了，但从历史上看是比较慢的。因为现在正值开庭期中期，而不是夏季放假时间，这是敏感时期。但是，拉方特总统将任命最高法院大法官视为他任期内的重要遗产，不愿仓促行事。”

她从会议桌最顶头一端的座位上站起来，以示会议结束。

“记住：我在办公室内所说的这番话，不要外传。因为《纽约时报》和《华盛顿邮报》的报道，我面见总统的事现在已经公开了。但是，除此之外的信息，都应该保密。奥德丽，我要跟你单独说几句话。”

其他人都离开后，法官和我走到她办公室的会客区，她像往常一样，坐在自己的圈椅上，而我则坐在旁边的沙发上。

“戈德纳案进展如何？我想尽快发布判决意见。”

“我们还在等德勒兹法官的异议，大约两个星期前，在您准备动身去华盛顿特区之前，我们就发出了多数意见初稿。”

“马尔塔[1]，马尔塔，马尔塔，”法官叹了口气，“本院的这个同事是最不愿意支持我的，如果她知道我想快点宣判这个案件，我觉得她肯定会故意拖延发表异议的时间。”

“法官，我从助理同事那儿听说，德勒兹法官实际上也想快点结束这个案件。她显然认为，如果本院满席听审，或者由最高法院再审，她自己的立场会得到支持。她想尽快判决这个案件，因为它

1 德勒兹法官的全名是马尔塔·德勒兹。

影响到所有的夫妻。因此，她的异议较往常可能会快一些完成，毕竟这是个大案。”

“这样就好，但是我还是希望我们能更快一点。你留意一下，看看还能从助理同事的小道消息网中得到些什么消息。”

小道消息，小道消息……

“我觉得我有办法加快判决进程。但是，必须先透露一些您面见总统时的情形，而且是有点误导地透露。”

“你认为怎么样合适就怎么做，奥德丽，我相信你。”

回到自己的办公室后，我拿起电话，给我在这个小道消息网中的主要联系人打了个电话。

“有什么好消息，奥德丽小姐？斯廷森法官要折磨我们这个无助的国家了？”

“她跟拉方特总统见面，谈得非常好。”我简要地复述了一下法官刚才告诉我们的她在白宫跟总统见面时的情形，强调他们相谈愉快。

“呸，”杰里米说，“听上去斯廷森法官要开始做新法袍了，她穿多大码？是六号吗？”

“别这么骂她，是四号，不会再大了。”

“我必须考虑移居加拿大了，我们国家不需要克里斯蒂娜·黄·斯廷森大法官，她和基根大法官一样，都是保守派政客，不过没有基根聪明。”

他的这番评论激怒了我，但我忍住没发火，我有任务在身。

“好吧，至少现在你还不用打包去加拿大，斯廷森法官胜算很大，但是仍有些……担心。”

“哪方面的担心？”

“她很担心戈德纳案，同性婚姻是个烫手山芋，她发表支持加州8号提案的法律意见，左翼会因此诬蔑她。这至少会成为影响她获得大法官提名的争议性问题。目前，她最不想看到的就是争议。”

“有意思……”

“因此，她希望能先缓一缓，等获得提名之后再发布判决意见。她不会等太久，因为过不了几个星期，总统就要公布提名人选。”

“我早就告诉过你，德勒兹法官希望快点发布戈德纳案判决意见。”

“这就是问题所在，但这是一个重大而复杂的案件，我们这几个星期可能还拿不到德勒兹法官的异议。然后，我们还得针对她的异议，修改我们的多数意见，她可能会针对我们的修改意见，再次修改她的异议——你知道这套程序。在这个问题上，想要拖延时间并不难。”

“你们想错了，”杰里米说，“你们低估了德勒兹法官对你们的影响。”

36

管辖权上的瑕疵

我的计划非常奏效，周三下午，德勒兹法官起草的异议就发到了办公室邮箱。没过几分钟，我们还没来得及阅读，斯廷森法官就将我叫到了她的办公室。

“奥德丽，我猜想，德勒兹法官这么快就发来异议，一定是你的功劳。”

“我可能起了点作用。”我笑着说。

“我不知道你用了什么魔法，无论你做了什么，我都要谢谢你。现在，我们只需要将这份意见定下来。在常规案件中，我会修改我们的多数意见，以回应异议中的核心主张，但是，目前，时间紧迫。因此，我不想对我们的意见做太大改动，尤其是对于那些我们在多数意见中已经提到过的异议理由。你将主要精力集中于修改我们的论述和行文，仔细复核一遍所有细节，包括引用的法律、判决、语法和拼写。我们办公室有初审法院的判决记录，对不对？”

“是的，法官，就在我办公室的那堆文件盒里。”

“去查查初审时的原始记录，不要依赖复印和扫描件，与这个案子有关的一切细节，都要完美无缺。明天就准备好。”

我回到自己的办公室，关上门，全身心投入其中。我知道，要完成这项任务，需要好几个小时。我开始读异议，这份异议真是极有说服力，充满感情，不愧是德勒兹法官的手笔。但读了几遍后，我有了结论，我们的多数意见没什么需要修改的。像戈德纳这样的案件，基本的宪法原则之中一般都牵涉政治性议题。这样的问题，通过法律技巧——巧妙的分析先例、连缀此前的论述，或是发现法律中先前被忽视的决定性条文——都很难解决。相关的案例和概念是有限的，人人皆知。判决戈德纳这样的案件，只不过是要用一个框架来解释政治议题，衡量其中孰重孰轻。不同的处理方法，依据不同的基本假设，不至于在脚注中来来回回地牵扯不清。斯廷森法官用的是她那一套话语，德勒兹法官用的是另一套，各说各的。

随后，我开始仔细认真地复审我们的多数意见。法律意见写作到这一步，意见书的实质内容基本确定，主要是要寻找笔误，因为这份意见，可能是斯廷森法官司法生涯中传播最广的一份。我找到了两处拼写错误，删除了几个括号内的不当空格，别的就没什么改动了。

最后，快到半夜时，我开始核对案件事实。根据审判记录，我修改了少量引注，但其他也没什么需要改动的。我正准备合上意见书，连夜赶回家，突然想起来，我还没有再次核对递交上诉申请书的时间。我在起草意见书初稿时，曾经核对过一次，每次收到案件时，法官秘书办公室都会核对递交上诉申请书的时间。但是法官让我对照初审材料，再次检查所有细节，我应该按照她的指示做。

初审法院的内桑森法官在7月11日否决了被告的再审动议，从那一天起，被告有三十天的时间可以提交上诉申请书，也就是说，被告上诉的截止日期是8月10日。我找到了这份上诉申请书，核对了一下日期。

那页纸有点皱，像是有人用机器碾压过，上面的字迹很不容易辨认。上诉申请书是通过传真机发来的，现在还真有人在用传真机？字迹同样不好认。

但是，根据传真机打出的线条，我还是可以辨认出申请书的日期：8月11日。而申请材料顶端上盖的章却是8月10日，也许是秘书办公室收文时，忘了更新印章上的日期，但上诉申请书显然是11日交上来的。上诉材料上标注的时间也是8月11日，传真页上显示的时间是11日十四时二十五分。

上诉申请书的截止日期是不是8月10日呢？我计算了一次又一次，像小孩子一样。我数学不太好，要不然怎么会进法学院呢？但是，现在，我很确信。直到被告的再审动议被驳回三十一天后，我们才收到戈德纳案的上诉申请书。上诉申请来迟了，这意味着第九巡回上诉法院对此案没有管辖权，意味着应该撤销戈德纳案的上诉，在法官发布这份重要判决之前就撤销。

但这份申请是如何逃过所有人的眼睛的呢？印章日期错误可能是主要原因。出于好奇，我上网看了看上诉申请书的电子扫描版。由于扫描的问题，原本就不清晰的上诉申请书更加模糊，上面提到的“8月11日”，看上去就像是“8月10日”，后面一个模糊的“1”几乎变形为“0”。我现在能理解为何大家都忽视了这个管辖权上的瑕疵，然而，这并不能改变**存在**瑕疵的事实，这个案件根本就不应受理。

斯廷森法官很明智地指示我，要根据原始文件仔细检查每个细节。但是，我不知道她对戈德纳案的这个消息有何反应，她通往最高法院的桥梁，突然断裂了。

37

保密义务

我惶恐不安地走向斯廷森法官办公室的门口，手中抱着戈德纳案的意见书和所有相关材料，包括上诉申请书原件和日期非常不清晰的扫描件，我还打印出了那个月的月历来计算天数。可是，我为何如此紧张呢？最终的结果只有一个选择：本院因缺乏管辖权而驳回戈德纳案。如果有人认为应该因缺乏管辖权而驳回此案，那么，这个人就是斯廷森法官。我记得，她曾在法律评论文章中提出，管辖权是对司法权的一个重要限制；在我来面试助理职位时，她还口若悬河地跟我谈论管辖权的重要性；珍妮特·李（前任助理）也在助理培训时告诫我，斯廷森法官非常在意管辖权问题——她是个“司法痴汉”，在庭审戈德纳案时，法官自己也提到了这一点。

法官看到我在门口，手中抱着一大摞堆积如山的材料，招手让我进了办公室。看上去，她心情不错。

“你手中一定拿着很多材料，让我们坐到会议桌边来。”

我将手中的这摞文件放在桌上，在坐下来之前，我很想让法官看看这摞材料的分量，我并没有坐下来，等斯廷森法官过来坐下之后，我才开始汇报。

“法官，我有一些关于戈德纳案的重大发现，本院对此案似乎缺乏管辖权。”

法官将头一转，撅起了嘴唇，像是刚吃了个柠檬被酸到了一样。

“你再说一遍？”

我给法官计算了一遍日期，给她看了盖有错误日期印章的上诉申请书原件，以及上面的错误日期印章，还有打印出来的日期模糊的扫描版。听了我一番解释之后，她坐在那儿，好几分钟不说话。

“不应该啊，”她说，“这么大的案子，上诉方怎么会没有及时提出上诉申请呢？”

“嗯，他们才超过了截止日期一天……”

“超过一天与超过一个星期一个月，没有任何差别。我只是不明白，代理上诉方的那么多律师事务所，为何都没注意到截止日期问题。”

“我猜正是因为涉及的律所众多，才出现了这样的问题。索耶与斯波克律师事务所、婚姻辩护基金会和加州的本地律师，全参与了这个案子。我猜测，每个人都以为其他人看过了上诉申请书的日期，这毕竟是个相当简单的工作。”

“确实是相当简单，本来应该是那些稍稍接受过训练的猴子——所谓的律师助理——就能完成的工作，精于诉讼的索耶与斯波克律师事务所却忽略了此事？”

斯廷森法官陷入了沉默，但我可以看出，她极为不快。

“法官，我们下一步该怎么办？”

“我需要再想想。随我来，奥德丽。”

法官站起身来，拎起手提包，走出办公室，我紧随其后。她告诉布伦达，我们很快就回来，便走出办公区。随后，我们开始沿着楼梯往上爬，我记得当时来参加面试时，也爬过这部楼梯。到达顶楼后，我们走过一小段走廊，穿过一扇门，进入另一个楼梯，一个简陋的楼梯，灰色的混凝土取代了先前的漂亮彩色地砖。我们又爬了一段，来到一个紧锁的铁门前，法官在提包里翻了一会儿，找出一串钥匙，打开了这扇门。

我们站到了法院大楼的顶上，眼前的情景宏伟壮观。橘粉色的钟楼投下长长的影子，余下各处阳光普照，加州的阳光充溢于每一片空间。灰土色的围墙显得十分低矮，未及膝处，目光所及，远达数英里。

“这是我在整个法院大楼里最喜欢的地方，”法官说，“我们本不该来这儿，看看这边的墙有多矮，我们很容易滑下去，但大楼管理员非常喜欢我，给了我一把钥匙。你过去走走，看看风景，我想坐一会儿。”

斯廷森法官坐在矮墙边，双腿交叉，目视西方。我沿着屋檐漫步，享受着臂间的暖阳、发际的柔风。几分钟后，我回到法官身边，坐在她身旁。我们静静地坐了几分钟，直到她打破沉默。

“我们不能驳回戈德纳案。”

“为什么不能呢？”

“不能，因为这个案子太重要了。现在就应该公布判决意见，必须现在就宣判，为了加州，也为了整个国家。我们不能让你所说的日期延误这样的小问题，阻挡如此重大的议题。”

“可是，法官，上诉申请书提交迟了，本院没有管辖权啊……”

“我熟悉管辖权问题，我已经做过好些年联邦法官了，先是在初审法院，后来在上诉法院。”

“正如您所写的那样，管辖权是对司法权的重要限制。法院判决缺乏管辖权的案件，是不合法的……”

“别教导我什么是法律，奥德丽。数十年来，我一直跟法律同呼吸，共命运，当我进入法律行业时，你还在穿纸尿裤。我以前说过，我才是决策者。我的责任是做决定，我已经决定了。”

“当然，法官，我只是提醒您注意其中的风险，因为，如果一旦走漏风声……”

“怎么会呢？你必须遵守法官助理的保密义务，今天上午你我的谈话，只有你我知道。”

我不知道说什么好，尽管站在屋顶，面对阳光和蓝天，但我还是觉得自己落入了陷阱。

“我再强调一次，奥德丽，我肯定会奖赏你的努力和谨慎。如果我能进入最高法院，我觉得可能性很大，尤其是当我发布戈德纳案的法律意见后，我将雇用你担任我的助理。我说到做到，过不了几个月，你就能到最高法院为我工作了。”

这是我实现梦想的又一个机会，命运如此无情地夺走了我上次的好机会，这次，我只需要保密即可。也许上帝——我有时候相信上帝，有时候不信——不会再次抛弃我。

“抬眼看看四周吧。”斯廷森法官一边说，一边指着映入我们眼帘的帕萨迪纳市大厦，大厦四周棕榈树环绕，景观美化甚为昂贵，背后的圣拉斐尔山和圣盖博山影影绰绰。“这才是要到最高法院当助理的人所应该看到的法律世界，只要你仍忠诚于我，这一切都是你的。记住：你是我的助理，我是你的法官。”

我点点头，无话可说。我所需要做的就是沉默不语，然后将胜利果实收归己有。

“下楼吧，”法官说，“我们要发布判决意见了，我们要征服这个世界。”

38

想哭

几天后，在周二上午晚些时候，戈德纳案的判决意见被发布在网上。本来，也可以在周五或者周一公布判决意见，但是斯廷森法官希望周二公布，以便能够更方便地让媒体报道。她的估计似乎没错，我们很快就收到了反馈意见。判决意见上网后不到一个小时，我办公室里的电话就响起来了。

“祝贺你，奥德丽小姐。”

“祝贺什么？”

“你和你老板在戈德纳案中发表的判决很棒，”杰里米说，“这样的判决结论很不好，实际上非常有害，但意见书写得很不错。”

“嗯……谢谢啦，你已经看过了？加上异议，这份判决有八十页呢。”

“我是快读高手，而且我知道会读到什么样的内容，并没有太多让我感到惊讶的地方。但我不知道，这样的判决是否有助于你的老板进军最高法院，这份判决也可能会给她带来问题。”

杰里米当然会有这样的反应，他是生活在加州的超级自由派同性恋，肯定会有这样的看法。我无意反驳他的这种观念，再说，他还给自己在德勒兹法官办公室的朋友透露消息，帮我让德勒兹法官加快了发表异议的速度，让她以为斯廷森法官希望拖延戈德纳案的判决时间，而事实上，斯廷森法官是想加快判决速度。

“我们都会看到，”我说，“正如你从这份判决中已经看到的那样，它并没有对同性婚姻的政策问题采取任何立场，只是提出，像同性婚姻这样的法律问题，法院应该让民众自己来决定。”

“这是维持现状的办法，听上去，你们已经准备好接受大法官的提名听证了。我只是担心，这份判决站不住脚。”

我的脉搏开始快速跳动。

“你在说什么呢？”我问。

“你知道我在说什么，像这样的案子，一般会满席再审，或者由最高法院重审。你们可以赢得这次战役，却赢不了这场战争。”

呵，他不是在谈论管辖权问题，他怎么可能知道管辖权上的瑕疵呢？我真是太多疑了。

“我得挂了，”杰里米说，“法官在叫我呢，晚点再跟你聊。”

几分钟后，我的电话又响了。

“嘿，小妞。”

“嗨，哈维塔，怎么啦？”

“我看到你们这帮家伙发布的戈德纳案的判决了。”

“是的，判决意见刚刚上网。”

“祝贺你，这真是一份自鸣得意的判决。”

“你这是什么意思？这可是一份严肃而重要的判决。”

“当然是，我所说的‘自鸣得意’，不是‘自作聪明’，我是说这份判决‘真他妈太聪明’了，我不是在批评你，奥德丽！”

“不好意思，我误解你了，很高兴你能喜欢这份判决。”

“讨论管辖权问题的那段，尤其有说服力。”

我心跳又一次加速。

“关于管辖权问题的那段？”

“是的，管辖权问题，就是分析支持公投（禁止同性婚姻）的那帮人是否具有诉讼资格那段，跟最高法院判决的亚利桑那州官方英语案如出一辙。这份判决是你起草的，对不对？”

“哈哈，当然是的，”我感到自己的回答很蠢，但也放松下来，“不好意思，最近我一直在玩命工作，缺少睡眠。”

“你认为这份判决对你老板赢得大法官提名，有多大影响？”

“我的法官一直专注于正确解释法律问题，并不关心它会不会影响自己的前途。”

“好吧，你可以回避，但我还是要提出自己的意见，这份支持加州 8 号提案的判决可以让她顺利进入最高法院。这既可以让她赢得社会保守派的支持，又不会得罪其他人。没有一个参议员，哪怕是坚定的民主党人，会在面向全国转播的电视听证会上，对一个没有推翻公投立法的大法官候选人指手画脚。”

“我明白你的意思。”

“政治游戏就是这样。即使是全国最大的自由主义能动派，在被提名到最高法院时，也不得不说‘法官只是仲裁者’这样的废话。这是基根大法官留给我们的遗产。现在，我们都是原旨主义者。”

“哈维塔，我还以为你很保守，听起来你对司法克制十分不满啊。”

“是的，我很保守，是的，我也相信司法克制，但事实比新闻报道要复杂得多。让我讨厌的是，我们没有利用提名听证会来探究这些问题，因为被提名的人都忙着宣扬那些陈词滥调。”

"有道理。"

"好吧，小妞，晚点再跟你聊，告诉你老板，当她去参加大法官的提名听证会时，一定要谈点**有意义的**东西，别说那些依据事实适用法律的冠冕堂皇的废话。"

挂断哈维塔的电话后，我开始浏览网页，寻找关于戈德纳案的新闻。多数主流媒体只是给出了简单的标题性报道，这也难怪，这份判决很长，而且刚刚才公布。我正准备开始看相关博客，阿米特突然走进了我的办公室，坐下来跟我交谈。

"你为什么要搜索报纸网站呢？你知道他们不可能这么快就对戈德纳案作出反应。"

"是的，我希望能看到这份判决的'官方'反应，我这就去查查博客文章。"

"我已经看过了，"阿米特说，"我看了以下博客网站：最高法院博客、如何上诉、沃洛克阴谋、赞同意见、普劳法律博客，还有保守派的几个政治网站，比如标准周刊、法庭备忘录、赞同他们、红色州。"

"他们怎么说？"

"右翼喜欢这份判决，社会保守派也对斯廷森法官比较放心了。尽管自由意志论者对同性婚姻问题很头疼，但这些人在投票时会选择赞成同性婚姻，他们也尊重这份判定加州 8 号提案合宪的判决。至于自由派，他们似乎有些失望，但并未迁怒于我们老板。他们更关注德勒兹法官的异议，关心这个案子能否满席再审，或者由联邦最高法院重审。"

"有没有人提到，这份判决可能会影响到最高法院大法官的人选？"

“一点没错，太多了，爱德华·蕙兰在‘法庭备忘录’博客上的文章标题概括得很到位：‘为克里斯蒂娜·黄·斯廷森大法官鼓掌’。”

我无言以对，只能笑笑，尽管我心里有点想哭。

39

保持沉默

那天晚上，我回到家中，拿出标准拍纸簿，用笔列出了自己需要考虑的十点意见：

1. 管辖权问题是抽象的技术性问题，不涉及具体的法律争议。

2. 禁止同性婚姻的法律是否合宪，这个问题最终要由联邦法院来判决，只是时间早晚的问题。对于如此重要的问题，最好由加州法院和全国民众来决定，宜早不宜迟。

3. 我只不过是个助理，不是法官。法官是由总统任命、参议院批准的，宪法并没有赋予我裁决“案件与争议”的权力。

4. 作为一名助理，我就应该承担“助理”的职责，这与我在菲律宾一家鞋店工作的表兄，并没有太大差别。

5. 作为法官助理，我的最高职责是执行法官的意志，我是法官的影子。将案件的判决结果归责于法官助理，就像是指责仅仅负责打字输入的秘书要为文件中的错误或者虚假陈述负责一样。

6. 作为法官助理，我必须替斯廷森法官保密。既然她命令我保守戈德纳案在管辖权问题上的秘密，那么我就必须保持沉默，直到她先开口。

7. 有些人可能会说，判决一个没有管辖权的案件，不符合“法律”的要求。但是，我当助理后才知道，法官所说的，就是“法律”。

8. “法律”既单纯又客观，而且具有独立身份，不受权力、政治和个人影响，这样的观念只是一种理论见解，真实的世界远比这个复杂。

9. 斯廷森法官是一位优秀的法官，她也会成为优秀的大法官。如果不透露戈德纳案的管辖权缺陷，能够帮助她成为最高法院大法官，我就应该保持沉默。

10. 我是一个优秀的助理，理应成为最高法院助理。如果不透露戈德纳案的管辖权缺陷可以帮我成为最高法院助理，我就应该保持沉默。

我将这张纸揉成一团，扔到一边。

40

飞往华盛顿

一周后，我正一边吃着哈根达斯巧克力脆片饼干冰淇淋，一边看晚上十一点的新闻，手机突然响了起来，是法官打过来的。我很想将电话转入语音留言，正是法官让我这段时间焦躁不安，我想继续吃我的哈根达斯，但老毛病实在难改。况且，法官这么晚来电话，肯定是有急事。

“晚上好，法官。”我说着，将电视机静音，放下了手中的冰淇淋。

“你好，奥德丽，你现在在忙什么？”

“没忙什么，我刚到家，”我极力显示自己是勤勉的助理，每天在办公室工作很长时间，“晚上很晚才吃饭。”

“很好，仔细听着。我需要你马上收拾一个旅行袋，带上两三天的衣服，包括商务服装。记得带上我们为准备参加基根大法官面试买的阿玛尼套装，半小时之内，我将到你住的地方来接你。就这样。”

吧嗒一声，电话挂断了，我都没机会问为什么或者提出反对意见。我突然觉得有些丢脸，像是被法官看到了自己满嘴都是冰淇淋的样子，我把冰淇淋的盖子盖上，扔进了垃圾桶。这个动作倒是提醒了我：为了缓解情绪、狂吃了一个星期后，我是否还能穿上那套阿玛尼？

我记得法官在为我买那身衣服时，曾引用梭罗的词句告诉我说，要小心那些要求你穿新衣服（制服）的工作，我满心焦虑地走近衣橱。如果这套衣服不合身，我已经没有时间去重新修改了，只得暗自祈祷，小心翼翼地将衣服套拿开，先穿上裙子。

很紧身，但还能穿，糟糕的是，我买不起Spanx牌的紧身内衣，只好将在杰西潘尼百货买的难看内衣扔进滑轮行李箱。

这么晚跟法官一起外出，又不知道去哪儿，我都不知穿什么衣服好。我担心牛仔裤可能太随便了，于是穿了一套商务装，灰色直筒裤、蓝灰色衬衣。

我刚收拾好，就听见有人敲门，我从猫眼往外瞅，看到一个穿西装的宽肩膀非裔美国人。

“你是谁？”我问。

“科因小姐，我叫雷金纳德，我将开车带你和斯廷森法官去机场。”

去机场？我走到床边，拿起护照——幸好我刚刚更换了护照，以备助理期结束后去度假——揣进兜里，然后打开门，跟雷金纳德见面。他迅速伸出右手，一把抢过我的行李箱，然后用左手接过我公文包样式的钱包。我还在关灯锁门，他就走到了楼梯中间。当我走到楼下时，我的行李和手提包已经在车上了。雷金纳德打开了黑色凯迪拉克加长车的后门，我坐了进去，斯廷森法官已经在里面了，穿着一条看上去很舒适的牛仔裤（她这裤子估计得五百美元，但确实是条牛仔裤），车子随即开动了。

“奥德丽，很抱歉，我在电话中没说清楚，我希望能当面告诉你这个好消息。我直接跟你说吧，我们今夜将飞往华盛顿。”

“这是不是意味着……”

“我的家人很快也会过来，罗伯特和我的两个女儿会在机场跟我们会合。”

“……您获得担任大法官的提名了？”

“你一向很敏锐，”法官笑着说，“我很高兴邀请你担任我的第一个助理，我想带你去华盛顿，以便拉方特总统明天上午宣布提名我担任大法官时，你能在现场。”

“明天上午？”我看了一下手机上的时间，很快就到午夜了，“还能有夜间航班吗？”

“别傻了，你认为我会乘坐航空公司的航班去接受最高法院大法官提名？拉里的爸爸给我们提供了他的庞巴迪全球特快私人飞机，我们将按时赶到华盛顿，参加明天上午十一点的新闻发布会。”

我们停在一个十字路口，我往窗外张望，浸信会教堂的布告板映入我的眼帘：“沉默就是认可。”我将头转过去，仰坐在舒适的真皮座椅上。我从来没有乘坐过豪华轿车，但我喜欢这样的车。

不到半个小时，豪华轿车就停下来了，雷金纳德为我们打开车门。

“真快。”我说。

“这里不是洛杉矶机场，”斯廷森法官说，“这里是范奈司，供私人飞机停靠的机场。这里人少，更隐蔽，名人都喜欢低调，这非常符合我们今天此行的目的。”

到机场后没几分钟——我们没有接受任何金属检测或身体扫描，只是向一个看上去恹恹欲睡的人出示了一下我们的证件，法官和我就登上了拉里·克拉斯纳的私人飞机，罗伯特从机尾向我们招了招手，他和两个十几岁的女儿坐在一起，两个孩子似乎睡着了。斯廷森法官坐到了飞机前面的一个座位，指示我坐在她身边。

“斯廷森先生要坐过来吗？”我问，“我很愿意坐到机尾去。”

“哦，不用，他要在后面照顾两个女儿，我们待在一起的时间够长了，我更愿意跟你坐一块儿。”

一个金发美女托着盘子走过来，这么晚为我们服务，她似乎还挺高兴的。

“来点香槟吗？法官阁下，科因小姐。”

经过了前面的这段惊奇之旅后，她能叫出我的名字，我竟然也不感到惊讶了。

“谢谢你，阿曼达，”法官拿过其中一个酒杯，“奥德丽，你应该试试这个，这样我们就能干一杯。这也有助于你睡觉，我们需要睡个美容觉。就算是在私人飞机上，这么晚了，也实在是很辛苦。”

我拿起一个高脚杯，法官和我碰了碰杯。

“为了征服世界，干杯。”斯廷森法官说道，她直盯着我的眼睛。

我抿了一口，一小口，因为我不想喝醉。我记得露西亚和我也曾为“征服世界”干杯，她喝完酒后乘坐“红眼航班”去参加基根大法官的面试，结果搞砸了。

“难道这还不算享受吗？”法官又喝了一口香槟，然后斜靠在座椅上，“雇拉里当助理，看来是值得的。”

41

斯廷森法官获得提名

第二天上午，我穿上有点紧的阿玛尼套装，置身于白宫东厅，等着老板和总统一起出现。在过去二十四小时里，我经历了人生中无数的第一次：第一次乘坐豪华轿车，第一次乘坐私人飞机，第一次访问白宫。尽管我在飞机上没怎么睡觉，但我还是觉得很清醒，因为我非常兴奋，这里是白宫，我在观察这历史性的时刻。

白宫的东厅虽然非常宽大，但给我的感觉就像是个鸡蛋：主色调是黄白相间。四周墙壁的木板和灰泥屋顶是奶白色的，而其他所有的东西，包括枝形吊灯、大烛台、立灯和厚厚的窗帘，都是金黄色的。这样的浅色调让整个大厅显得更加宽敞。房间里颜色最深的东西，可能要数吉尔伯特·斯图尔特创作的乔治·华盛顿巨幅画像，尽管镶着金框，但画像是黑红基调的。进入东厅时，从画像旁走过，我不禁吃惊地打了个冷战。

为了与周边的色调一致，房间里的几排金黄色椅子上都摆放着白色坐垫，椅子正对着装饰有国旗的演讲台。演讲台正对着从白宫中厅通往东厅的大门。演讲台冲着门口，我一开始觉得这种摆法很奇怪，后来我才发觉，这样的设计很实用：可以让显要人物从正门进来后，走过长长的红地毯，来到演讲台，然后以同样戏剧化的方式离开。

十点半，大部分人都到了，我独自安静地坐着，因为我不认识其他人。我倒是认出了几个人——司法部部长、首席政府律师、白宫律师、几大电视网派驻白宫的记者，还有威尔逊大法官，但是我跟他们都没有私人接触。来此之前，我和法官先一起到达我们下榻的圣瑞吉斯酒店，距离白宫只有几个街区。不过，斯廷森法官在新闻发布会召开之前就去见总统了。

东厅的喧哗程度让我感到惊讶。新闻发布会还有半小时才开始，在如此庄严的大厅、如此重要的场合，我以为在仪式开始之前，会像教堂一样安静。可是，电视台工作人员在大声地架设机器，工作人员在为晚来者安排座位，参加发布会的客人也忙着在拥挤的座位里（尴尬地）穿行，跟熟人打招呼。我很兴奋地看到司法部部长在跟首席政府律师打招呼，随后又跟白宫律师谈了几分钟。欢迎来到华盛顿！

快到十一点时，大厅里总算安静下来。十一点一到，拉方特总统偕斯廷森法官一家步入大厅，总统走上演讲台，斯廷森法官站在他身旁，罗伯特和两个孩子走到大厅一边，他们的上方，正是乔治·华盛顿的画像。

“上午好！”拉方特总统开始讲话了，样子和他以前经商时一模一样，他穿着深蓝色西装，打着金黄色的领带，“今天，我非常高兴地宣布，我将提名克里斯蒂娜·黄·斯廷森法官担任美国联邦最高法院大法官。”

“斯廷森法官是我国最优秀也最尊敬的法官之一，她曾在律师事务所当律师，后出任地区法院法官和联邦第九巡回上诉法院法官，她深谙法律细节，致力于促进公平正义。”

我不知道她是否“深谙法律细节”，因为她喜欢强调说她是首席执行官，不是技术员，不关心细节问题。

“斯廷森法官既秉持公正，又坚持原则，以开放的心态对待每一个案件，并根据法律裁判，不是依据政治因素或个人倾向判决，而是根据国家法律。这样的品质将使她能很好地服务于我国的最高法院。”

法官的心态有多开放？我想到她在所有的移民庇护案件中都拒绝了移民者的申请，其中包括哈姆丹尼案，这个案件所涉及的新闻记者强烈要求自己不被遣返回巴基斯坦。她通过幕后游说，让同事们同意不进行满席再审。

“斯廷森法官一路走到今天，留下了非同寻常的足迹。她原名克里斯蒂娜·黄，在加州内陆地区的工人阶级社区长大成人。她的父亲是来自中国的移民，是一名出租车司机，她的母亲是一名护士。但是，年少的克里斯蒂娜利用我国公立学校的良好条件刻苦学习。她以高中毕业致辞者的身份进入加州大学洛杉矶校区，又以优等生的成绩毕业，进入伯克利法学院，在法学院期间，她还是学院法律评论的编辑。因此，如果她能成为最高法院大法官，无疑会增加当下急需的多元性，因为她将是大法官中唯一的非常春藤盟校毕业生。”

台下的观众大笑，但总统所言属实。斯廷森法官毕业于一所著名的公立法学院，这是一个加分因素。

“从伯克利法学院毕业后，克里斯蒂娜的第一份公职是给洛杉矶已故的乔纳森·库珀史密斯法官当助理。随后，她加入美国顶尖律所——吉布森、邓恩与克拉彻律师事务所，成为合伙人。在律所的十五年里，她经手了大量案件，出席过联邦地区法院和上诉法院的庭辩，也参与了很多公益工作。很多组织都称她是加州顶尖律师。”

“她在律所的那段时间，之所以很重要，还有另外一个原因：在吉布森律所工作期间，她遇到了一位器宇不凡的年轻律师，他的名字是罗伯特·斯廷森，最终，他们结合在一起。你们中的很多人都认识罗伯特，他是我国最顶尖的经纪人。等我结束任期离开白宫时，也许他能帮我找一份新工作。”

台下又是笑声一片，这是个烂笑话，但华盛顿不变的第一规则是，总统讲的笑话一定要笑。

“罗伯特今天也来了，还带来了斯廷森家的两个女儿：梅根和亚力山德拉，”拉方特总统朝着华盛顿画像下方的他们一家做了一个手势，“我相信你们一定很自豪。”

“2004 年，布什总统提名克里斯蒂娜·黄·斯廷森出任洛杉矶地区的联邦地区法院法官，这正是她最初做助理的那家法院。对她的提名得到了两党的支持，经过在初审法院数年卓有成效的工作以后，斯廷森法官被提升为联邦第九巡回上诉法院法官，这是我国规模最大也最为繁忙的上诉法院，她的提名再次得到两党的认可。”

“今天，不是每个人都喜欢第九巡回上诉法院，像我这样的人，自认为是**真诚的**保守派，经常发现自己不能认同第九巡回上诉法院的判决。但是，在斯廷森法官任职第九巡回上诉法院期间，她竭尽所能地控制住了该院的某些……极端倾向，在一个又一个案件中，她屡次表明，她满怀激情地恪守法治原则。”

恪守法治原则？我尽量不去想戈德纳案，以及我们隐藏的管辖权瑕疵。在这个时刻想起戈德纳案，就像是在礼拜过程中谈到性欲。

“满怀激情地恪守法治原则，这正是对艾丹·基根大法官司法理念的最佳描述，在他所写作的众多司法判决意见中，都可以看出这种激情。他立场坚定，并以强有力的方式表现出自己的立场。基根大法官的地位已经无可取代，他是法律巨匠，他对我们解释宪法的方式产生了非常深远的影响。但是，提名斯廷森法官接替他的席位，意味着我选择了一个同样满怀法治激情的继任者。最终，人们通过法治实现自我管理，而不是受非民选的法官约束。”

据大家说，基根大法官拥有法律上的激情，所以，在面试助理或写作异议意见时，他喜欢谈论实质性法律问题。哈维塔·钱伯斯也对法律充满激情，所以，她喜欢在闲暇时读法律评论上的文章。我不确信斯廷森法官是不是也这样，她是对法律充满激情，还是对名位、收入以及与法律相关的待遇充满激情？（有时，我对自己也有这样的怀疑。）

“提名大法官进入美国最高法院，是总统最重要的职责之一。对于这项提名，我颇费思量，认真考虑过几个非常优秀的候选人。我之所以最终将斯廷森法官放在候选人名单之首，是因为她最近判决的一个名为戈德纳诉加拉格尔的案子，你们可能听说过。”

我是如此不想听到戈德纳案这个名字，在那一刻，我真高兴自己没吃早餐。

“戈德纳案涉及加州 8 号提案，这项提案禁止同性婚姻，得到了加州多数民众的支持。当前，同性婚姻是争议极高的一个重要议题。如果你们读过斯廷森法官在戈德纳案中的精彩判决书，如果你们还没读过，我建议你们一定要读一读，你们将会发现她对法治原则抱有极大的热情，她深刻地理解法官在我国的恰当角色。她认为，法官的职责在于解释法律，而不是创造法律，不是插手或者判决自己无权判决的事情。”

比如说，他们缺乏管辖权的那些案件？

“我相信，美国参议院也跟我一样，对斯廷森法官的完美履历、司法品质以及无与伦比的诚实和正直，怀有极好的印象。我也敦促参议院迅速行动起来，批准这项关键性的提名，因为联邦最高法院正处在开庭期中间，这个开庭期相当重要，需要判决很多影响深远的案件。

“斯廷森法官，谢谢你同意接受提名，也祝贺你获得提名。”

拉方特总统走到一旁，斯廷森法官走上演讲台。她穿着上次我们一起买的炭灰色阿玛尼套装，她喜欢这套衣服，是因为它“保守，不那么具有加利福尼亚特色”，在这样的场合十分得体。

“谢谢您，总统先生，我非常荣幸能获得最高法院大法官的提名，而且是接替艾丹·基根大法官留下的席位，我受之有愧。基根是我的好朋友，他的离去是我们的损失，他是当代最重要的一位大法官。正如您所言，他确实是法律巨匠，我相信，他对法律的重大影响，将会在今后的几十年里，一直持续下去。”

“接受这个提名，我诚惶诚恐，也是因为我与现任的几位大法官不同，我的法律职业生涯与最高法院并没有太深的渊源。我极其崇敬当今的最高法院，但只能远观。尽管我与几位大法官保持着珍贵的友谊，当然包括基根大法官，还有今天在场的威尔逊大法官，但我从未有幸给大法官当过助理，或者到最高法院来辩护案件。”

“我的出身也离这座大理石神殿非常遥远。我的父亲是来自中国的非法移民，偷渡而来，直到去世的前一天，他还在开出租车。我那已故的母亲——总统先生，很抱歉，我要稍稍纠正一下您的说法——只是一个护士助理，而不是护士。我的童年过得很不容易，尽管我的父母一直勤奋工作，但我们总是缺钱。我第一次与法律打照面，是因为我父母付不起房租而被扫地出门。对一个八岁的女孩来说，这是一种巨大的耻辱。

“但是，我的父母虽然没给我提供金钱上的帮助，他们却在价值观上弥补了我。他们教导我——他们的独生女儿——要勤奋工作。他们经年累月地工作，从不休息，直到去世。他们告诉我教育的重要性，告诉我，通过教育，我才有可能获得更好的生活。他们是对的，我多么希望，他们能活着看到这一天。”

她停顿了一会儿，似乎无法抑制自己的感情。这是她抑扬顿挫、完美无瑕的演讲中第一次停顿，也许同样是有意为之。

“我将父母的教导牢记于心，借助加州伟大的公立教育体系，进入了法律行业。先是给联邦法官当助理，随后加入吉布森、邓恩与克拉彻律师事务所当律师。那是在20世纪80年代，对一个少数族裔女性来说，在法律行业谋生，并不容易。当我参加会议时，对方律师会让我去倒咖啡，他们可能认为我是秘书，或者明知我不是秘书，就是想从气势上压倒我。但是，没有关系，我遵循父母的教导——总是勤奋工作，一直努力学习，最终成为一名成功的律师。

“这种成功，当然不是我一个人的成功，我应该跟我的父母分享，是他们培养了我的价值观，助我前进。我也要跟法律行业的女同胞和少数族裔分享这种成功，她们在最困难的日子里给予我支持。我也要跟我的导师库珀史密斯法官分享这种成功，我曾经给这位杰出的法官当过助理，还有我在吉布森、邓恩与克拉彻律师事务所的同事、合伙人，他们让我知道，成为一名律师意味着什么。我还要跟第九巡回上诉法院的同事分享自己的成功，正如总统刚才所言，我并不总是赞同他们的意见，但是，与他们一起处理分歧的过程，让我成为一名更出色的法官。我还要跟我现在和过去的助理分享自己的成功，他们中有一些人今天就在现场。”

法官快速地跟我做了一个眼神交流，让我脊背一阵发凉。

“最后，我还要跟我的丈夫罗伯特和两个优秀的女儿——梅根和亚历山德拉——分享自己的成功，他们仨让我知道，我的法官身份不至于让我迷失方向，他们一再提醒我，脱下法袍，我只不过是加州的一个普通母亲。”

台下发出一阵笑声。

“我来自一个名叫南加州的遥远星系，”台下的笑声更大了，“但觉得自己与最高法院门口镌刻的价值观——法律面前人人平等——紧密相连。在我的律师和法官生涯中，我一直致力于推动这一价值观。在担任法官期间，我一直信守司法誓言。作为一名法官，我的责任在于忠实、公正地解释宪法和美国法律，保护所有美国人的权利，以谨慎与克制的态度解释法律，永远牢记法院在我国宪制中的有限作用。”

法院在我国宪制中的有限作用，正是源于联邦司法管辖权方面的诸多限制性原则。我恨不得站起来，当着总统和所有电视台摄像机的面，大声说出戈德纳案在管辖权问题上的肮脏秘密，但我还是静静地坐着，穿着法官为我买的肠衣般的、漂亮的阿玛尼套装。沉默就是认可？

“我保证，如果我的任命能得到参议院的批准，我会在职权范围内竭尽所能地履行自己的重要职责。在提名程序的下一阶段，我期待着能与参议院一起努力。总统先生，再次感谢您对我的信任，能获得这次提名，我备感荣幸。”

Fifth part
第五部

42

正确的选择

我在华盛顿待了两天，老板参加了为她准备的多场活动，拜访了几位朋友，我沾光不少。斯廷森法官特地将我介绍给她的朋友——白宫律师、华盛顿权力掮客、法官同行，她每次都用赞扬的词汇夸我“聪明”，称我是她“最信任的助理”。这样的场景，就像是我们在法院楼顶那场对话的延续：“只要你仍忠诚于我，这一切都是你的。”

我乘坐普通航班回到帕萨迪纳，机票是斯廷森法官为我买的，法官仍然留在华盛顿，礼节性地拜访几位参与投票表决的参议员，准备参议院的确认听证会。她要阅读白宫方面为她预备的大量材料，还要面对“谋杀委员会”的考验。在这个凶险的环节，法官需要应对他们以参议员身份提出的大量问题，他们会仔细考问法官的判决记录和法律理念，竭力挑出其中的毛病，让她无法保持冷静。这听上去很像是最高法院助理的面试，但是更严苛。

协助斯廷森法官准备参议院听证的工作，由白宫和司法部负责，不需要我们助理参加。我回到帕萨迪纳后，忆及华盛顿所发生的一切，竟觉得恍若隔世。尽管第九巡回上诉法院没有给法官分派新的案件，但我们仍有工作要做，她希望我们竭尽所能地做好手头案件的扫尾工作。但是我们的工作已经不是法官关心的重点，在华盛顿期间，她很少打电话或发邮件检查我们的工作进展。我们这有点儿像是战争期间驻守国内的国民警卫队：我们远离前线，以另一种方式支持战争事业，作出微小的贡献。

我一方面想参与其中，另一方面又希望能更加疏远。我对法官的态度很矛盾，因为我知道她最广为人知、备受赞赏的案件中隐藏着惊人内幕，希望能做个历史的旁观者。我记得在法院的楼顶时，曾在心里对自己说过的话：我所需要做的，就是沉默不语。

我从华盛顿回来几个星期后的一天下午，也是斯廷森法官的提名听证会开始的前一天，詹姆斯走进我的办公室，关上身后的门，坐了下来。他的这个动作让我很紧张。最近一段时间以来，我们还没有过这样一对一的交流，我们之间的关系有点微妙。

"怎么啦？"我尽可能放松地问。

"我正想要问你呢。"

"好吧，法官的提名确认听证会明天就要开始了，看上去她一切都很顺利，"我说，"民主党似乎没有办法反对一个追求美国梦的亚裔女性。"

"我不是要来谈法官，"詹姆斯说，"我想知道你是怎么了？"

"没什么啊，我只是在阅读法官投票满席听审的一个案子，以便给法官提出建议。但她怎样投票，已经不太重要了，戈特利布法官似乎已经获得了足够的多数票……"

"不是，我不是要谈工作，你过去几周看上去很不对劲，你有点心不在焉，很焦虑。"

"也许是因为法官获得提名，我太兴奋了。我们的老板就要进入参议院的确认提名听证环节了，这真是太棒了。我觉得，自打我从华盛顿回来后，我就有点难以集中精力。”

“但是在去华盛顿之前，你就这样了，你心里有事，有事困扰着你。”

我朝他那双蓝绿色的眼睛看了一眼，很快又挪开了。

“嗯，实际上没什么，”我说，“我可能是在想，如果我们的法官通过提名听证，她会成为怎样的大法官。”

“你是在担心她不够杰出，无法胜任大法官一职？”

“不，不，实际上我觉得她聪明绝顶，她也许不像基根大法官那么卓越，但是，不那么卓越的人也一样能成为非常优秀的大法官。”

“你认为她过于……散漫？”

“嗯，我认为她在最高法院应该会比现在更忙。最高法院大法官只接收最重大和最激动人心的案件。遇到小一点的案子时，法官还能应付，但最高法院不处理小案件。”

“你有可能是对的，”詹姆斯说，“因此，我们没必要担心斯廷森法官会成为什么样的大法官。没有哪位大法官是完美无缺的。而且，此刻，我们这儿也没有人能左右法官最终能否进入最高法院。”

要是詹姆斯能知道我在想什么，该多好啊，我非常想让他来分担我内心的秘密，我也很想听听他的建议。但是，我还没想好该如何行动，希望能听听他的意见。

“我心里确实有事，”我说，“但是，如果我告诉你，你能替我保密吗？”

“当然能，我保证。”

我停顿了一会儿，法官告诉我不要跟任何人讲，但我不能放弃这个减轻内心负担的机会。

“这事跟戈德纳案有关。”

“啊，戈德纳案！这是法官——当然还有你——最得意的案件。连总统提名她担任大法官时，也公开表扬这份判决。戈德纳案怎么了？如果满席重审，你们的意见可能会被推翻。但是，你们对此也没有办法啊。而且，这份判决的目的已经达到了，至少达到了法官希望达到的目的。”

“实际上，这份判决本来就不应该出现，我在做最后的核查和校对时，有一个重大发现：本院对此案没有管辖权。”

“这太难以置信了，为什么会没有管辖权呢？”

“上诉申请书提交的时间晚了一天，法院秘书办公室没看清。网上的扫描文件，日期看上去是对的。但是，如果你像我在核查时所做的那样，仔细看原始文件，就会发现文件上的日期要晚一天。”

“简直太糟糕了，你告诉法官了吗？”

我缓缓地点了点头。

“她怎么说？”

“那时，总统正在考虑提名人选，有些右翼人士正在怀疑，她作为最高法院大法官候选人是否具有他们所需要的保守性……”

詹姆斯停了一会儿，就几秒钟，他思维敏捷。

“她不会，不会告诉你忽略此事吧，她真的这样做了吗？”

我点了点头，从某种程度上讲，让詹姆斯猜测后面的事情，而不是直接告诉他，让我觉得，说出法官的秘密也不那么愧疚了，尽管保守这个秘密，我同样内心有愧。

“噢，”詹姆斯失声叫出来，难以置信地摇摇头，“她还一直强调自己坚定地捍卫司法克制和管辖权原则。然而，我们的老板除了雄心外，真是一无是处。这段时间，你一直保守着这个秘密？”

我更加用力地点了点头。

“你应该采取行动，”他说，“你应该告诉其他人。”

“我告诉过法官。她让我继续往前走，继续发布判决意见。这是她的指示，她是法官啊。”

“奥德丽，这是鬼话，发布一份法院没有管辖权的案件的判决意见，而且**明知**没有管辖权，这是不合法的。”

“不合法？言重了吧，禁止同性婚姻公投立法的合宪性是需要解决的重要问题。上诉法院将来还会遇到这样的问题。”

“将来会，但不是今天。法官大谈，身为法官，应该认识到自己角色的有限性和管辖权的重要性，她为了实现自己的目的，却忽略了这些要求，你难道不认为她这样做很虚伪吗？”

“我不会称这种行为虚伪，因为它……现实差不多就是这样，法官并没有一时兴起或根据自己的政治偏好，在判决案件时忽略法律。戈德纳案中的管辖权瑕疵很微小，只是细节问题——传真过来的申请书晚了一天。”

“但是，今天，就算她维持而不是推翻了一部法律，她也确实是为了表达个人的政治见解——她的保守倾向，而无视管辖权问题。如果刑事被告、移民或民事案件中的原告晚一天提交上诉申请书，你会怀疑法官将以缺乏管辖权为由驳回申请吗？”

我无言以对，我们都知道答案。

“你为何会为此竭力替法官辩护呢？你也牵涉进去了？”

我耸了耸肩，在我看来只不过是个寻常动作，但詹姆斯敏锐地抓住了其中的含义。

“让我猜猜看：法官说，只要你保守秘密，等她成为大法官，就会带你到最高法院给她当助理。”

我承认，在考试方面，我比詹姆斯更聪明，但是在情商问题上，我无法望其项背。

“法官非常欣赏我的工作，”我心虚地表示，“你也明白，她到最高法院后，也希望身边的第一批助理中有个熟悉的面孔。”

我似乎惹怒了詹姆斯，他站起来，走到门边，开门之前又转过头来。

“奥德丽，我在你身上看到了法官的影子，你们有很多共同点尤其是，都拥有雄心。但是，我相信你会作出正确的选择。”

43

不能再沉默

法官的提名听证会要持续四天，我和几位助理同事，还有布伦达，一刻不停地盯着电视机——我们办公室唯一的一台电视机，就放在法官办公室里。我真不知道她是否能顺利应对这场考验，因为她习惯于在三万英尺的高空遥控分配自己的司法职责，将大量的实质性责任委派给自己的助理。但是，法官的表现却很不错，应该说是相当好。在听证会上，面对参议员的提问，她给出的法律分析恰到好处，并没有纠缠于问题的具体细节。在电视直播听证会的时代，最重要的一点是，她的外形和声音都很好。她讲话一点儿也不打结，一直很镇静，这让她的对手在广告和晚间新闻报道中都无法挑刺。

在听证会的最后一天上午，一位共和党参议员给斯廷森法官提出了一个容易回答的问题，内容涉及她在《哈佛法律与公共政策评论》上发表的一篇关于司法管辖权的论文。

“谢谢你的问题，参议员先生，正如我在那篇论文中所解释的那样，我坚定地相信司法管辖权应该受到限制，尤其是联邦法院的司法管辖权，联邦法院拥有有限管辖权而非普遍管辖权。而且，法院往往会判决它们不应该判决的问题，事实上，由于它们缺乏管辖权，不能判决这些问题。在那篇论文中，我分析了一些原则，实际上是合理地解释了法官如何曲解过去的司法管辖权限制，以判决他们缺乏管辖权的问题。如果你看过我过去一些年的判决，包括任职于联邦地区法院和上诉法院的两个时期，你就会注意到，我严格遵循管辖权原则，极其尊重管辖权原则对联邦法官的限制。”

詹姆斯斜着眼睛瞥了我一眼，我将脸背过去，但仍能感觉到他在看着我。

那天下午，听证会结束后，我妈妈打电话给我。一般情况下，在工作日，我不会接听或拨打家里的私人电话，但是，那天，我老板出任最高法院大法官的听证会正在电视上直播，这可不是一般情况。

“嗨，妈妈，怎么啦？”

“我今天上午在电视上看到你老板了，很漂亮啊！用我们菲律宾人的话来讲，就是混血美女。”

“是啊，她有一半中国血统，一半白人血统。”

“她讲得真不错！我不明白她讲的法律问题，但是她听上去很不错，就跟新闻播音员似的。”

“你可不是第一个这么评价她的人。”

“但是，你知道，我们老家有一句谚语：言多者行未必佳。”

“这是什么意思？”我母亲从未教过我塔加拉族方言（如果你愿意的话，也可以称它为菲律宾语）。

“那些夸夸其谈的人，很多事情都做不到。我工作的那个医院，有个年轻的医生是哈佛医学院毕业的，在麻省总医院当过住院实习医生，老爱谈自己的教育背景和获得的奖励，口才很好。但在手术室，他动作很慢，缝合伤口一点也不细致，因为他过于刻薄，护士们都很讨厌和他一起做手术。”

“我猜想，人并不总是名副其实，”我说，“名声并不一定总有事实依据，我们应该看到表面背后的本质。”

“你的这位老板大概也是这样。她会是一位优秀的最高法院大法官吗？报纸上说，她很聪明，她念过很好的大学，看着挺漂亮，也很会说。但我不喜欢她老是让你这么卖命工作！每次我打电话给你，你总是说工作太忙，没时间通电话。你们有四个助理呢，她又没给你付多少工资！她应该多做一些自己的工作，她到底有没有资格当最高法院大法官啊？”

“这是……一个复杂的问题。”

我妈说得没错，她完全不具备法律职业领域的知识，却在无意中触及了问题的实质。

“哎呀，我的休息时间到了，我晚点再打给你，一定要做个好女孩！”

我确实想做个“好女孩”，我想起在去机场的路上看到的教堂布告板：“沉默就是认可。”我觉得自己不能再沉默下去了。我应该做点什么，但是，该怎么做呢？

44

“这些材料非常有趣”

对于法官在提名听证会上的表现，各方的评论都很好。评论者称赞她行为得体，举止优雅，考虑周全，回答恰到好处。我也不得不承认：在日常工作中，虽然她对于细节没有事必躬亲，但她实际上很关心自己所在意的问题，并能一击即中。

离投票确认她的提名已经没有多少时间了，因为最高法院正处于开庭期，参议院加快了投票进程，我仍没有想出处理戈德纳案（管辖权问题）的办法。我一拖再拖，到底是因为自己不知道如何着手，还是因为太懦弱而故意拖延时间呢？采取行动会违反自己的保密义务，影响斯廷森法官成为最高法院大法官，我会不会因此感到内疚呢？

第二周早些时候，为了给自己打气，寻找法院慎重对待管辖权问题的处理方法，我找出了在法学院念书时读过的一本旧书，也是关于司法克制的经典著作：《最小危险的部门》，作者是已故的耶鲁法学院教授亚历山大·比克尔。书中并没有与戈德纳案管辖权瑕疵直接相关的内容，但在浏览此书后，我再次意识到，对于法院审判的正当性而言，适当的管辖权极为重要。管辖权问题绝非“细节性问题”，而是司法审查赖以存在的根基。

我翻到本书第四章《消极的美德》，这也是比克尔在《哈佛法律评论》上发表的那篇里程碑性的论文所使用的标题。简而言之，比克尔认为，有时，法院应该自我克制，不要审判那些有争议的问题，就算这些问题在自己的管辖范围之内，也应该等待社会观念凝聚成共识之后再判决。换句话说，司法的被动性是一种美德。

被动是一种美德：这就是我应该切入的角度，我知道该怎么办了。

我决定联系露西亚，在这个上诉法院，她的老板波兰斯基法官很可能是比斯廷森法官更恪守司法管辖权的法官。有传言说，如果他的助理能挑出一个管辖权问题上的毛病，他就会奖励这个助理，带他出去吃一顿豪华午餐。要知道，波兰斯基法官的助理极少到法院以外的地方吃午餐，这个奖励还真可观。如果我能将戈德纳案的管辖权瑕疵摆在波兰斯基法官面前，他肯定会毫不犹豫地采取行动。

我拿起电话，打给露西亚。虽然已经是晚上十点了，但我知道，她肯定还在工作。

“嗨，露西亚，很抱歉打扰你，我想见见你。”

“对不起，奥德丽，你是我目前最不想见到的人，将来也是。我甚至不知道自己为什么要接你的电话。”

“我知道，好吧，我们之间有些事没处理好。但是，这件事非常重要，如果你能跟我见一面，对我意义重大。”

“这些天，我真不是很在意什么对你重要，什么对你不重要。”

“好吧，我换个说法吧。我手中有你——还有波兰斯基法官——非常非常有兴趣知晓的材料。”

露西亚沉默了，我能听出，我打动了她，激起了她作为助理的责任感。

“这份材料很重要，”我说，“不仅是对我很重要，对第九巡回上诉法院也很重要。只需耽误你几分钟时间，如果你不愿意，甚至不需要跟我讲话。五分钟后，我们能在图书馆见面吗？”

“好，但这次你最好乖乖的，快点行动吧。”

我整理好上次给斯廷森法官看过的、证明戈德纳案存在管辖权问题的材料，拿起此前写下自己意见的标准拍纸簿，在顶端用红色的记号笔写了一行大字：“戈德纳案中的管辖权瑕疵。”然后，我沿着楼梯走到图书馆，坐在芝加哥大钟下的桌子边，正是在这张桌子边，我和露西亚进行了最后一次亲密会面。但是，这一次，我希望能有一个更愉快的结局。

我将材料摆满了半张桌子，带有红色标记的标准拍纸簿非常显眼，上诉申请书原件（上的日期）也显而易见。

露西亚迟到了几分钟，她默不作声地冲我点了点头，算是打招呼。

“嗨，”我说，“我才想起来，我得去趟洗手间，你能帮我看一眼，我是说，仔细看看这些材料吗？”

她满脸困惑地看着我，我冲她扬了两次眉毛，样子就像是间谍电影里笨拙的特工。随即，我从她的眼神中看出她已心领神会，哈佛法学院毕业的顶尖学生领悟能力当然都超强。

我出去走了五分钟，在法院大楼一层的空旷走道里漫步。我觉得，这段时间足以让露西亚发现自己需要发现的内容。当我回去时，我注意到露西亚手中现在拿着一叠复印材料，她来时两手空空。

“谢谢你如此信任，让我看这些材料，”她说，“你是对的，我发现这些材料非常有趣，波兰斯基法官也会这么认为。”

45

梦想破灭

一天过去了，接着一天又一天，露西亚那边一点消息都没有，波兰斯基法官也没有采取行动。难道是我漏掉了什么？或者说戈德纳案真的不存在管辖权瑕疵？

随后，重要的日子终于到来了：参议院投票批准总统任命斯廷森法官为最高法院大法官，而且几乎是两党一致同意，只有少数坚定的自由派参议员投票反对，斯廷森的提名得到的投票结果是82 ∶ 18，这是我们从办公室电视里的直播中看到的。

“哇，恭喜我们的老板，”詹姆斯话中明显带刺，“参议院履行了宪法规定的咨询同意职能，投票支持斯廷森法官，我只是好奇，参议院到底了解多少，才能同意？”

我想跟詹姆斯解释一下，告诉他我已经采取了行动，我**已经**将戈德纳案的管辖权瑕疵透露给了我觉得应该会采取行动的人。我明智地以被动的方式这么做了，这样，我就可以告诉自己，我没有主动背叛自己的老板，只不过是“无意中”泄露了某些信息。但我对自己的泄密行动还是惴惴不安。

幸运的是，我等待的时间不算太长。在获得参议院投票确认的第二天上午，克里斯蒂娜·黄·斯廷森法官宣誓就任最高法院大法官。那天下午，波兰斯基法官给第九巡回上诉法院的所有法官发了一封邮件，将所有法官都列入收件名单，揭露了戈德纳案的管辖权瑕疵。他的邮件，显然是以我的研究和分析为依据，不留任何可以辩解的空间。他在邮件中，还附上了极为清晰的上诉申请书复印件，应该就是露西亚跟我见面的那个晚上复印的。他在邮件中没有提自己是如何得知这个管辖权问题的。

这样一来，没过几天，戈德纳案的判决意见便取消了，因为撤销而无效，上诉被驳回。根据法律原则，这是该案的适当结果，同性婚姻问题将留待日后的某个案件来解决，希望是由那些比我的老板更有原则的法官来判决。但是，所有这一切，都没有影响到斯廷森法官成为最高法院大法官，她明知这个案件存在管辖权瑕疵，故意掩盖，不让公众知晓。

戈德纳案得到了公平正义的处理，但斯廷森法官进入最高法院并非如此公平正义。我心里很好奇：波兰斯基法官为何要等这么久才披露该案的管辖权瑕疵，现在要影响斯廷森法官的提名确认，已经太晚了。

宣誓就任大法官的仪式上，斯廷森法官穿的是那件我和她一起买的、十分惹眼的水红色阿玛尼套装，我从电视上一眼就可以看出来。在提名确认和宣誓就职不久之后，斯廷森大法官就回到加州，来处理一些遗留事务。有一天，她急匆匆地走进办公室，大概是要给布伦达和搬家公司下指令，她一到办公室，就把我叫了进去。

“您好，法官，对不起，应该是大法官。”

称她为“大法官”，让我感到有些奇怪，但我必须尊重她的头衔，就算我不喜欢拥有这个头衔的人。

“你好，奥德丽，”斯廷森法官从桌子后面站起来，“别坐下，我们这次谈话会非常短，我想应该是你告诉波兰斯基法官戈德纳案存在管辖权瑕疵的。”

“法官阁下，我并没有跟波兰斯基法官谈过此事……”

“别跟我玩文字游戏，我当年录过几百份证词，你这样的招数我见多了，我知道如何改述我的提问。我认为你在波兰斯基法官了解戈德纳案管辖权瑕疵过程中起了某种作用。”

我一言不发，但发红的脸出卖了自己。

“好在，你的不忠诚来得太晚了，没有干扰我进入最高法院。”

“大法官，我觉得作为一名助理，这样做，不算是不忠诚……”

“够了，”她提高了嗓门，举起右手，“我不想听你对这种背叛行为的任何解释，你要为自己的行动付出代价。”

我点点头，尽管我觉得自己做得没错，但感觉还是很不好。我不习惯于让权威人物失望，更不用说惹怒他们了。

“按照以往的惯例，在余下的几个月里，你的几位助理同事，将继续给第九巡回上诉法院的其他法官当助理。但是你不行，你可以辞职，马上辞职，否则，我们会……采取其他手段。”

“您要开除我？”

“也不全是，我是在提供机会让你辞职。你还想怎么样？想升职？门都没有，我是不会带你去最高法院的。我也不会将你推荐给我的最高法院同事，绝对不会。你不可能成为最高法院大法官助理，奥德丽·科因，我永远也不会忘记你对我做的事。”

“法官阁下，很抱歉，”我本能地脱口而出，然后才收住嘴，清理自己的思路，“抱歉的是我们会这样结束工作关系。”

“我也很遗憾，我在你身上看到过自己的影子，并寄予厚望，但一切都结束了。”

斯廷森法官坐下来，靠着椅背，抬头轻蔑地看着我。

“布伦达已经准备好了材料，”她说，“她已经打印好了你的辞职信，你只需要签名就行。收拾好你的个人物品，马上离开法院。别让我打电话叫保安撵你走，对于最高法院大法官的命令，他们行动起来可是很迅速的。”

我收拾了自己的几件私人物品：从法学院带到办公室来的几本书，一个装着我父母和姐姐照片的相框，门背后挂着的一套衣服。我还在回想刚才自己和法官对话时的情形，不能说这样的结果让我感到惊讶，我知道法官会生气。但是，直到现在，我才回过神来，仔细想想这一切的后果。

我再也没有机会给最高法院大法官当助理了，我长久以来的梦想破灭了。与此同时，我也摆脱了相应的心理负担。毫无疑问，担任最高法院助理也要承受一定的心理负担，还有高期望值所带来的压力。在最高法院做完助理后，你必须在几年内取得某种程度的职业成就：成为大律所的合伙人，在精英法学院拥有终身教职，或者获得高级公职。如果你在四十五岁之前还不是联邦法官，人们就会嘀咕：到底出了什么问题？就算你在联邦法院获得了令人羡慕的终身职务，你的野心也不会就此止步。联邦地区法院法官希望成为巡回上诉法院法官，巡回上诉法院法官想成为备受尊重的巡回上诉法官，比如说向最高法院输送助理的法官，或者更进一步，成为最高法院大法官。我记得在我参加助理面试时，斯廷森法官曾告诉我：“我想做一名成功的法官。”想要成功，就没法离开人生的跑步机，只会是一个跑步机连着另一个跑步机，速度更快，坡度更大。

但是，现在，我不用再担心这些问题了，我将来也不可能成为最高法院助理了，我可以自由自在地过普通人的生活。抛下雄心所带来的负担，我备感轻松，至少，我是这么对自己说的。

我尽力愉快地去想象自己将要面对的完全正常的、无聊的普通人生活：我将回到纽约的克雷弗斯律师事务所，投身于年轻律师的日常繁重工作。几年后，可能会离开，到政府部门工作，或是担任公司法律顾问，成为小律所的合伙人。然后在某个时候结婚，生两三个孩子。我会继续从事律师职业，尽可能称职地工作，为我的客户服务，在职业的阶梯上再前进一两步。我的孩子们会慢慢长大，然后离开我去上大学，结婚成家。最后，我会退休，用生命中余下的时光旅行，交往，含饴弄孙。然后，经过一段快乐、丰富的平凡生活之后，我就会死去。我的死讯可能以报纸新闻条目，出现在《纽约时报》讣告栏里，由我的家人付费刊登。

我凭什么渴望超越这样的生活呢？是的，我聪明而有学问，但没有达到聪明绝伦的地步。称我“有才气”，可能有些夸张。法学院毕业生和年轻律师中，像我这样的人有千千万。当我们年轻时，我们前程远大，势不可挡，都觉得自己独一无二。但是，当我们慢慢变老，我们会对自己在这个世界的位置拥有更现实的理解。不同的人会在不同的时期认清这一点，但是，最终，我们都将屈服于自己的平凡。

我们不可能都成为最高法院大法官，或是联邦法官，甚至是经办重大案件的著名律师。这样的现实并非法律职业所独有。很少有医生能治愈某种重大疾病，很少有演员能获得奥斯卡奖或托尼奖，很少有作家能写出畅销书，很少有银行家能成为亿万富翁，很少有士兵能成为将军。

我们不可能都成为历史的一部分，我们不可能都是明星。相反，我们必须充当合唱队成员，甚至是观众，以便凸显真正的明星，让其光彩照人。事实上，没有配角或者观众，就不会有明星。观众的角色虽然不突出，却必不可少。绝大多数人都是在扮演观众的角色，这也没什么丢脸的。

因此，从某种意义上讲，没能获得最高法院助理一职，也是件好事。这让我获得了自由：可以摆脱原定的人生轨道，不再追逐虚幻的荣誉，可以过普通人的生活，可以自由……退出这场人生拉力赛，我感到十分轻松。我期待着看到其他人从我身边经过，他们汗流浃背，气喘吁吁，奋力拼搏。这又是何苦呢？我静静地站着，深呼吸，尽情享受头顶的蓝天和脚下的大地。

斯廷森法官曾自信地宣称："人往高处走"，实际上是错的。任何时候，只要你愿意，都可以停在原地，站稳双脚，向世界宣布："我就在这儿，不往前走了。"在那一刻，你就是胜利者，你将推翻雄心这个暴君。

收拾好东西，最后一次走出法院大楼时，我就是这样对自己说的。

46

告别

我给纽约的克雷弗斯律师事务所打了个电话，他们给我提供了非常不错的工作待遇，我还告诉他们，我愿意接受这份工作，希望可以尽快入职（因为经济上的压力，我需要尽快工作）。律所很愉快地录用了我，因为我给刚刚获得提名进入最高法院的联邦法官当过助理。律所告诉我，我可以根据自己的安排，尽快来上班。我要求一周后去上班，想给自己留下足够的时间来收拾安顿：打包我的东西（东西确实很少），把我的房子转租出去，然后跟朋友告别。

我还要跟几个人道歉。我首先联系了阿米特，约他到小壁画餐厅见面，这是法院里的一间机动房，似乎总是空的。当这幢法院大楼还是酒店时，这间房子是当时的“早餐室”，客人们可以品品咖啡，读读报纸。室内挂着几幅色调柔和的西南部风景壁画，让人感到心平气和。我觉得，万一阿米特动气，这样的环境可能会起到平息怒气的作用。

阿米特从来不是我的朋友，他一进来，刚坐下，我便切入正题。

“我很快就会离开帕萨迪纳，回到纽约的克雷弗斯律师事务所上班。在离开之前，我想跟你说声对不起。对不起，我知道你是‘法袍之下’博客的博主，并利用这一点逼迫你撤回最高法院助理申请书。我被自己的野心蒙蔽了，我错了。我希望你能接受我的道歉。”

阿米特笑了，他是不是在幸灾乐祸？

“我接受你的道歉，”他说，“是的，你确实做得不地道，但是，我也确实不应该写这样的博客。因此，从某种意义上讲，我要感谢你在我深陷其中之前，阻止了我。我关掉博客，找回了自己的法律本职工作，你没有伤害我，不算犯规。”

“你真是太宽容了，我以为你会让我很难堪。”

“当时，我对你是挺生气的。但是，我越琢磨，就越是觉得自己不想到最高法院当助理。至少，不想给我们老板介绍的大法官当助理。”

“这是为什么呢？”

“我也要跟你坦白一件事，记得有一次周一例会我们讨论戈德纳案时，我的表情有多么不自然吗？当法官想找人跟她一起处理这个案件时，我当时也不是很热心。你还记得‘法袍之下’的博客文章有多么装模作样、语言夸张吗？有读者认为‘第三条的追随者’是法律博客界的‘变装皇后’。奥德丽，我是同性恋。”

哈，我在心里想，杰里米曾说，第九巡回上诉法院每个法官身边都有一个同性恋，也许他是对的。只是他应该猜到，阿米特，而非詹姆斯，才是同性恋。

“嗯，你也不能仅仅因为自己是同性恋，就不赞同戈德纳案啊，”我坚持自己的看法，“你可以认为同性恋是一项好的社会政策，但同时提出，允许各州禁止同性婚姻也不违反宪法啊。”

“当然可以，”阿米特说，“我以前一直是政治保守派，但是，在过去几个月里，我才开始转变过来，接受我是‘同性恋’这个事实。写作‘法袍之下’有助于我探索自己的另一面。不管怎么说，我就是不想在自己内心激烈斗争的时候，处理这么一宗重要的同性恋案件，况且，我内心的斗争还没有结束。因此，我要感谢你站出来接手戈德纳案。”

“你看看现在的我吧，”我笑着说，“被老板讨厌，成为不受最高法院欢迎的人。”

“可你做的是对的，我一点也不担心你的前途，我觉得这个世界还没有了解真正的奥德丽·科因。”

阿米特站起身来，我也跟着站了起来，他抱住了我。

“哇，现在你是同性恋了，你也成了敢于拥抱的人。”

“祝你在克雷弗斯好运，”他说，“我也会回到纽约，到沙利文与克伦威尔律所工作，也许，有一天我们能在纽约见面。”

我跟阿米特这次见面谈得出奇地好。阿米特离开后，接下来，我又约了詹姆斯，我发短信给他，让他下来，到小壁画餐厅碰头。

“我刚刚在电梯里碰到阿米特了，”詹姆斯进来的时候说，“你这儿可跟医生办公室似的。”

“我的时间不多了，这个周末我就得回纽约，下周就要去克雷弗斯上班。在我走之前，我要做几个‘手术’，修复破裂的关系。”

詹姆斯笑了，天哪，他笑起来可真好看。

“我可不认为我们的关系破裂了，”他说，“我依然珍视我们的友情，也非常尊重你。”

“这也正是我想跟你说的话，我感谢你唤醒了我的良知，如果不是你驱策，我都不知道自己能否作出正确的选择。是的，戈德纳案的秘密一直在折磨着我，我一个人坚守这个秘密，长达几个星期。如果不是我们的那番谈话，我可能仍然不会透露这个秘密。老实说，如果你不开口问，我也不会想自己到底该怎么做，或者不去做什么。”

“这也是因为你从一开始就信任我，你可以不这么做。你可以一直保持沉默，缄口不言，到最高法院给斯廷森大法官当助理，然后在找工作时获得二十万或三十万的签约奖金。”

提到钱，我现在已经跟签约奖金无缘了，这确实让我感觉很不舒服。

“天哪，不要提醒我，”我悲叹道，“我失去了六位数的签约奖金，又得还六位数的学费贷款。”

“咱们都一样，到克雷弗斯律所后，你用不了几年，就可以修复贷款上的漏洞了。”

“谈到修复——我很抱歉将我们的关系弄得这么糟糕，你来找我的时候，我正面临着空前巨大的压力，需要撰写戈德纳案的法律意见书，准备基根大法官的面试，我都快崩溃了。你认为以后我们还有机会……重新开始我们之间的关系吗？”

詹姆斯顿住了，在相当长的时间里没有说话。

过了一会儿，他说：“我不知道我们将要生活在这个国家的两端，你要去纽约，在克雷弗斯律所没日没夜地工作，我将到旧金山的莫里森与费尔斯特律所上班，也会非常忙……”

他一定看到了我脸上的失望之情，因为他很快就转换了语气。

“可是，你知道，”他说，“我觉得你很棒，奥德丽，让我们保持联系，让一切顺其自然。”

好一个詹姆斯，真是一如既往地敏锐，就连像我这么愚钝的人，也能听出他的话意：给我找台阶下。

“听上去不错，”我说，“让我们保持畅通的交流渠道。”

交流渠道？这话像是一个中层管理人员结束团队会议时的总结。

我们站起来，抱在一起，一个相当漫长的拥抱。也许我有些一厢情愿，但我还是能从拥抱中感觉到我们可能会延续此前的关系。

接下来，我约见了露西亚，就在当初的“犯罪现场”：博德加酒吧。这次见面安排在几个小时以后，露西亚要趁她老板波兰斯基法官开车回家的这段短暂的空窗时间来见我。因此，我决定从法院步行去市中心的酒吧，顺便让自己的头脑清醒一下。

在路上，我回顾了自己和詹姆斯之间糟糕而短暂的关系，还未真正开始便已结束。我觉得，在处理情感这个问题上，我还有太多需要学习的地方。虽然我是一个二十四岁的法学院毕业生，但我感觉自己在情感的成熟程度上，就像是一个十四岁的高中生。这也不奇怪：我的情感经验可能就只有高中女生那么多，因为过去十几年里，我一直将自己的绝大部分精力投入学习之中，而没有考虑自己的个人生活。我决心在回到纽约后，更加关注自己的情感生活。就算克雷弗斯律所的工作再忙，我也要花更多的心思来寻找一个爱人，现在，我已经不用追求最高法院助理这个不朽的功业了。

我去市中心办了点事，提前半小时到了博德加酒吧。我坐在上次我们见面喝酒、决定命运的那个晚上坐的同一个位置上，将她坐过的座位留给她，点了一杯梅洛红葡萄酒，但几乎没怎么碰，等着露西亚到来。

露西亚像往常一样准时来到，点了一杯黑皮诺葡萄酒。我感谢她在揭露戈德纳案管辖权瑕疵过程中所发挥的作用，我们像真正的“法科生”那样碰了一下杯：致管辖权。碰杯后，我猛喝了一口杯中的酒，咽了下去。

“露西亚，我必须要跟你坦白一件事，向你道歉。你还记得你在参加基根大法官面试的头天晚上，我们在此见面的情形吗？当时，我跟你调笑，劝你多喝，我们还接吻了。”

她一个劲地点头，但是我能察觉到她脸上掠过一丝不快。

“我……我对你撒谎了，我是异性恋，我一直都是，从未对你有过暧昧的想法。那天晚上，我和你调情，引诱你多喝酒，因为我知道你第二天要参加那个重要的面试——申请最高法院助理的面试，我也非常想到最高法院当助理。看当时的情形，你成竹在胸，势不可挡。因为你有哈佛的费伊优等生文凭，还在给波兰斯基大法官当助理，你有一系列优势。因此……我想，你可以说我是在陷害你。”

脱口讲出这番话后，我心里感觉好受多了，就像此前我将戈德纳案的秘密告诉詹姆斯那样。

露西亚的感觉却不太好，我说完没几秒钟，她就拿起酒杯，将杯中的酒向我泼来（她喝的也是红葡萄酒）。当我眨着眼睛等眼里的红酒流出，用纸巾擦干脸时，她已经走了。

我走进洗手间，尽量将自己清洗干净，好在，我穿的是深色牛仔裤，可是我的白色上衣就没法幸免了。我也没时间回去换衣服，因为我还在博德加酒吧约了其他人。

“奥德丽小姐，你到底怎么啦？你这件衬衫看上去可真像是一件当代艺术品呢。”

我告诉杰里米，我刚刚跟露西亚见面了。

“千万不要惹这个女同性恋生气，还好，她没扇你两巴掌，你就当是一次 SPA 水疗吧：她给你做了一次红酒面膜。”

“在你叫酒之前，也许我应该先跟你道个歉，”我说，“我们讨论斯廷森法官时，我曾经错误地指责过你。你是对的，事实证明，她确实是一位，怎么说，一位非常政治化的大法官。”

“换句话说，是一位保守的政客。”

“是的，她就是那种将雄心置于法律之上的人，但许多争议是由她自己的原因引起的。”

“这么说，你仍然相信‘法律’，对不对？”

“我相信，”我说，“也有些法官竭尽全力地遵从‘法律’，他们是在解释法律，而非制造法律。也许，斯廷森法官不是这样的法官，你的老板，我并无冒犯之意，也不是这样的法官。我们都能叫出本院那些完全依据法律判案的法官的名字。比如波兰斯基法官，波特兰的丹尼斯·奥沙利文法官，以及同样驻波特兰的萨曼莎·加伯法官，还有其他一些法官，包括几位资深法官。”

“你说得没错，”杰里米说，“我只是担心，随着时间的流逝，这样的法官会越来越少，政客型法官会越来越多。但是，我想，你我都会拭目以待。”

“另外，你还猜对了一件事：我们办公室确实有一个同性恋助理。”

“是詹姆斯？”杰里米掩饰不住自己的兴奋。

“不是，是阿米特。”

“哦。”

“我在法院里跟他告别，他对我出柜了，还拥抱了我。”

“阿米特是同性恋，这并不让我感到很惊讶。他有时确实挺娘娘腔的，像个小女王。”

“你们彼此彼此。”

“你说对了，现在，请给女王殿下来杯酒。”

47

需要时间去适应

我在帕萨迪纳的最后一天是一个周六，来得比我预想的要快。我环顾自己租住的房间，已经空空如也（我已经将宜家家具扔了），整洁得令人惊叹。但是，我一点也不怀念这个地方。这是我为了工作租住的房子，很便宜，离法院大楼很近，但我从来没有花时间把它变成自己的家。我觉得这是法官助理和年轻律师的常态，从一个城市搬到另一个城市，追逐一个又一个工作机会。

我的行李只有一只鼓鼓囊囊的蓝色手提袋，一个曾带去华盛顿的黑色拉杆箱，我将它们放在了门边。其他所有物品都已打包，发往我父母在伍德赛德的住所。我将在那儿住几周，同时找间公寓。我很希望找到属于自己的住处，那种自己可以住上一年以上的地方。我可能会住在皇后区，那儿到克雷弗斯律师事务所的交通比较方便，房租也比曼哈顿要便宜，不像伍德赛德那样偏远，我也可能会住在长岛或者阿斯托利亚。

我听到有人敲门，会是谁呢？哈维塔答应开车送我去机场，但她要等到半个多小时后才会过来。（看在老交情的分上，我曾请佩尔韦兹开车送我去机场，可他另有安排：他要去参加为堂兄艾哈迈德举办的聚会，艾哈迈德曾在第九巡回上诉法院提出上诉申请，要求司法部部长不要驱逐他，结果败诉了。好在，由于民间组织的活动和一些头面人物的干涉，艾哈迈德得以留下来。）

我透过猫眼往外看，发现是露西亚，这次倒是没见她拿着红酒杯，我让她进来了。

“嗨。”她说。

“你好，”我说，“你来得正是时候，我正准备去机场。”

我指了指身边的行李，还有空空如也的公寓，房间很空旷，都能听到我们说话的回声。

“我很高兴能赶着见到你，”她说，“我对那天晚上的事很抱歉。”

“这是我自找的，你浇我一身红酒，也抵不上我对你做的那些事。”

“对于你的行为，我接受你的道歉，我真不应该那么生气。说实话，如果我处在你的位置，我也会像你那样对我。为了爱情和最高法院助理职位，可以不择手段。”

我笑了起来。

“另外，”她说，“最终，我也实现了梦想，我刚刚获得了给利奥塔大法官当助理的机会。”

“祝贺你！”

我们拥抱在一起，是的，我有点妒忌露西亚。但是，为了维护一个全新的、更好的自我形象，我极力压制自己的嫉妒之心。

“你什么时候去给她当助理？”我问。

“下个开庭期，她本来已经找好了助理，但是，由于家庭原因，其中一个助理要求推迟工作时间。我上周去接受了她的面试，昨天晚上拿到了邀约。”

“真是太棒了。”

“我太兴奋了，利奥塔大法官也是意大利裔美国人。面试时，我们甚至用意大利语交谈了一阵子，我当时就知道面试很成功。她比基根大法官更适合我。她不是最高法院里反对同性恋权利的急先锋，她是我们的支持者。”

“能给这样投‘决定票’的大法官当助理，肯定很棒。在很多重大案件中，由于大法官意见不一，利奥塔大法官的一票往往具有决定性作用。”

“是的，她还会派自己的助理到其他大法官那儿去打探消息，想想就很有趣。”

就在这个时候，好像是我们关于最高法院的谈话有魔力似的，哈维塔也出现在走廊门口。

“女士们，你们好！我是不是听到了什么有趣的事？”

“哈维塔，过来见见露西亚，她是波兰斯基法官的助理，即将给最高法院的利奥塔大法官当助理。露西亚，这位是哈维塔，她现在正给加州最高法院的林法官当助理，即将给最高法院的威尔逊大法官当助理。你们可以一起到最高法院工作，你们现在能认识，真是太好了。”

她们两人握了握手，我强作欢颜，但内心已崩溃。她们将一起到最高法院当助理，参与创造历史，步入最高法院的大理石神殿，在公众之前知晓影响历史的重大判决结果，而我却要去律师事务所卖力工作。让我接受无法到最高法院当助理的事实，还真需要一段时间。

“好了，小妞，”哈维塔朝我转过身来，抓起我的蓝色手提袋，“你准备好了吗？是时间把你送回纽约了。”

48

又一位大法官去世

那个周一，我到克雷弗斯律师事务所上班，他们一刻也不耽误，交给我很多工作，让我处理一些针对瑞士信贷公司提起的住宅抵押债券案。每天工作时间都很长，我在律所的第一周，从没有在晚上十点之前回过家，甚至周五也是如此。但这样也好，我在法院当助理时，工作时间就很长，我也很高兴能用工作来分散注意力。一头扎进工作之中，也能让我慢慢忘记过去。

我还开始运动健身，一方面是为了忘记过去，另一方面也是为了恢复身材。在做法官助理的最后几个星期，由于工作压力太大，我的体重增加了五磅，我要减掉这五磅。我肯定也不希望体重再增加。（我在法学院的很多同学，毕业直接去律所后，都没能控制住体重。）

加入克雷弗斯律师事务所几周后的一天早上，我正在跑步机上健身，速度已经调到了八挡，跑步机上的小电视正播放着美国有线电视新闻网的消息。我不是想看电视，只不过是为了分散自己的注意力。但是，屏幕上闪现的一条突发新闻吸引了我的目光：

“汉娜 · 格林伯格大法官去世，享年八十三岁。”

我差点从跑步机上摔下来，我立即将跑步机的速度降到 3.5 挡，认真听新闻播报。在基根大法官去世之前，所有人都预计，格林伯格大法官会成为下一个离开最高法院的大法官。她一直在跟癌症做英勇的搏斗，最终失败。拉方特总统的第一年任期还没结束，就获得了另一个任命大法官的机会。

这就意味着会有新的大法官进入最高法院，新的大法官会雇用四个助理。但是，没我的份。我先前的老板斯廷森大法官已经说了，我绝对没机会进入最高法院。

柳暗花明

拉方特总统又一次提名了来自第九巡回上诉法院的法官：波兰斯基，这让很多观察最高法院的老手大跌眼镜。一个巡回上诉法院能产生这么多大法官，实属罕见（首都哥伦比亚特区的巡回上诉法院除外）。但是，从另一个方面讲，选择波兰斯基法官，也有道理。他是共和党班子心仪的最高法院大法官关键候选人，同时，忠实的前助理组成的广泛关系网——波兰斯基门徒——在幕后为他鼓吹游说。拉方特总统最近已经提名一位有色人种女性（斯廷森），接替一位白人男性大法官（基根），现在可以用一名男性（波兰斯基）来接替一位女性大法官（格林伯格）。

参议院就总统提名波兰斯基担任大法官所举行的确认听证会进行得非常顺利，他的背景无可挑剔，曾担任多年法官，一直秉承法律判决，获得了极佳的声誉。听证会如此顺利，一点儿也不令人感到意外。真正让我感到意外的是，在确认提名几天后，我接到了一个电话。

当时，我正坐在克雷弗斯律师事务所的办公室里，嚼着外卖送来的沙拉，秘书黛比打电话进来。

“奥德丽，波兰斯基大法官打电话找你。”

我差点吐出口中的樱桃番茄，我咽下番茄，紧接着喝了一杯水，尽可能镇定下来接过电话。

“您好，我是奥德丽·科因。”

“奥德丽！我是弗兰克·波兰斯基。”

我本以为这是恶作剧，也许是杰里米打过来的。但电话中传来的是明显的波兰口音。

“您好，波兰斯基大法官，”我在语气中尽量显露出尊敬，“祝贺您荣升最高法院大法官。”

“谢谢，谢谢，我讨厌哥伦比亚特区，但这份新工作还不错，因此，我就忍了。你对华盛顿印象如何？”

“我不是常去华盛顿，但我去的那几次，感觉挺不错。华盛顿是个漂亮的城市。”

“我感觉有点冷，与加州比起来，这儿不仅气候不够宜人，而且建筑风格也很冷峻。那些纪念堂、纪念碑、方块式的灰白色政府大楼，让我想起在‘铁幕’下的东欧度过的童年。咱们不谈这些了，你愿意过来给我当助理吗？”

“您可以再说一遍吗？大法官阁下。”

“奥德丽，你是一位年轻女士，一位聪明而漂亮的女士，我相信你刚才就听清了我所说的话。你愿不愿意给我当助理？”

“这是……这是要录用我吗，波兰斯基大法官？”

“可以这么说，你的回答呢？”

“呀，难道我不用先提交一份申请吗？”

“关于你，我已经知晓了自己希望了解的情况，在第九巡回上诉法院时，你就曾申请给我当助理，我知道你的教育背景——简历、成绩、推荐信——都很出色。在你当助理的那一年里，我读过你写的一些材料，意见书和满席听审备忘录也都很不错。”

“谢谢您，大法官，但是，也许您希望面试一下我？”

“不用，我知道你很聪明，能符合我的要求，因此，面试只不过是要看看你是否能通过我的‘餐桌测试’，也就是说，我能否跟这个人共同用餐，而不讨厌或感到厌烦，你已经通过了测试。你可能还记得，去年助理培训时，我们曾在一张桌上吃过饭。”

“是的，您的记忆力真好……”

“最重要的是，我知道你是个极为诚实的年轻律师，我先前的一位助理露西亚·阿诺尔迪对你评价很高。据我所知，露西亚对我说的，你和我一样恪守法治，尤其是在管辖权问题上。”

露西亚一定将戈德纳案的事情告诉他了。我向她透露该案的管辖权瑕疵时，没有期待任何回报，但是，我想，她还是给了我回报。

“在你当助理的这一年里，你可能已经注意到了，”波兰斯基法官说，“可以毫不谦虚地说，我是非常坚持原则的法官，一贯秉承法律原则，不会扭曲法律以达到个人政治目的。我觉得你和我的看法一致。”

“绝对一致，大法官阁下，我也会像您这么做。”

“另外，跟你先前的老板不同的是，绝大多数的法律意见书，都是我亲自起草。我的助理帮我研究，修改。当他们跟我工作了几个月后，我才会让助理动手起草一些意见书。但是，当助理起草意见书时，我会逐字逐句修改。我酷爱法律，非常愿意沉浸于法律事实之中，我有点自私，因为我喜欢保留写作的乐趣。我希望你不要介意。”

“我非常希望有机会成为您的学徒，学习司法写作的技巧。这也是我对法官职业和助理职责的期待。”

“这么说，你已经决定了？别让我再请求了，你愿意给我当助理吗，奥德丽·科因？”

“我很荣幸，波兰斯基大法官。”

50

“我永远都是你的法官”

第二天，我就去了拉瓜迪亚机场的 A 航站楼，那是一幢老旧而富有艺术气息的建筑，达美航空公司从纽约开往华盛顿的飞机就停在这个航站楼。波兰斯基大法官希望我立刻动身前往华盛顿。我从露西亚那儿得知，波兰斯基大法官的事都是急事。我准备到华盛顿后先跟哈维塔挤几天，在这期间再找间公寓。等我在华盛顿找到住处后，我父母会开车把我的东西送过来。

我坐在扬基快船餐厅里，喝着咖啡，读着《纽约时报》，眼睛的余光却瞥到令人惊讶的一幕：斯廷森大法官身后跟着两个头戴耳机的保镖，身边还站着一个娇小的欧亚混血美女，样子很像二十岁左右时的克里斯蒂娜·黄·斯廷森（甚至可以说，新助理像我）。

我愣住了，法官是不是也看到了我呢？我趁机挪了一下身体，拿起《纽约时报》，尽可能地展开，埋头读一篇发生在巴基斯坦的一系列中毒死亡事件的报道。

“奥德丽？”

我缓慢地抬起头，迎接法官的注视，这是一种心里有愧的表示，我后知后觉地意识到，心中坦荡的一方会马上抬头看看到底是谁在叫自己的名字。她从头到脚一身明亮的钴蓝色，裤子与鞋子和手提包都很搭配，这使她在单调的人群中十分显眼，我一眼就看到了。

“您好，斯廷森大法官。”

我站起来，将报纸放在一边，慢慢地放在一边，不像我初次见到她、参加助理面试时，惊慌失措地将咖啡桌读物失手坠落在桌上。我伸出手，准备跟她握手。

“奥德丽，很高兴再次见到你，过来吧。”

她没跟我握手，而是微笑着倾过身体来，要拥抱我。当一位最高法院大法官要拥抱你时，你会作何反应？我们抱了抱。

“你今天上午是要去华盛顿？”她问。

“是的，您怎么到纽约来了，斯廷森大法官？”

“我昨天晚上到这儿来，去哥伦比亚大学法学院发表一个纪念格林伯格大法官的演说，是这个年度系列演说中的第一讲。我现在正准备返回华盛顿。你为什么去华盛顿呢？为了手头的案件？”

“实际上，我是去给波兰斯基大法官当助理。”

我能察觉到斯廷森大法官脸上掠过一丝震惊的表情，但她很快便恢复如常。然后将那个年轻的女孩子招过来，她一直站在大法官背后，保持着恰当的距离。

“奥德丽，这位是菲比，她将到最高法院给我当助理。菲比，这位是奥德丽，她曾在第九巡回上诉法院给我做助理，正准备去给波兰斯基大法官当助理。多亏了奥德丽，我得以保持每年都向最高法院推荐助理的纪录，尽管我现在是大法官了！”

法官咯咯地笑起来，对于这种自我恭维十分得意，我和菲比在一旁握了握手。

“很高兴见到你，”菲比说，“我总是听大法官提起你。”

“别相信任何传言。”我紧张兮兮地笑了笑。这是我的本能反应，但很真实，天知道斯廷森大法官在背后怎么说我。

“奥德丽，你在我以前所有的助理中，占有特殊地位。菲比，我想跟奥德丽单独谈几分钟。你何不带着保镖在登机口等我呢？”

菲比弯腰告退，带着两名“保镖”一起走了。这里到底是21世纪的拉瓜迪亚机场，还是中世纪的某个宫廷？

现在只剩下我们两人了，在这个嘈杂的餐厅，没有人能听见我们的谈话，我在等待斯廷森大法官的责难。在公共场合跟最高法院大法官争吵，似乎不太得体，因此，我要尽量忍受她的斥责。

“你知道，奥德丽，我所说的都是真的，你在我所有的助理中一直是最突出的一位。”

“谢谢您，大法官。”

“我这话不完全是称赞，”她冷冷地说，而后咧嘴一笑，任何看到我们谈话的人，都以为我们在友好地交流，“无论我们喜不喜欢，我们一直都是绑在一起的。我很佩服你有办法能最终得到自己想要的东西，尽管你背叛了我，也许正是因为你背叛了我，才得偿所愿。”

“斯廷森大法官，我认为这不是背叛……”

“你是一个不可思议的人，奥德丽，我也是。我们有共同点：很难爱别人，也很难被人所爱，又有雄心，拥有永不满足的雄心。”

“我这么做不是为了自己的雄心，”我说，“我这么做，是为了法律。给波兰斯基大法官当助理，也是希望推进法治，他是一位有原则的法官，他揭露了戈德纳案的管辖权瑕疵。法官所要做的就是坚守法律，这与权力、名望无关。”

斯廷森大法官不屑一顾地摆了摆精致的小手：“因为你想到最高法院当助理，所以才会这么说。除了权力和名望，还有什么？不要那么可笑，每个人都在追求权力和名望，每个人都希望成为我们这样的人。”

“不是每个人都是因为追求权力和名望才投身法律界的，有些人热爱法律，热爱抽象的法律原则和具体的法律细节。例如我的朋友哈维塔，她正在给威尔逊大法官当助理，她以读法律评论为乐。或者，比如说波兰斯基大法官，他亲自写法律意见书，因为乐在其中。”

“哦，你和你敬爱的波兰斯基大法官，你会发现，跟他一起工作，会……很有趣。他确实热爱法律，他也是位法律巨匠，但是你会发现他有些……特异癖好。如果你还没发现，你很快就会看到。”

她这么说，似乎是故意要打消我的勇气，确实起到了一点作用。但是，我掩饰了自己的担忧，不想让她得逞。

“我非常了解弗兰克，”她继续说，“是的，我们有时是对手，但也是同事和朋友。我知道一些旁人不知晓的事情，这些年，我一直在替他保密，在他出任最高法院大法官前，联邦调查局来调查时，我都没透露。只要稍稍告知你一点就够了，你会发现他是一个非常……独特的人。”

“我相信，给波兰斯基大法官当助理，我可以学到很多。”我说。

“但不会像当我助理时学到的多，”斯廷森大法官笑着说，“任何人都可以教你法律原则和法律写作，而我告诉了你现实世界的运行方式，我告诉了你关于权力的一切：如何得到和使用权力。永远不要忘记我教给你的东西。”

“我绝对不会忘记，斯廷森大法官。”

“一定要记住：无论我们有多少分歧，我永远都是你的法官，你也永远都是我的助理。”

我点点头，缓慢而严肃。至少在这一点上，她是对的。

“好了，奥德丽，很高兴见到你，但是我真的该走了，”斯廷森法官看了看手腕上镶钻的百达翡丽表，“我们最高法院见。”

“好的，斯廷森大法官，祝您回华盛顿一路顺利。”

她靠过来，用香奈儿5号香水的气味将我包围，我们又一次拥抱。

“记住，”她在我耳边说，“人往高处走，一贯如此。”

致 谢

感谢我的编辑乔恩·马来西亚可，若没有他，我肯定无法完成这本书。我最初酝酿写这部小说，是在2005年，但是，直到乔恩参与进来，我才开始进入实质性写作阶段。在将最初的想法和一些零散章节连缀成书的过程中，乔恩不仅仅发挥了一个出色的编辑的作用，他同时也是一位鞭策者、安慰者和挚友。

感谢乔恩、蒂姆·布兰德霍斯特和布莱恩·凯，他们愿意启动这项非同寻常的计划，并在其中投入了从不懈怠的热情。感谢丽贝卡·本德尔和凯尔文·凯尔西，他们进行了大量的文字编辑修改工作，远胜于一般的校改。感谢艾尔玛丽·佳瑞为本书设计了优雅而抢眼的封面。感谢尼尔·科克斯和索纳利·奥贝格为宣传本书所做的贡献。

感谢我所有的朋友，恕我无法一一列举他们的名字，我的谢意也溢于言表。我的感谢包括但不仅限于他们对这项计划所表现出来的极大兴趣；感谢他们在本书写作、修改和打磨过程中所提出的好建议；感谢他们对初稿所作的评论；最重要的是，感谢他们的情谊。

感谢我在“法律之上”和“突发新闻”这两个网站的所有同事，

尤其是埃利·米斯塔、斯塔奇·泽拉特斯基、乔·帕特里斯和约翰·莱纳，与你们一起工作，真是太有趣了；也感谢你们对我这项文字工作的支持（让我偶尔脱离“法律之上”网站的日常工作）。

感谢马克和简·谢姆托布将他们位于伯克希尔的美丽湖畔住宅借给我，供我写作之用。而且，更重要的是，在过去几年里，与他们相处一直是我生命中极为精彩的部分。

感谢布里安娜·葛若德、理查德·波斯纳法官和扎卡利亚·巴伦·谢姆托布对初稿提出的睿智评论。尤其要感谢扎卡利亚在这段漫长、有时还很紧张的旅程对我的容忍（当然，多数时间都很紧张）。

感谢首席法官亚历克斯·克辛斯基在我写作的早期阶段给予的支持，那时，我还在写作“法袍之下”博客，也感谢他对本书初稿提出的修改意见。

感谢迪尔米德·奥斯科伦，他是一位极好的老板，堪称楷模和导师。也感谢我的助理同事：威廉·伯德西斯尔、瑞恩·邦兹、约翰·德默斯，他们让我的助理生涯如此难忘，也感谢他们多年来持续不断的友情。

最后，要感谢我的家人，他们分散在这片大陆的几个地方，但是爱将我们联系在一起。尤其要感谢我的父母：伊曼纽尔·拉特和曾达·拉特，还有我的姐姐沙琳——他们给予我一切，我要将这本书献给他们。

译后记

翻译《律政雄心》实在是一次异常愉快的经历，这一方面固然是因为书中的故事情节跌宕起伏，对白风趣幽默，十二分地引人入胜，具有极其愉悦的阅读体验；另一方面也是由于老朋友王笑红编审为我提供了极为宽松的工作环境，她从不逼迫催促，还邀请叶帆先生作序，为本书增添了额外的光彩，也为读者带来全新的阅读视角。

叶帆先生与本书作者拉特年齿相仿，有过交往，知晓拉特的背景。拉特系亚裔美国人，毕业于美国名校（哈佛大学与耶鲁法学院），毕业后给联邦上诉法院法官做过助理，当过律师和助理检察官，先后创办了“法袍之下”和“法律之上”两个法律博客网站，专门报道美国法律行业的内幕新闻（包括著名法官、律师的个人生活）与最新消息（包括法院的重大判决、人事变迁和法学院毕业生的“钱景”），名震法律界。

仔细阅读序言和全书的读者不难发现，作者实际上是将自己人生经历中的一些人事，原名不改地写进了这部小说（比如哈佛、耶鲁法学院和“法袍之下”），因此，这部小说可谓作者的半自传。当然，小说源于生活但高于生活，其中也有很多虚构加工的成分。比如，作者让小说中的主人公实现了梦寐以求的理想：到最高法院给大法官当助理。而现实中的拉特，虽然也梦想给最高法院大法官当助理，但壮志未酬，抱憾至今。

拉特天资聪慧，辩才无碍，高中时就曾在即席演讲比赛中获奖；十七岁进入哈佛大学，主修英语，为校报写作专栏文章，还加入著名的哈佛演讲与辩论协会。1996 年，二十一岁的拉特以优异的成绩毕业，随即进入耶鲁大学法学院，入选《耶鲁法学杂志》编辑部。

1999 年从耶鲁毕业后，拉特给联邦上诉法院法官当了一年助理，随后申请最高法院大法官助理职位，惜未成功。此后，他投身律师与检察官行业，一边从事法律工作，一边创办和维护自己的法律网站，事业风生水起，声名蒸蒸日上。在此期间，拉特从未公开提及当年他申请给哪位大法官当助理。直到 2016 年 2 月，最高法院现任大法官安东宁·斯卡利亚病逝，拉特才在自己创办的“法律之上”网站上披露，自己当年应聘的正是斯卡利亚大法官的助理职位。2 月 14 日情人节那天，拉特在自己的网站上发布了一篇题为《斯卡利亚和我：一个爱的故事》的回忆文章。他在文章中回忆了自己当年接到斯卡利亚大法官面试通知时是如何欣喜若狂，因为到最高法院担任助理是他的梦想，也是每个法学院毕业生的崇高荣誉和最佳前途。况且，斯卡利亚大法官还是他心目中的偶像，他在耶鲁法学院读书时，就被斯卡利亚博学而雄辩的法律意见所折服，有一次甚至半夜两点在宿舍里手舞足蹈，为之倾倒。[1] 他和斯卡利亚大法官一

---

1 David Lat, “Justice Scalia And Me: A Love Story”, http: //abovethelaw.com/2016/02/justice-scalia-and-me-a-love-story/.

样，生于新泽西，在曼哈顿度过高中时代，两人都是各自学校的辩论队成员。面试时，斯卡利亚和蔼可亲，两人相谈甚欢。拉特以为自己很有希望到偶像身边工作，可是几周后的一封拒信，彻底浇灭了他心中的热火。

发表这篇回忆文章时，拉特还在网上公开了斯卡利亚大法官当年给他的拒信，并在回忆文章中坦言，自己是同性恋。而且，直到找到自己的真爱、两人结婚之后，拉特才真正走出了拒信的阴影，所以才能在斯卡利亚大法官逝世后，从容写出这篇饱含深情的文章。

斯卡利亚大法官去世时，我刚刚翻译完这部小说，正准备去美国弗吉尼亚大学访问研究。无界新闻的李小千女士来电话，询问我对于斯卡利亚大法官去世一事的看法，[1]我查阅了相关资料，才知道斯卡利亚曾在弗吉尼亚大学法学院任教数年（1967—1974），并将全家迁往弗吉尼亚大学所在的夏洛茨维尔小镇。2016年3月，我到达夏洛茨维尔后，在法学院图书馆一楼，果然看到了斯卡利亚的任职介绍与个人照片。

进入最高法院的斯卡利亚，仍然与弗吉尼亚大学法学院保持密切联系，多次回到学院开设讲座，并曾接受弗吉尼亚大学颁发的奖章。在去世之前，他还计划到法学院发表演说。此外，斯卡利亚还经常雇用弗吉尼亚大学法学院毕业的学生担任自己的助理。在去世之前，他本来已经选择了一位弗吉尼亚大学法学院毕业的女生担任自己2016—2017开庭期的助理。但他去世后，这位女生顿时失去了宝贵的工作机会。好在，最高法院的另一位大法官阿利托（斯卡利

---

1 李小千：《美国最高法院法官突然离世，比“阴谋论”更重要的是什么？》，http://toutiao.com/i6255034087635943937/。

亚大法官的同乡，也是意大利后裔）找到了她，向她伸出橄榄枝，同意她担任自己的助理。这样的情节，简直是《律政雄心》的现实翻版，让人不得不惊叹作者拉特对美国大法官助理体制的深入观察与超强的构思技巧。

与现实不同的是，小说中的主人公是女性，而小说的作者是男性。不过，这样的人物性别设计，一方面能与雄心对照，形成反差；另一方面也符合法学院女生越来越多的潮流。这种潮流，不仅在美国出现，在中国同样如此。我所任职的一所政法类院校，近十年来，女生的比例几乎一直超过男生。这部小说，虽然由男性来翻译，但也得到了两位女性的帮助。河南师范大学的王娟娟博士翻译了前面两章的初稿，为全书奠定了基调；中国政法大学法治文化专业硕士研究生谢薇女士，仔细阅读、校改了全书的译稿，提出了极为准确的修改意见，避免不少误译和疏漏，提升了本书的翻译质量。还要感谢刘免、王心悦两位编辑，她们为本书做了大量细致的编校工作。

当然，书中的翻译舛误，理应由译者本人负责。

胡晓进

2016年8月3日于弗吉尼亚州夏洛茨维尔